講談社文庫

決戦

奥右筆秘帳

上田秀人

講談社

目次

奥右筆秘帳

決戦

◆『決戦——奥右筆秘帳』の主要登場人物◆

立花併右衛門《たちばなへいえもん》　奥右筆組頭《おくゆうひつくみがしら》として幕政の闇に触れる。麻布《あざぶ》箪笥《たんす》町《まち》に屋敷がある旗本。

柊《ひいらぎ》 衛悟《えいご》　立花家の隣家の次男。併右衛門から護衛役を頼まれた若き剣術遣《つか》い。

瑞紀《みずき》　併右衛門の気丈な一人娘。幼馴染《おさななじ》みの衛悟を婿《むこ》に迎える。

大久保典膳《おおくぼてんぜん》　涼天覚清流《りょうてんかくしんりゅう》の大久保道場の主。剣禅一如《けんぜんいちによ》を旨《むね》とする衛悟の師匠。

徳川家斉《とくがわいえなり》　十一代将軍。大勢の子をなす。衛悟に鷹狩り場で救われた。

一橋民部卿治済《ひとつばしみんぶきょうはるさだ》　権中納言《ごんのちゅうなごん》。家斉の実父。定信を失脚させ、なおも将軍位を狙う。

松平越中守定信《まつだいらえっちゅうのかみさだのぶ》　奥州白河《おうしゅうしらかわ》藩主。老中として寛政《かんせい》の改革を進めたが、現在は溜間詰《たまりのまづめ》。

太田備中守資愛《おおたびっちゅうのかみすけよし》　老中。併右衛門に殿中刃傷の罪を着せようとしたことがあった。

本田駿河守和成《ほんだするがのかみかずなり》　留守居《るすい》。十万石城主格。老練な役人で、併右衛門に関心を持つ。

加藤仁左衛門《かとうにざえもん》　併右衛門とともに奥右筆部屋を率いる組頭。

新藤嘉門《しんどうかもん》　お先手組《さきてぐみ》二千五百石の旗本。

村垣源内《むらがきげんない》　家斉を警固《けいご》するお庭番《にわばん》を率いる。根来流《ねごろりゅう》忍術の遣い手。

高橋右近《たかはしうこん》　冥府防人に斃《たお》されたお庭番。弟の与次郎《よじろう》が兄嫁を娶《めと》り、仇討《あだう》ちを狙う。

覚蝉《かくぜん》　上野《うえの》寛永寺《かんえいじ》の俊才。幕府転覆《てんぷく》の企《くわだ》てに加わり、大奥に潜入するも失敗。

絹《きぬ》　一橋治済を〝お館《やかた》さま〟と呼び、寵愛《ちょうあい》を受ける甲賀《こうが》の女忍《おんなしのび》。兄は冥府防人。

冥府防人《めいふさきもり》　鬼神流《きじんりゅう》を名乗る甲賀の生き残り。衛悟の前に立ちはだかる最強の敵。

第一章　盾《たて》の焦燥

一

柊《ひいらぎ》衛悟《えいご》は立花《たちばな》家の庭で、太刀を構えていた。

青眼《せいがん》から八相《はっそう》、下段へと構えを変えていきながらも、衛悟の表情は芳《かんば》しくなかった。

「駄目《だめ》だ」

衛悟が嘆息した。

「勝てる気がせぬ」

力なく、衛悟は太刀を下げた。

衛悟の目には、冥府《めいふ》防人《さきもり》の姿が焼き付いていた。

「初めて戦ったのは、この屋敷の玄関前であったか」

鐺《こじり》が地をするほど長い太刀を、冥府防人は自在に扱っていた。長い太刀というのは、間合いが遠いだけ有利に見える。しかし、実際は長いだけに重く、使いこなすにはかなりの膂力《りょりょく》が要《い》った。また、長いぶん、扱いにくい。槍《やり》と同様、手元に飛びこまれれば、小回りがきかなくなる。

その大太刀を、冥府防人は脇差《わきざし》のように軽々と振り回していた。

「あの長さの太刀を、居合《いあ》いで使っていた」

居合いは抜刀する瞬間の疾《はや》さで勝負が決する。当たり前ながら、刃渡りが長ければ長いほど、鞘《さや》から太刀を抜くのに暇《ひま》がかかる。なにより、長ければ片手で抜くことなどできないのだ。それを冥府防人はしてのけた。

「居合いだけならば、まだなんとかなる」

どれだけ疾い居合抜きであろうとも、どこを狙っているかわかれば、防ぐことはできる。腰の高さ、踏み出した足のつま先が向いている方向、柄を握っている手の角度に注視していれば、軌道の予測はつく。

「しかし、冥府防人の技は、それだけではない」

冥府防人が長い太刀を使用したのは、最初のときだけであった。それ以降は、忍《しのび》として出会ったためか、普通の長さの太刀を腰に帯びていた。重くて長い太刀を軽々と使いこなす冥府防人である。定寸の太刀での疾さは、推《お》して知るべしであった。

「太刀行きの疾さをまず注意せねばならぬが、それよりも怖いのは足運びの素早さ」

衛悟は震えた。

十分な間合いをとっていても、一瞬で縮められてしまう。

「目で追いきれぬ」

人の感覚はそのほとんどを目に頼っている。修行を重ねた剣士などは、殺気を皮膚で感じるようになるが、それでも目にはおよばない。

人の目は、光をとらえる。影も光のない部分として考えれば、目に映る。目に動きが入ればこそ、人は反応できた。

「疾さに勝つには疾さしかない」

ふたたび衛悟は太刀を持ちあげた。

衛悟は併右衛門《へいえもん》の登城を見送ってからずっと太刀を振り続けていた。

「衛悟さま」

一刻（約二時間）ほど鍛錬《たんれん》を続けた衛悟に、やわらかい声がかけられた。

「……瑞紀《みずき》どの」

太刀を止めて、衛悟は振り返った。瑞紀は立花家の一人娘で、衛悟はその婿《むこ》となることが決まっていた。

「根を詰《つ》められるのは……」

瑞紀が心配していた。

「いいえ」

制された衛悟は首を振った。

「しなければならぬのです」

「……衛悟さま」

泣きそうな顔を瑞紀がした。

「近いうちに、戦わねばならなくなりましょう。それもあきらかに格上の相手と」

衛悟は手に力を入れた。拳《こぶし》が白くなるほど、柄を握りしめた。

「避けられませぬので」

「相手があること。こちらのつごうはとおりませぬ」

問いかける瑞紀に、衛悟は首を振った。

「では、町奉行さま、あるいはお目付《めつけ》さまへお話しして」

個人で勝てぬのならば、権を使う。誰もが思いつくことであり、最高の手立てであった。

「いけませぬ」

衛悟は強く否定した。

「町奉行あたりでは、抑えきれませぬ」

「御上が……」

瑞紀が目を見張った。

冥府防人の後ろにいるのは、現将軍家斉《いえなり》の実父治済《はるさだ》なのだ、そのことを衛悟は併右衛門に教えられるまで気づかなかったが、治済の影響力は理解できた。将軍の実父が謀叛《むほん》を企《たくら》んでいるなどと訴えたところで、目付が取りあげてくれるはずなどなかった。それどころか、将軍の父を中傷したとして、立花家は潰《つぶ》されてしまう。

「なにより、あやつを目付ていどでは、取り押さえられませぬ。逃げ出されれば、それまで」

衛悟は冥府防人が野に放たれる絵を想像してぞっとした。

今、冥府防人は堂々と姿を見せてくれている。これは衛悟と尋常《じんじょう》の勝負を望んでいてくれるからである。その望みを、衛悟が、併右衛門が、権力に頼るという裏切りで破ったならば、冥府防人は陰に戻る。正々堂々と対峙《たいじ》して勝てないのだ。それが、夜陰に乗じて襲い来たならば、とても勝負にはならない。それこそ、併右衛門を、瑞紀を殺されたあと、衛悟を闇討ちして来かねなかった。

「ゆえに、わたくしは正面から、あやつを倒さねばなりませぬ」

「…………」

「武家としての矜持《きょうじ》、剣術遣《づか》いとしての誇りなどではございませぬ。ただ、真正面からやりあう。これがもっともよい手段だからでございまする」

衛悟は告げた。

「そして……」

じっと衛悟は瑞紀を見つめた。

「わたくしには、守らなければならぬものがございまする。それは、守りたいものでもあるのです。なれど、未熟。とても守れませぬ。ゆえに修行をいたさねばならぬのです」

「わかりまする。ではございまするが、無理を重ねられても」

瑞紀が無茶をしないで欲しいと願った。

「無理ではございませぬ。あやつにはできたこと。吾《われ》にできぬはずはない」

「…………」

声を荒らげた衛悟に、瑞紀が息を呑《の》んだ。

「……すまぬことを」

瑞紀のようすに、衛悟は吾に返った。

「少し、出て参りまする」

いたたまれなくなった衛悟は、早足に屋敷を出て行った。


立花家を出たところで、衛悟の行く先は決まっていた。隣接する実家か、道場しかないのだ。実家は兄の勘定方《かんじょうがた》栄転が衛悟の働きによるということで、顔を出せば下にも置かぬ扱いをしてくれる。かつて厄介叔父《やっかいおじ》で、養子先を探すように急《せ》かされていたころとはずいぶんと変わった。もっとも、それは衛悟にとってかなり居心地の悪いものであった。なにせ、格が違うとして、実家で兄より上座へ席を作られるのだ。おかげで、衛悟の足は確実に実家から遠ざかっていた。

「道場へ行くか」

衛悟は歩き始めた。

少し前まで、衛悟にはもう一ヵ所だけ行くところがあった。両国橋《りょうごくばし》を渡ったところにある茶店、律儀屋《りちぎや》であった。

通称波銭《なみせん》と言われる四文銭が登場したことで、一串《くし》五文だった団子《だんご》は四文に値下がった。ほとんどの茶店が値下がっただけ、団子の数を減らして対応するなか、この茶店だけは一串五個を変えなかった。律儀な団子屋ともてはやされた茶店は、いつのまにか律儀屋と呼ばれた。その律儀屋へ、厄介叔父で小遣《こづか》いもままならなかったころの衛悟は稽古《けいこ》帰りの空腹をまぎらわす場所として、ほぼ毎日のようにかよった。そこで衛悟は、よく顔を合わす一人の老いた願人《がんにん》坊主と親しくなった。覚蟬《かくぜん》と名乗った老僧との短い会話はいつの間にか、衛悟の心のなかでたいせつなものとなっていった。律儀屋へ行けば、覚蟬に会える。なにか行き詰まったとき、鬱々《うつうつ》したものがたまったとき、衛悟は覚蟬と話すことで、一息付けていた。

だが、その日々は終わった。覚蟬は朝廷の出した倒幕の先兵だった。覚蟬は衛悟を使って、幕府すべての書付《かきつけ》を取り扱う奥右筆組頭《おくゆうひっくみがしら》立花併右衛門を利用しようとした。覚蟬の裏を報《しら》された衛悟は、一時むごく落ち込んだ。そして、過去の思い出を封じた。衛悟は律儀屋へ行かなくなった。修行中のほんの小さな楽しみだった場所を衛悟は失った。

衛悟の学ぶ涼天覚清流《りょうてんかくしんりゅう》は、ほとんど無名である。師範大久保《おおくぼ》典膳《てんぜん》の腕は、江戸の剣術家のなかで知る人ぞ知るものであったが、そのような評判は世間に関係ない。大久保道場は、場末の貧乏道場でしかなかった。

「柊さま」

顔を出した衛悟を弟子たちが囲んだ。

「しばらくお見えになりませなんだが、お身体《からだ》の調子でもお悪かったのでございますか」

「いや、すまぬ。少しばかり多用であった」

衛悟は詫《わ》びた。

今、衛悟は道場で師範代を務めていた。いや、正式には師範代の代理であった。大久保道場の師範代で黒田《くろだ》藩士の上田聖《うえだちから》が、藩主の供で国許へ帰っている間だけ、衛悟は師範代の席を預かっているのであった。

「立花さまがご出世なされたとか、なにかと御用もございましょう」

道場で衛悟の次席にいる木村《きむら》が納得した。

「早速《さっそく》ではございますが、稽古をお願いいたしまする」

「ああ」

求めてくる弟子へ、衛悟はうなずいた。

涼天覚清流は、上段からの一撃必殺を極意としていた。十分に間合いを詰め、足から膝《ひざ》、腰そして肩と、全身の力を刀身へ集め、兜《かぶと》ごと両断する。この一事を学ぶため、涼天覚清流では竹刀《しない》を使用していた。

当たってもたいした怪我《けが》をせずにすむ竹刀を軟弱としてさげすむ流派が多いなか、涼天覚清流は最初から稽古に取り入れていた。これは木刀では怪我を怖れ、思いきった踏みこみや撃ちこみができないからであった。木刀の稽古に馴《な》れ、いざ真剣となったとき、足や腕が竦《すく》んで、剣が相手に届かないとなっては本末転倒である。

「来い」

「はい」

道場のまんなかで、竹刀を構えた衛悟が、弟弟子を促した。

「やあああ」

大きな気合いを発しながら、弟弟子が撃ちこんで来た。

「遠い」

微動だにしない衛悟の三寸（約九センチメートル）前で、竹刀が空を切った。

「あっ」

外れた竹刀で床を打つほど未熟ではなかったが、あわてて切っ先を止めようとした弟弟子の動きがくずれた。

「…………」

無言で衛悟は竹刀を突き出した。

「ま、参った」

のど元に竹刀を模《ぎ》された弟弟子が肩を落とした。

「届くと思った五寸先に、相手はいると思え。足半分、踏み出しを強くしてみろ」

「はい。もう一度お願いします」

注意された弟弟子が、一礼した。

しばらく入れ替わり立ち替わりして稽古を望む弟弟子たちの相手をして、衛悟は汗を掻《か》いた。

「お願いできまするか」

一通り稽古をつけた衛悟へ、木村が試合を申しこんだ。

「よいとも」

衛悟は首肯《しゅこう》した。

木村は、少し前まで道場の席次は十位ていどであった。それを一年ほどで三位にまであげてきた。

「参りまする」

気力体力ともに充実しているとわかる表情で、木村が衛悟と対峙した。

「…………」

衛悟は静かに受けた。

稽古をしていると冥府防人のことを忘れた。いや、忘れられた。

「やああ」

青眼の竹刀を流れるように上段へ変えた木村が掛かってきた。

「ふん」

先ほどの余裕を衛悟はもてなかった。左へ身体を動かし、そのまま撃って出た。

「なんの」

途中で竹刀を止めた木村が、腰の高さで薙《な》いだ。一定の間合いを支配できる薙ぎは、食いこまれそうになったときの防ぎ技としても有効であった。

「おうよ」

竹刀を止めて、衛悟は薙ぎを受けた。太刀でいえば、腹で止めた形となる。これは実践を重ねることで身についたものであった。

日本刀の切れ味は、研ぎ澄まされた刃にある。極限まで研がれた刃は、薄い。だけにわずかな衝撃で、欠けた。日本刀同士をあてるなど、論外であった。刃が欠ければ、致命傷を与えて継戦能力を奪えるはずが、かすり傷で終わったりしてしまう。命をかけた真剣勝負で、刃が傷つく。それは敗北を意味した。

「うん」

みょうな受けかたをした衛悟へ、木村が一瞬怪訝《けげん》な表情を浮かべた。が、すぐに試合に集中を戻した。

木村が竹刀を引き離し、そのまま突いた。

「甘い」

読んでいた衛悟は突き出された竹刀を上半身の動きだけでかわし、前へ踏み出した。

「な、なにを」

触れあうほど近づいた衛悟に、木村が驚愕《きょうがく》した。

刀には届かない間合いと近すぎる間合いがあった。刃渡りよりも間合いがないと、太刀はうまく使えない。衛悟は刀の勝負ではありえない間合いへ、踏みこんだ。

「ふっ」

小さく息を吐《つ》いて、衛悟は竹刀の柄で木村の伸びきった肘《ひじ》を叩《たた》いた。

関節は急所であった。何処《どこ》か一つをやられただけで、剣を操るどころか、まともに動くことも難しくなる。

「あつっ」

竹刀を落としはしなかったが、木村が痛みにうめいた。

「……………」

その隙《すき》に衛悟は、間合いを空けた。

「行くぞ」

十分な体勢で、衛悟は竹刀を上段にした。

「参った」

避けようのない間合いで、必殺の一撃を見舞われてはたまらない。木村が負けを宣して、竹刀を身体の後ろへ回し、片膝をついて頭《こうべ》を垂《た》れた。

「うむ」

衛悟は竹刀を引いた。

「柊さま、今のは……」

剣術の稽古試合とは思えない衛悟の動きに、木村が不満げな顔を見せた。

「剣術とはなんだ」

「武士のたしなみでございまする」

不意に問われたにもかかわらず、木村が無難な答えを返した。

「では、武士とはなんだ」

「主君を守る者」

「守るためには、なにが必須だ」

「……守るためには……」

答えを続けてきた木村が、戸惑った。

「わからぬか」

衛悟は木村を急《せ》かした。

「確実に敵対した者を殺すことだ」

答えは衛悟の背後から聞こえた。

「師」

「先生」

振り向いた衛悟と木村は、いつのまにか道場へ来ていた大久保典膳に驚いた。

「であろう、衛悟」

「畏《おそ》れ入りまする」

衛悟は一礼した。

「相手を殺す……」

木村が反芻《はんすう》していた。

「主君の命を守るには、襲う者を根絶やしにするのが確実だ。その一歩目が、襲撃してきた敵をいかに早く倒すかということ。手間をかければ、その隙に何があるかわからぬでな。すばやくそして的確に相手を仕留めなければならぬ」

「殺さねばなりませぬか。その手を斬るとか、太刀を取りあげるとか」

「刺客は生きているかぎり、任を果たそうとする。一度逃せば、もう一度主《あるじ》に危難が及ぶ。ならば……」

「殺せばいいと」

大きな音を立てて、木村が唾《つば》を飲んだ。

「そのためには、あらゆる手段をとらねばならぬ。弓矢使う敵に、遠いからこちらに来いとは言えまい」

大久保典膳が言った。

「己《おのれ》を守るのはたやすい。なぜならば、失敗したところで失うものは、己の命一つですむ。しかし、他人を守るのは難しい。なにせ、その人を守るには、まず己が生きていなければならぬからな。警固役《けいごやく》が死ねば、守らねばならぬ人も命を失う」

「…………」

木村が沈黙した。

「警固役は死んではならぬのだ。死ぬことなく、守り続ける。そのためには、なんでもできなければならぬ。何度も言うが、剣術は人殺しの方法だ。どうやって己の危険を減らし、相手を倒すか。それを突きつめたものが、剣術であり、槍術《そうじゅつ》であり、体術である。師から教えられる型だけを毎日繰り返していればいいというものではない。道から外れることはいかぬ。ただ、どのような相手でも対処できるように、あらゆる動きに慣れておかねばならぬ」

衛悟の代わりに大久保典膳が語った。

「わかったか」

「はい」

大きく木村が首肯した。

「よし。ならば、しばらくおぬしが、弟たちの稽古を見てやれ。上の者から学ぶだけでなく、教えてやるのもまた修行である」

「わかりましてございまする」

竹刀を持ち直して、木村が稽古をしている弟弟子たちのところへと向かった。

「衛悟、奥へ来い」

重い声で、大久保典膳が命じた。

「はい」

予想していた衛悟はすなおにしたがった。

二

古い長屋を改築した大久保道場は、稽古場以外に道場主である大久保典膳の居室しかなかった。衛悟は大久保典膳の居室の下座に腰を下ろした。

「なにを考えている。いや、どうするつもりだ」

大久保典膳の口調は厳しかった。

「…………」

答えようとした衛悟は一瞬詰まった。六歳で道場へ入り、修行した日々が脳裏に浮かんで来た。

「やはりか。辞める気だな」

しっかり大久保典膳に見抜かれていた。

「ご高恩をたまわっておきながら、申しわけもございませぬが」

泣きそうになるのをぐっと衛悟はこらえて、深く頭をさげた。

「あやつか」

「…………」

大久保典膳の確認に、衛悟は無言で肯定《こうてい》をしめした。

「いよいよ決戦か」

「そう言われましてございまする」

「勝てぬのだな」

「情けなき仕儀《しぎ》ながら」

事実は認めるしかない。

「日の余裕がなくなりました。このままでは道場のお手伝いをいつできなくなるかわかりませぬ」

「ゆえに木村を師範代にさせたかったか」

「ご明察のとおりでございまする」

衛悟は頭を垂れた。

「変わらぬな」

あきれた顔で大久保典膳が嘆息した。

「おまえは、六歳で来たときから、まったく成長しておらぬ」

「……それはさすがに」

子供並みだと言われて、衛悟は抗議した。

「身形《なり》は大きくなった。剣術もまあまあ遣えるようになった。だが、それだけだ。本質はなにも変わっておらぬ」

大久保典膳がきつい口調で告げた。

「本質……」

「おまえが道場へ初めて来たときから、よくもまあ拗《す》ねたものだと思っていた。家を継げぬ旗本の次男以下は、大なり小なり同じような面《つら》をしておるが、おまえはそれがより強かった」

「………」

師の説教である。無言で衛悟は耳を傾けた。

「家を継げぬ旗本の次男以下は、どうにかして養子にいくしかない。いけねば、生涯、実家で兄の厄介者《やっかいもの》として肩身の狭い日々を過ごさねばならぬ。かといって、養子の口は多くない」

三河《みかわ》以来の名門旗本でも、跡継ぎがなければ禄《ろく》を取りあげられるのが決まりである。当然、男子が生まれるように努力する。正室だけでは足りぬと、側室を抱える家も珍しくなかった。となれば、男子が生まれやすくなり、養子をしなくていい家が大半になる。それこそ、娘一人に婿《むこ》十人、いや三十人くらいになってしまう。家付き娘の争奪戦は激しい。なかには、家柄ですんなり決まるときもある。数千石をこえる寄《よ》合《あい》旗本ともなると、身分がよいため、養子の口はかかりやすい。実家が力を持っていることで、のちのちの引きも期待できるからだ。対して、そうでない家の次男、三男はどうにかして、ここによい婿となる男がいますよと世間に広く知らせなければならなかった。

方法は二つあった。

一つは昌平坂《しょうへいざか》の学問所で優等の表彰を受ける。第三位までに入れれば、かなり格上の家からも婿入りの話が来た。

もう一つが剣で目録なり、免許なりを手にすることであった。剣名が江戸に響くほど高まらなくとも、仲人口《なこうどぐち》の一つになる。

「何々道場で免許を持っている」

剣術は武士の表芸なのだ。いかに、泰平の世であり、生涯刀を抜かないのが当たり前とはいえ、武術ができるのは建て前として立派なものとなる。なにより道場では、目録、免許などをもらえばすむ。昌平坂のように、一ヵ所しかなく、そこへ集まった何百という同期のなかでぬきんでなくてもいいのだ。

こうして旗本の次男、三男は江戸中の道場へ散らばった。

衛悟もその一人だった。

「柊家は二百俵だったか。旗本としてぎりぎりだな。そのうえ、兄上が評定所《ひょうじょうしょ》書役《かきやく》に就《つ》かれるまで三代にわたって小普請組《こぶしんぐみ》だった。とても、実家の引きは期待できない」

「…………」

衛悟は異論を挟《はさ》めなかった。衛悟の実家柊家は、ほとんど御家人に近いぎりぎりでお目見《めみ》えができる家柄というだけの貧乏旗本であった。しかも無役の旗本を集めただけの小普請組に三代も在した。いわば旗本の底辺である。そんな家の次男を婿にとろうという家などない。あっても、寡婦《かふ》となった娘に子供がいるとか、借財が多く婿という名の無給の働き手を得て内職で稼ぎたいというような、ろくでもないところだけであった。

婿になれるなら贅沢《ぜいたく》は言えない身分だが、最初からはずれを引きたくはない。かといって、伝手《つて》も縁もない。少しでも早く免許を取って、己に売りものとなる看板を付けようと衛悟は剣術に没頭した。

「必死だったな。おまえは。毎日誰よりも早く道場へ来て、最後まで稽古をした。おかげで目録まではあっという間だった。最速の記録だろう。十二歳で切り紙、十五歳で目録はな」

大久保典膳が衛悟を優しい目で見た。

「だが、そこでおまえは壁にあたった。それ以上伸びなくなった。やがて堅実に腕をあげてきた上田聖に負けた」

「……つっ」

衛悟は苦い思い出に頬《ほお》をゆがめた。

「わかってるのだろう。儂《わし》は、おまえをそこまで剣術馬鹿にした覚えはないぞ」

「…………」

「壁は現れたのではない。己が作っていたと」

「……はい」

師の言葉に衛悟は首肯した。

「才能のある者ほどはまりやすい罠《わな》に、おまえは見事に落ちた。才能があると、ほとんど手助けされずとも、あるていどまで来てしまう。それを心のできていない子供で経験してしまうと、他人の助力を受けつけなくなる。おまえはまさにその典型だった」

「恥じ入ります」

「一時《いっとき》、上田聖に追い抜かれた後だったな。くさって道場へ来なくなったこともあったな」

「ございました」

衛悟は肩を小さくした。

「今、同じことをしようとしていると、わかっているのか。それとも儂はそこまで頼りないのか」

「……はっ」

伏《ふ》せていた顔をあげた衛悟は、息を呑んだ。

「儂は弟子を見捨てるほどなさけない男ではないぞ」

大久保典膳の目に光るものがあった。

「師……」

衛悟もこみあげてくるものを禁じ得なかった。

「戦いに助太刀はできぬ。それは剣士としてしてはならぬ」

「はい」

助太刀を求める。それは一対一の勝負を戦いに変えてしまう。戦いとなれば、剣士同士の試合で使われる縛《しば》りがなくなる。なにをしてもよくなるとなれば、最強の甲賀《こうが》忍《しのび》を相手に衛悟の勝ち目はなくなった。

「だが、弟子を鍛《きた》えるのは師の仕事だ。それをとやかく言われる筋合いはない」

そこで大久保典膳が衛悟を見た。

「たとえそれが弟子本人であってもな。師弟関係は、儂が破門を言い渡さぬかぎり、終わらぬ」

「…………」

無言で衛悟は深く頭をさげた。

「わかったならば、話せ。相手と対峙したときのことを、思い出せるすべてをだ」

「はい」

衛悟は冥府防人との最初の出会いから、先夜の邂逅《かいこう》までを告げた。

「ふむ。会うたびに戦いの形が変わっているか。忍には違いないのだな」

聞き終わった大久保典膳が確認した。

「本人の口から聞いたわけではございませぬが、あの身のこなしは剣士のものではございませぬ」

まったく気配を感じさせず近づき、闇へ溶けて消える。あのようなまね、逆立ちをしても衛悟にはできなかった。

「忍の技と剣術か。難しい相手だな」

「師ならば、どうなさいまするか」

大久保典膳も道場を開くまで、剣術修行で諸国を巡り、何度も真剣勝負を経験していた。その話を聞いたことのある衛悟は問うた。

「逃げる。追いつけぬほど遠くへ逃げ、二度と江戸には近づかぬ」

あっさりと大久保典膳が答えた。

「えっ」

あまりの潔《いさぎよ》さに、衛悟は唖然《あぜん》とした。

「それが生きのびる唯一の方法だ。ただし、これは己に係累《けいるい》のない儂のような者にしか遣えぬ手だがな」

大久保典膳が付け加えた。

「剣士としての名前……」

「そんなもので生きていけるか」

言いかけた衛悟を、大久保典膳が押さえた。

「名前なぞなくとも生きていける。だが、名を惜しんで無理をすれば、死ぬだけだ。武士として、旗本としての矜持をなによりと考えている連中にはできぬことだがな」

「それは」

衛悟は旗本の次男で、今や立花家の跡取りである。旗本としての体面を考えなければならない立場であった。

「人はな。一畳の寝床と一日五合の米、肌を覆《おお》うに足りる衣服。これだけあれば生きていける。それ以上は贅沢《ぜいたく》であり、重荷なのだ」

「重荷でございますか」

「ああ。余分なものほど失えば惜しいと思う。命よりたいせつなものなど、ないと知っていながら、迷う。火事を見ろ。火が迫っているというに、皆持てるだけの家財道具を持って逃げようとする。狭い道に荷車が、大荷物を持った人があふれる。そうなると当然避難は遅れる。こうして、どれだけの人が死んだか。身一つで逃げていれば、助かったのだ」

「たしかに」

江戸は火事が多い。さいわい、柊家も立花家も被害を受けたことはないが、焼け落ちた町並みを見たことは何度もある。焼け死んだ人々の姿も数限りなく見た。

「欲をなくせば、命は死ぬまで使えるぞ」

「いいえ」

誘いに衛悟は首を振った。

「だろうな。そなたも背負うものを持った。愛《いと》おしいであろう」

「はい」

「命に替えても守りたいと思うであろう」

「はい」

二度の問いに、衛悟はためらわなかった。

「けっこうだ。男は女を守り、女は子を慈《いつく》しむ。こうやって人は世を継いできた。儂のように娶《めと》らず、子をなさぬ者が異端なだけ。衛悟、立花どのの娘御、なんと言われたかの」

「瑞紀でございまする」

「その瑞紀どのを救う方法は、二つある」

「二つでございますか」

衛悟は首をかしげた。一つしか思い浮かばなかった。

「一つは、言うまでもあるまい。そなたが勝つことだ。もう一つは、真剣勝負の前に約定《やくじょう》を交わしておくのよ。勝負の結果の如何《いかん》にかかわらず、立花には手出しをしないと。今までの相手の行動から見て、その要求は通ろう」

「おおっ」

目の前が明るくなる気がして、衛悟は喜んだ。

「……やはり、馬鹿だな」

大久保典膳が大きく嘆息した。

「なぜでございましょう」

わからないと衛悟は首をかしげた。

「己が死んで瑞紀を守った。おまえは満足だろう。で、残された瑞紀はどうするのだ」

「うっ」

衛悟は詰まった。

「わたくしのために、衛悟さまが……となるのだぞ」

「…………」

なにも衛悟は言えなかった。

「それだけならまだいい。瑞紀どのは立花家の一人娘だ。家を存続させる義務がある。おまえを失ったからといって仏門へ入るなど許されないのだ。新たな婿を取り、子を産み、育てなければならない」

「ああ」

衛悟は息を呑んだ。

「愛おしい男は、己の為《ため》に死んだ。だが、己は死ぬわけにも、髪を下ろすこともできないだけではなく、好きでもない男に身を任せなければならない。女が好きでもない男と閨《ねや》をともにする。これがどういうことか、わかるか。心を殺さねば耐えられぬのだぞ」

「心を殺す……」

「それは人としての幸せを捨てることだ。瑞紀どのをそうさせたいか」

「いいえ」

「瑞紀どのを他の男のものとしてよいのか」

「とんでもない」

衛悟は必死で否定した。

「馬鹿弟子がやっと気づいたか。ならば、生き残るための努力をせんか」

気合いを入れるように、大久保典膳が大声を出した。

「はい」

「稽古をつけてくれる。参れ」

「ありがとうございまする」

大久保典膳の促しに、衛悟は感謝した。

三

江戸の城下の治安は町奉行の任である。しかし、城下の状況を将軍へ報告する義務はなく、老中のもとへ書付が出るわけでもなかった。

「己の膝元《ひざもと》もわからずして、どうして諸国のことまでなしえようか」

将軍職を継いだ吉宗《よしむね》が、江戸城下のことを調べる役目を作った。それがお庭番《にわばん》江戸地回り御用であった。

江戸地回り御用は、毎日城下を歩き、人々の状況、治安、物価の変動などを調べ、それを書き付けて将軍へと差し出す。将軍は、それを見て、町奉行や勘定《かんじょう》奉行から正確な説明を受けたり、対応を命じたりする。

お庭番馬場《ばば》仙蔵《せんぞう》は江戸地回り御用の一環として、商人姿で城下を探索していた。

「ずいぶんと米があがってるねえ」

「大坂堂島《どうじま》の相場が動いているようでございまして」

問う馬場仙蔵に、米屋の番頭が答えた。

「しばらく高値が続きますかね」

「でございましょう。今年の取れ高は悪いと相場は見ているようでございますから。もし、お買い求めになられるなら、今がよろしいかと。米搗《こめつ》きをしなければ、かなり日にちが経《た》っても味は変わりませぬので」

揉《も》み手《て》をしながら番頭が勧めた。

「そうだねえ。買うとしたら一年分欲しいから、まずは蔵を空けないとね。また来るよ」

買うような買わないような返答でごまかして、馬場仙蔵は米屋を出た。

「米はあがる。となれば、味噌《みそ》もあがるか。先ほど見た魚屋は値を変えていないから、漁に変化はない。飢饉《ききん》が来るとすれば寒くなるはず。それならば魚もとれなくなるのが普通。ということは、堂島の米相場が意図して米の値段を煽《あお》っていると考えるべきか」

独りごちながら、馬場仙蔵は馬喰町《ばくろちょう》にある旅籠《はたご》へと戻った。

江戸地回り御用は、その職務の関係上、組屋敷から毎日出かける場合と、市中に生活してより深く調べる場合があった。

今回馬場仙蔵は小田原《おだわら》から商談のため江戸へ出てきた商人という触れこみで、馬喰町の旅籠に数日の滞在を予約していた。

「ただいま戻りました」

「おかえりなさいませ。本日はいかがでございました」

「難しいね。江戸はなんでも高い。小田原とは違いますね」

愛想で訊《き》いてくる番頭へ、馬場仙蔵が嘆息して見せた。

「それは残念でございました」

「ああ。本日は夕餉《ゆうげ》は要らないよ。少し出たいから」

「承知いたしました」

馬場仙蔵の指示に番頭がうなずいた。

「このあたりでどこかよいところはあるかい」

すばやく馬場仙蔵は一朱を番頭の手に押しつけた。

「これはどうも。さようでございますな……」

受け取った番頭が、馬場仙蔵の求めをさとって声を潜《ひそ》めた。

「吉原は高くつきますので、ここからならば柳橋《やなぎばし》のあたりがよろしゅうございましょう」

「柳橋に遊べる見世《みせ》があるのかい」

「看板などは出しておりませんが、柳橋のたもとに何人か用もないのに立っている女がおりまする。その一人に井筒屋《いづつや》の番頭から聞いたとお伝えいただければ」

「どうなるんだい」

興味が湧《わ》いたという体《てい》で、馬場仙蔵は顔を突き出した。

「素人女を抱けまする」

下卑《げび》た笑いを番頭が浮かべた。

「……素人女だというのかい。遊女が素人のまねをしているのではなく」

「はい。どこの者かは知りませんが。町屋の娘や人妻が金に困って客をとっているのでございまする。運がよければ、お武家さまの娘さまや奥さまにあたることもあるとか」

「お武家の……。しかし、大丈夫なのかい。私娼《ししょう》はご法度《はっと》のはず」

馬場仙蔵が懸念を表した。江戸で許されている遊女は吉原だけであり、それ以外はすべて取り締まりの対象であった。

「ご安心を。あのあたりを縄張りにしている町方のお役人さまには、十分な鼻薬が行き届いております。手入れがあるときは、前日までにお報せが来るそうで」

「そうかい。それならいいが。高いのだろうね」

「いいえ。客引きに一分お渡しいただければ、それであとはなにも要りませぬ。もちろん、相手をした女が気に入っての心付けをしてやれば、喜びましょう」

値段の話をした馬場仙蔵に、番頭が言った。

「一分で素人女に相手をしてもらえるのなら、安い。行かせてもらおう」

馬場仙蔵が手を打った。

「念のために申しますが、場所が普通の町屋でございますので。食事や酒は出ません。あらかじめ夕餉はすまされたほうがよろしいかと」

一朱の心付けの範疇《はんちゅう》なのか、番頭は親切に安くてうまい煮売り屋の場所も教えてくれた。

「出かけてきます」

「もしお帰りのとき、表戸がおりておりましたら、潜《くぐ》りを叩いてくださいませ。小僧に開けるように申しておきまするゆえ」

「頼むよ」

うなずいて馬場仙蔵は旅籠屋を出た。

すでに日は落ちていた。

「やはり町木戸は閉まらぬな」

馬場仙蔵はつぶやいた。

江戸の町は、治安維持のため暮れ四つ（午後十時ごろ）から夜明けまで、町木戸を閉じて人の出入りを制限する決まりである。といったところで、厳密に守られていたのは五代将軍のころまでであった。泰平が続き、人々に生活の余裕ができてくると夜遊びをする者が増え、行き来を阻害する町木戸はかえって邪魔となった。といってもすべての町木戸が開けられているわけではなく、裕福な商家の集まっている町内や、高禄《こうろく》旗本大名などの屋敷町などは、今でも厳密に門限が守られ、夜中にうろんな者が入りこむのを防いでいた。

「門を閉めると行き来が面倒になる。そうなれば、出歩く者が減り、食いものや酒を商う店が困る。遊郭も客が減る。すでに江戸の夜は庶民に開かれているのだ。お城近く以外の木戸は撤廃したほうがよいのかも知れぬ」

夜になって少し減った人通りを見ながら、馬場仙蔵は柳橋へと向かった。

神田川《かんだがわ》にかかる橋が地名の起こりである柳橋は、川に面した河岸《かし》である。

「あれか」

すぐに馬場仙蔵は立っている女を見つけた。

「井筒屋の番頭さんから聞いたのだが」

「はい。では、まずお代を」

四十歳近いと見える女が要求した。

「たしかに。ではこちらへ」

差し出した一分を受け取った女が案内したのは、柳橋から一筋入ったところにあるしもた屋風の町屋であった。

「素性の詮索《せんさく》はなさらないでくださいまし。あと、今から一刻（約二時間）でお願いいたしまする」

「わかったよ」

同意して、馬場仙蔵はしもた屋のなかへ入った。

一刻少し足らずで、馬場仙蔵はしもた屋から出た。

「いかがでございました」

女が外で待っていた。

「いい思いをさせてもらった」

馬場仙蔵は満足だと告げた。

「このことはご内聞に」

「わかっているとも」

うなずいて馬場仙蔵は女と別れた。

「どうみても素人、それも武家の女らしかった」

武家と町人では、女でも仕草に違いがあった。武家と見せかけることで、客の興を増すというのもありえるが、なかなか生まれついてずっとしてきた動作を付け焼き刃でまねするのは難しい。どうしても鼻についてしまうのだ。

「武家の生活が逼迫《ひっぱく》しているのは確かだが、身を売るまで堕《お》ちているとなれば、少し考えなければならぬな。武家の女が庶民に買われる。これは身分の逆転につながる」

馬場仙蔵が難しい顔をした。士農工商は幕府が定めた絶対の身分である。最高峰である士が、金で商の思うままにされる。これが続けば、制度自体に緩みが出かねなかった。

「やることをやっておいて、いまさらなにを言うか」

「なにっ」

すぐ後ろから声をかけられて、馬場仙蔵が驚愕《きょうがく》した。

いかに考えごとをしながら歩いていたにしても、近づかれるまで気づかなかったなど、お庭番として論外であった。

「なにやつ」

「他人に名乗りを求める前に、自ら名乗れと親から教えられなかったか。まあ、そのていどの腕しかしておらぬのだ。親もさほどではなかったのだろうが」

「なんだと」

嘲笑《ちょうしょう》されて馬場仙蔵が怒った。

「やれ、相手にするのも面倒だが……黄泉比良坂《よもつひらさか》の番人、冥府防人。お庭番をあの世へ送るために参上つかまつった」

「…………」

名乗る冥府防人へ、無言で馬場仙蔵が斬りかかった。懐《ふところ》に隠していた短刀を抜き放つ動作、一気に踏みこんだ足、電光石火で突き出された切っ先、そのすべてを合わせた一撃は、まさに目にも止まらぬ疾さであった。

「他人の話は最後まで聞けと、諭《さと》されなかったか」

冥府防人が半歩下がった。馬場仙蔵の短刀はあと一寸（約三センチメートル）届かないところで止まっていた。

「……つっ」

すばやく馬場仙蔵が後ろへ跳んで間合いを空けた。一寸の見切りをして見せた冥府防人に、馬場仙蔵の顔色が変わった。

己の身体《からだ》に、剣が届くかどうか。それを見極めることを、見切りという。見切りが小さければ小さいほど、身体の動きは少なくてすみ、すぐに反撃へと移れる。見切りというは容易《たやす》いが、実際は当たれば死ぬ真剣を相手にしなければならないのだ。その恐怖をぬぐい去ることは難しい。

見切りは、相手の動き、足の位置、肘《ひじ》の伸び具合、肩の入りかた、そして使用する得物《えもの》の刃渡りや特性を瞬間に見抜かなければできなかった。なにせ、一つ読み間違えれば、避けきれず傷を負うか、大きく逃げすぎて体勢を崩すかしてしまう。よほどの自信がなければ、一寸の見切りはできなかった。

「すぐに逃げたのはよいが……まだ刃を向けているのは駄目だな。かなわぬと思えば逃げるのが、忍の正しき姿」

冥府防人が冷たく評した。

「おぬしていどならば、将軍もいなくなってもさほど困るまい」

ものの数でさえないと、冥府防人が笑った。

「こいつ、言わせておけば」

憤慨《ふんがい》した馬場仙蔵が、隠し持っていた手裏剣《しゆりけん》を投げつけた。

「甘いわ」

冥府防人があっさりと手裏剣を叩き落とした。

一瞬とはいえ、手裏剣を弾《はじ》くために、冥府防人の足が止まった。

「…………」

馬場仙蔵が背中を向けて逃げ出した。

「悪手だぞ。逃げるには少し遅すぎる」

あきれたように言って、冥府防人が追った。あっという間に冥府防人は馬場仙蔵の背中に迫った。

「馬鹿な、追いつかれるなど」

数歩進んだだけで、馬場仙蔵が逃走をあきらめ、懐刀を構えなおした。

「……しゃっ」

馬場仙蔵が懐刀を小さく振って襲いかかった。

「止まって見えるわ」

鼻先で笑って、冥府防人が居合《いあいぬ》抜きに懐刀を打ち払った。

「つっ」

太刀と懐刀では大きさも重さも違う。まともに打ちあえば、懐刀が負ける。絡んだだけで懐刀が折れた。

「くそっ」

根元だけになった懐刀を馬場仙蔵が投げつけた。

「それまでだな」

顔を振るだけで、これをかわした冥府防人が、大きく踏み出した。

「なんの」

対峙したままで、後ろも見ずに馬場仙蔵が跳ぼうとした。

「なぜ」

馬場仙蔵が唖然とした。馬場仙蔵の位置は変わっていなかった。

「足が使えなければ、動けなくて当然だな」

横薙ぎを放った後の残心の構えを取りながら、冥府防人が淡々と言った。

「まだわからぬか」

冥府防人が太刀を拭《ぬぐ》い始めた。

「こやつ」

終わったといわぬばかりの態度に反発しようとした馬場仙蔵の上半身がずれた。

「えっ、えっ」

馬場仙蔵の上半身が地に落ちた。冥府防人は馬場仙蔵を腰断していた。

「まずは一人」

あふれる血を見ながら、冥府防人がつぶやいた。


江戸地回り御用だったことが、事態の発覚を遅らせた。隠密《おんみつ》の任は、誰にも内容を漏《も》らさない決まりも、この場合悪く働いた。

馬場仙蔵の死体は、辻斬《つじぎ》りに遭《あ》った町人として、町奉行所へ引き取られた。場所が柳橋だったこともあり、すぐに馬場仙蔵が馬喰町の旅籠井筒屋の逗留客《とうりゅうきゃく》だと知れた。

「小田原で商いをなさっている相模屋《さがみや》仙蔵さまと宿帳には……」

町奉行所の問い合わせに、井筒屋の番頭は答えた。

「小田原か。面倒だが報せてやらねばなるまい。預かり金は残っているか」

「へい。あと五日逗留されるとのことでございましたので」

井筒屋の番頭が認めた。

「飛脚を出してやれ、費用はそこから出せばいい」

「……へい」

町方同心の指示に、井筒屋の番頭が首肯した。

飛脚の足でも小田原までなら、往復で四日はかかった。その四日の間を冥府防人は遊んで過ごさなかった。

任をすませ、組屋敷へ戻ろうとしていたお庭番梶野太郎左衛門《かじのたろうざえもん》の背中を手裏剣が襲った。

「くっ……」

殺気に身をすくめたお陰で、致命傷とはならなかったが、手裏剣は梶野太郎左衛門の左肩の肉を削《そ》いだ。

「…………」

誰何《すいか》せず、梶野太郎左衛門が振り向いて体勢を整えた。

「先日のやつより、少しは遣えるようだな」

冥府防人が姿を見せた。

「……やっ」

問答無用で梶野太郎左衛門が手裏剣を撃った。続けざまに四つの手裏剣が、緩急を付けて冥府防人へと迫った。

「なかなか」

同時に飛んでくる手裏剣をかわすのは、さして難事ではない。しかし、遅速があれば一気に難易度があがった。避けたところへ次が来る。油断は致命傷になった。

それも冥府防人は笑いながら避けた。

「左右へ拡げたのはいいが、高低をつけないのは、よくないな。屈《かが》むだけですむぞ」

「小癪《こしゃく》な」

教え諭《さと》すような冥府防人に梶野太郎左衛門が怒った。

「助言したところで、もう遅いが……」

冥府防人が懐へ手を入れ、抜きざまに手裏剣を投げた。

「ぐおう」

二本飛んできたうちの一つを、鞘《さや》ごと抜いた太刀で撃ち払ったが、もう一本は防げなかった。手裏剣が梶野太郎左衛門の右二の腕を貫いた。

「両腕を潰された。さて、どうする」

わざと冥府防人が攻撃を止めた。

「…………」

梶野太郎左衛門が間合いを詰め、蹴りを出してきた。

「ふん」

冥府防人が半歩引いた。

「下がらせて、その隙に逃げ出すつもりか」

「……むう」

身を翻《ひるがえ》そうとしていた梶野太郎左衛門が動けなくなった。見抜かれていながら背を向けるなど、死を意味していた。

「先日もお庭番を一人葬ったが、どうも判断が遅い。己の状況が悪くなってから逃げ出している。目がなさ過ぎる。一目で相手との差を気づかねばな。勝てぬと一瞬で見抜き、なりふりかまわず逃げる。それのできぬ忍は、遅かれ早かれ死ぬことになる」

「別のお庭番だと」

しゃべっている隙を狙っていた梶野太郎左衛門が聞きとがめた。

「やはりまだ知られていなかったか」

確認できたことに、冥府防人が満足げにうなずいた。

「偽りを申すな」

梶野太郎左衛門が冥府防人を非難した。

「名前は知らぬぞ。問うたが答えなかったからな。馬喰町の旅籠で商人の振りをしていた。四十歳ほどの痩《や》せた男であった」

「馬場……」

様子だけで梶野太郎左衛門がさとった。

「お庭番、おまえもここで死ぬ。馬場といった者の死はまだ知れぬ。おぬしの死はすぐにも仲間の耳に入るだろうがな」

「何者だ、きさま」

「聞いていないのか。鷹狩《たかが》りの場で会ったぞ、お庭番二人に」

「鷹狩り……」

梶野太郎左衛門が首をかしげたのち、すぐに気づいた。

「きさま、民部卿《みんぶきよう》の」

梶野太郎左衛門が息を呑んだ。

「冥土の土産もくれてやった。もういいだろう。ときもずいぶん稼がせてやった」

「……つっ」

日比谷《ひびや》御門の組屋敷まではあと少しであった。

「誰か異変を感じてくれればとの願いは届かなかったな」

ゆっくりと冥府防人が間合いを詰めた。

「…………」

逃げず、梶野太郎左衛門が冥府防人へ飛びかかった。

「ぐえええ」

冥府防人がまっすぐに突きだした太刀が、梶野太郎左衛門を貫いた。

「し、死ね」

抱きつくように冥府防人へもたれかかった梶野太郎左衛門が、かろうじて動く左手を懐へと入れた。

「馬鹿が」

太刀から手を離した冥府防人が脇差《わきざし》を抜きうった。

「あああ」

肘から左手を断たれた梶野太郎左衛門が絶望の声をあげた。

「忍の最期は、同じ。気がつかぬとでも」

落ち着いて冥府防人が、しがみついた梶野太郎左衛門を引き離した。

「太刀はくれてやる」

冥府防人が跳んで離れた。

鉄炮《てつぽう》を放ったような音が、梶野太郎左衛門から発し、血肉があたりに散った。

「己を狼煙《のろし》代わりにしたか」

すでに深更《しんこう》である。江戸の町は確実に眠りに就《つ》いている。ちょっとした音でも遠くまでとおる。冥府防人はすばやく身を返して、闇へと溶《と》けた。

「…………」

冥府防人が去った直後、四名のお庭番が集まってきた。

「これは……梶野か」

「着ているものは似ているな」

「顔が潰れている。軽々には判断できぬ」

お庭番たちが低い声で話し合った。

「……梶野だ。この膝のあざに覚えがある」

死体をあらためていた一人のお庭番が断定した。

「気配はない」

「ああ」

周囲を警戒した二人のお庭番が顔を見合わせてうなずきあった。

「追いかけても無駄だな。爆発から我らが来るまでのときがあれば、腕の立つ忍ならば、十町(約一・一キロメートル)は離れられる」

「うむ。今は敵を追うより、梶野を組屋敷へ連れて帰る方が先だ。ここは内曲輪《うちぐるわ》、目付の管轄《かんかつ》。お城近くでお庭番が殺されたなどと知られては、面倒だ」

「うむ」

うなずいたお庭番が、死体から太刀を抜いた。

「…………」

一人が血まみれの梶野を背負った。

「二人残り、小半刻《こはんとき》(約三十分)ほど見張れ。潜んでいる者がいないとはかぎらぬ」

「承知」

「任せよ。そちらこそ気を付けろ。一人は戦えぬ」

残れと言われたお庭番が、注意をうながした。

「わかった」

お庭番が二手に分かれた。

「目を離すなよ」

残った二人のうち、歳嵩《としかさ》のお庭番が腰を低くしながら、若いお庭番へ言った。

「蚊も見逃さぬ」

若いお庭番が応えた。

「一人を殺し、注目をさせて呼び集めたところを襲う。忍がまま使う手だ。とくに死体を運んでいる者の動きは鈍い。そこを弓矢で狙われては避けようがない」

「わかっている」

若いお庭番が首肯した。

「……どうやら無事に組屋敷へ帰ったようだ」

しばらくして二人のお庭番が顔を見合わせた。

「我らも戻ろう。どうするか、話し合わねばならぬ。いや、その前に他の安否を確認せねばなるまい」

二人のお庭番が走った。

四

立花家は衛悟を婿に迎えることで、二百石の加増を受けた。といっても表沙汰《おもてざた》にできない功績のため、うわべは立花併右衛門の長年の勤務精励への褒賞《ほうしよう》という形を取っていた。

そのためか、千石取りの名門旗本からの誘いが一気に増えた。

「どうであろうか。吾《わ》が家の次男を貴家の婿に取ってくれぬか」

今日も城中で、併右衛門は呼び止められていた。

「貴殿は……」

併右衛門が首をかしげた。

「寄合二千五百石、新藤嘉門《しんどうかもん》である」

「お先手頭《さきてがしら》の新藤さまでございましたか」

併右衛門が軽く頭を下げた。

お先手頭はいざ鎌倉《かまくら》というとき、真っ先に敵陣と当たる番方の取りまとめをする役目である。戦場では花形であり、譜代《ふだい》大名の多くが戦国のころ経験していた出世役である。といっても、それは乱世の話であり、泰平の世では、閑職とまではいかないにせよ、うまみのある役目ではなかった。

「どうじゃ。今の話。少し釣り合わぬとはいえ、こちらも妾腹《しょうふく》であるしな。よい縁だと思うが。貴殿にとって新藤家と繋《つな》がることは損ではないぞ。なにせ、吾が新藤家の一門には、万石の大名もおる」

新藤嘉門が自画自賛した。

「ありがたいお話ではございますが」

数ヵ月前ならば、喜んで併右衛門は飛びついていた。千石以上の家柄から婿を迎え、立花家を一層《いっそう》引きあげる。それが一人娘瑞紀のためだと信じていたからだ。しかし、当初は便利使いし、適当に養子先を紹介して縁を切るつもりだった衛悟とのかかわりが、併右衛門を変えていた。

生死をかけた戦いに衛悟を巻きこんだ併右衛門は、命を預け合う人と人の繋がりを知った。そして若い者が成長していく姿を目の当たりにし、その手助けをしたという確信を持った。それは誇りとなって、併右衛門の胸を熱くした。

なにより、娘瑞紀の表情が、やわらかくなっていくのを見た。そう、愛する者を得て、瑞紀は娘から女へと変わったのだ。男親として忸怩《じくじ》たるものがないわけではない。だが、娘のしあわせそうな様子には代えられなかった。

「あいにく娘の婿は決まっておりまして」

「隣家の次男だそうだな」

断ろうとした併右衛門を新藤嘉門が遮《さえぎ》った。

「微禄であったころからのつきあいだというが、それももう断たねばなるまい。立花の家は、すでに名門にはいったのだ。二百俵などという御家人並《なみ》の家との縁など、これから足かせになっても、決してよくは働かぬ。昔からの約束だとしても、その時代とは話が変わった。相手も奥右筆組頭にさからうほど愚かではあるまい。ここは慎重に考えねばならぬぞ。先々を見すえねばな」

新藤嘉門が諭《さと》すように言った。

「はあ……」

併右衛門は嘆息した。

「お恨《うら》みいたしまするぞ、上様」

口のなかで併右衛門はつぶやいた。

立花家の加増となった衛悟の手柄は、鷹狩りに出た将軍が僧兵によって襲撃されたのを防いだことによる。徳川《とくがわ》の御世も十一代を重ねた天下安泰の御世に、将軍が刺客に狙われるなど、外聞が悪すぎる。として、この一件は秘された。そのおかげで、小姓組士たちを始め、必死に戦った者たちの活躍も伏せられた。しかし、そのままなかったことにするわけにはいかなかった。信賞必罰こそ、権力者の義務なのだ。手柄を立てても報われない、失策をしても咎《とが》められない。これでは、次に家斉へ危難がせまったとき、誰も命をかけて救おうとはしなくなる。

そこで家斉は、表だっての褒賞《ほうしよう》ではなく、日頃の勤務態度を理由にして加増をおこなった。立花家と柊家は、衛悟の恩恵を受け、それぞれ二百石、百石の加増を与えられていた。

「衛悟のおかげと広言できぬのが辛《つら》いわ」

併右衛門は続けた。

「なにか申したか」

独り言を新藤嘉門が聞きとがめた。

「いえ。こちらの話で」

聞かれてなかったことを併右衛門が安堵《あんど》した。

「では、よいのだな。結納の日取りは後日と」

「お断りを申しあげまする」

今度は併右衛門が、新藤嘉門を遮った。

「な、なにを」

新藤嘉門が目を剝《む》いた。

「すでに御上へ、婚姻《こんいん》の届けも出しておりますれば」

幕府への届けが出ている以上、変更するにはかなり面倒な手続きが要った。

「そのようなもの、貴殿ならばどうにでもできよう。お届けはすべて奥右筆の管理であろう」

抜け道をもっともよく知っているはずだと新藤嘉門が述べた。

「さらに婿は吾が家に移っておりまする」

同居もすませていると併右衛門は話した。

「……むう」

一瞬新藤嘉門が詰まった。

「か、かまわぬ。まだ祝言《しゅうげん》をあげておらぬのだろう。ならば、どうにでもできよう。安心せい。吾が息子は、娘が傷物であっても気にするような狭量な男ではない」

新藤嘉門が告げた。

「……娘を傷物扱いなさるか」

「な、なんだ」

雰囲気の変わった併右衛門に新藤嘉門がひるんだ。

「加増の裏を知らせてもらえぬていどの家と縁を結ぶ利はございませぬ」

「裏だと……どういうことだ。申せ」

きっぱりと言い切った併右衛門へ、新藤嘉門が食い下がった。

「貴殿が知らないというだけで、口止めされていると気づかれませぬか。やれ、出来も少々悪いようだ」

併右衛門は悪口をぶつけた。

「無礼な。そのままには捨て置かぬぞ。吾が家の縁者には、側役《そばやく》につながる者もおる」

側役とは、将軍近くに控え、客の応対などを務める名門旗本のことであり、かなり大きな権力を持っていた。

「奥右筆は不偏不党。これは五代将軍綱吉《つなよし》さま以来のお定め。それでも手出しをなさると」

「…………」

新藤嘉門が黙った。

「上様のお耳に入れば、そなたなど……」

怒りが沈黙を続けさせなかった。新藤嘉門が脅《おど》した。

「このたびの裏、その口止めを命じられたのは上様でござる」

「……えっ」

新藤嘉門が絶句した。

「上様のお口止めを破らせようとした。このことがお耳に入れば、ご縁者の側役どのはご無事ではすみますまいな」

「それは……」

低い声を出した併右衛門から、新藤嘉門が少し離れた。

「では、お話は聞かなかったでよろしいな」

「あ、ああ」

新藤嘉門がうなずいた。

「ではこれにて」

併右衛門は、背を向けかけて足を止めた。

「念のために申し添えますが、貴家のご次男どのの養子行きは、ちと難しくなりましたな」

「どういうことだ」

「少なくとも、わたくしの筆は貴家の問題で滑ることはなくなりました。娘を傷物呼ばわりされて、我慢するほどできておりませぬ」

言い終えて、併右衛門は歩き出した。

「ま、待ってくれ。わ、詫《わ》びる」

養子縁組も奥右筆の筆が入って初めてなる。息子を養子にと縁談をまとめても、幕府の許可が下りなければ絵に描いた餅《もち》でしかない。そして許可が出ないのは、奥右筆に嫌われたという証拠でもある。奥右筆を敵にした家と縁を結びたがる者などいなかった。

「聞こえませぬな」

呼び止める新藤嘉門を併右衛門は置き去りにした。


大奥は大きく動揺していた。

将軍家斉と正室茂姫《しげひめ》の間に生まれた敦之助《あつのすけ》が、御三卿清水家《ごさんきょうしみずけ》の当主として大奥から出されることになったためであった。

武家であれ公家であれ、名門の家では通常跡継ぎとなるのは、当主と正室の間に生まれた男子と決まっていた。これは名門の家の婚姻が両家の仲を強固なものとするためのものであったからだ。当主と正室の血を受け継いだ男子は、どちらの家にとってももっとも近い縁者であり、絆《きずな》であった。したがって、正室との間に男子ができれば、その前にいた側室との子供を押しのけて、世継ぎとするのが慣例であった。

家斉は、長男竹千代《たけちよ》の病死を受けて、次男敏次郎《としじろう》を跡継ぎとする旨《むね》を宣していた。とはいっても、それは敦之助が生まれる前の話であり、嫡流《ちゃくりゅう》とされる正室との子ができたいま、跡継ぎは変更されると、誰もが考えていた。それを家斉は変えなかった。

徳川家には、一度他家へ養子に出た者は当主になれないとの決まりがあった。徳川家康《いえやす》の次男で結城《ゆうき》家を継いだ秀康《ひでやす》、六代将軍家宣《いえのぶ》の弟で越智《おち》家へ養子に入った清武《きよたけ》など古例を出すまでもなく、すぐ近くに、家斉と十一代将軍の座を争うはずだった松平《まつだいら》定信《さだのぶ》がいた。

老中筆頭となり、寛政《かんせい》の治世と讃《たた》えられた政《まつりごと》を布いた松平定信は、御三卿田安《たやす》家の出であった。田安家初代徳川宗武《むねたけ》の七番目の男子として生まれた定信は、幼少のころから聡明を謳《うた》われ、八代将軍吉宗の再来とまで言われていた。世継ぎである家基《いえもと》を失った十代将軍の跡目として期待されたが、田沼主殿頭意次《たぬまとのものかみおきつぐ》の策謀により、定信は田安家から奥州白河《しらかわ》松平家の養子として出され、将軍になることはできなかった。

敦之助は家臣筋ではなく、将軍家お身内衆とされる御三卿の清水家へ出されただけ、まだましであるが、それでも兄敏次郎の下に置かれたことはまちがいない。

生まれの筋目から、かならず敦之助が兄を押しのけて十二代将軍となる。そう信じて敦之助についていた者たちにとって、これはまさに世の終わりであった。

「島津《しまづ》さまもなさけない」

「今少し、お力をお貸しいただければ」

御台所《みだいどころ》に近い大奥上級女中たちが、島津重豪《しげひで》を恨んでいた。

島津重豪は、正室茂姫の父であり、敦之助から見て外祖父にあたった。関《せき》ヶ原《はら》以来、最大の敵国として冷遇されてきた薩摩《さつま》島津家の血を引く将軍の子の誕生である。薩摩島津家も、大いに期待していた。敦之助を将軍とするために、島津家も動きはした。それが仇《あだ》となった。

島津重豪は、十二代将軍が決定する前に、家斉を殺すことで、敦之助を押し上げようとした。将軍と正室の子という正統は、老中といえども否定できない。後ろ盾《うしろだて》である将軍を殺せば、敏次郎を廃するのも難しい話ではないと、大奥へ女捨《おんなす》てかまりを入れて、家斉を襲わせたが失敗、かえって敦之助を大奥から出されるという結果を招いてしまった。

「御台所さまも……もう」

「でござろうなあ」

正室とはいえ、反逆者の血を引いている。さすがに表だって島津家を咎めるわけにはいかず、茂姫もそのまま大奥にあるが、家斉の寵愛《ちょうあい》が薄れるのは誰の目にも明らかであった。

「ご正室さま付きの皆さまは、顔色《がんしょく》ございますまい」

「でございましょう」

身分低い女中たちがにやけた。

「落ちた正室さまの代わりには、我らが主お楽《らく》の方さまが」

「ご正室同様となられましょう」

正室が大奥にいる限り、あらたな大奥の主は誕生しない。これは表向きの話であり、そのじつは、ときの将軍にもっとも寵愛された側室が頂点に立った。

「上様とご正室さまはお仲睦《むつ》まじくあられましたが、さすがに」

家斉が十代将軍家治《いえはる》の世子として西の丸へ迎えられる前に、二人は婚姻を約していた。いわば二人は幼なじみであった。そのせいもあり、家斉と茂姫は歴代の将軍、御台所に比して仲がよかった。

「さようさよう」

女中たちがうなずきあった。

「正室さまが中の丸へ移られる日も遠くございませんでしょう」

将軍との仲が破綻《はたん》した正室は、大奥を出され中の丸へ移る慣例であった。これは三代将軍家光とその正室鷹司孝子《たかつかさたかこ》が前例となっていた。

「そうなれば、お楽の方さまの天下。ずっとお仕えしてきたわたくしどもも、いささかのおこぼれをいただけようというもの」

「そうじゃそうじゃ」

二人がうれしそうに笑った。


大奥での噂《うわさ》は、しっかり家斉の耳に届いていた。

「そのようなことを申しておるのか」

新しい側室となったお庭番村垣《むらがき》家の娘香枝《かえ》から報告を受けた家斉が嘆息した。香枝は火の元回りお使い番として大奥での家斉警固《けいご》を担《にな》っていたが、先日の襲撃を受け、より身近で守れるように側室という立場へと替わっていた。

「なんのために敦之助を大奥から出すと思っておるのだ。敦之助から継承権を奪い、島津の介入《かいにゅう》を意味なきものとするためぞ。こうして、茂を守るためだ。それくらい気づかぬか」

「上様」

胸乳をなぶられながら、香枝があきれた。

「大奥の女になにをお求めでございまするか」

「ふむ。次代の将軍を育てる場ぞ。知力と胆力を求めるのは当然であろう」

手を下へと伸ばしながら、家斉が言った。

「そのような者など、おりませぬ」

家斉の手が動きやすいようにと脚を開きながら、香枝が首を振った。

「大奥の女たちが考えておりますのは、少しでもよい着物を身につけ、うまいものを喰《く》うこと。いえ、そうやって他人を見下したいだけ」

香枝が断じた。

「なんともはや……」

小さく家斉が嘆息した。

「そのような者どもに、敏次郎を任せなければならぬとは」

「傅育《ふいく》の方々のもとへおかよいいただければ」

将軍の子供は生まれるなり、傅育を担当する譜代《ふだい》大名が付けられる。傅育係は、子供のころの教育を担当し、将来将軍や一門衆となるのに要りような知識を与えていく。

「女どもが出さぬ」

家斉が苦い顔をした。

傅育の大名は男であり、大奥へ入るわけにはいかない。よって、担当する将軍の子を大奥より呼び出して、いろいろ話をするのだが、それを大奥は嫌った。大奥にとって将軍の子供は人質であった。将軍の子供を預かることで、いろいろな便宜《べんぎ》を図ってもらえるのだ。傅育役はその特権を奪いかねない敵であった。

「子の体調がすぐれぬと言われれば、表はなにもできぬ。医師どもなど、大奥の言いなりじゃ」

「…………」

大奥の断りを表では信用するしかない。入りこんで確認できないのだ。

股を割って、家斉が押し入ってきたため、香枝は言葉を出せなかった。

「父のことがあるというに、次から次へと面倒ごとが起こるわ。やれ、こんなことなら、いっそ将軍を父に譲って、大御所《おおごしょ》になってやろうか」

腰を動かしながら、家斉がつぶやいた。

第二章　獣の誕生

一

お庭番《にわばん》と冥府防人の戦いは続いていた。

「今度は高橋右近《たかはしうこん》がやられたというか」

報告を受けた家斉が、絶句した。

「申しわけもございませぬ」

江戸城中奥の庭で村垣源内《げんない》が頭《こうべ》を垂れた。

「これで三人目か」

「……はい」

確認した家斉に、低い声で村垣源内がうなずいた。

「父上の手の者は、そこまで強いのか。右近は、お庭番のなかでも剣の遣《つか》い手《て》であったはずだ」

「陰流《かげりゅう》の免許皆伝でございました」

村垣源内が答えた。

「お庭番を最低でも二人組で動くようにいたせ」

「…………」

無言で村垣源内はうつむいた。

「できぬのか」

「二人で組むには人が足りませぬ」

問われて村垣源内が告げた。

お庭番は八代将軍吉宗によって創設された。吉宗が将軍となるときに、紀州《きしゅう》から連れてきた腹心十七家を御休息お庭の者として、側近《そば》くに置いたのが始まりであった。

その後、新たな家を紀州から呼んだり、別家、分家を作らせたりしたことで、現在お庭番は二十六家あった。

「三人欠けた今、江戸には何人いる」

家斉が訊《き》いた。

「十三名となりましてございまする」

「……少ないな」

難しい顔を家斉がした。

お庭番は、分家から本家へ籍を移した吉宗が、既存の隠密《おんみつ》を信用できないとして設けた。だけに、将軍家、それも紀州の血を引く者に絶対の忠誠を持つ者でなければならず、やたら数を増やすわけにはいかなかった。また、その任の関係で知り得た秘密を守るため、通婚や縁組みなども組内でしかおこなわない。

お庭番になれる者がもとから少ないのだ。

しかも、お庭番の職務は、将軍の身辺警固《けいご》、諸国の情勢や大名の素行などを調べる遠国《おんごく》御用、江戸市中の状況を探索する江戸地回り御用など多岐にわたる。少ない数で多くの仕事をこなさねばならないお庭番に余裕はなかった。

「躬《み》の警固をはずしてよい」

「とんでもないことを仰《おお》せられまする」

聞いた村垣源内が顔色を変えた。

「上様の御身ほどたいせつなものはございませぬ」

「大事ない。江戸城の奥にいるかぎり、躬を襲うことはできぬ。内曲輪《うちぐるわ》には甲賀者《こうがもの》が、大奥には伊賀者《いがもの》が、中奥には書院番《しょいんばん》、小姓番《こしょうばん》、新番《しんばん》の旗本が詰めておる。どれだけ腕が立とうとも、一人で突破するのは無理である」

家斉が大丈夫だと言った。

「いいえ。とても万全とは申せませぬ」

無念そうに村垣源内が否定した。

「どういうことぞ」

「一橋《ひとつばし》さまの手の者は、もと甲賀者でございまする」

質問する家斉へ、村垣源内が告げた。

「もと甲賀者だと。なぜ、甲賀者が父のもとへ」

「家基さまのことをご存じでございましょうか」

「先の将軍家治《いえはる》さまの嫡男《ちゃくなん》であったな。たしか二十歳《はたち》手前で死んだと覚えておる」

家斉が思い出した。

「一橋さまの手の者によって、家基さまは害されたのでございまする」

「なんだと」

驚愕《きょうがく》の声を家斉があげた。

「家基さまは……」

村垣源内が話を始めた。

十代将軍家治の嫡男家基は、安永《あんえい》八年（一七七九）二月、品川《しながわ》へ鷹狩《たかが》りに出た最中に体調を崩し、高熱を発して三日後に死んだ。

「鷹狩りのさなかに吹き矢で毒を撃ちこんだと」

「なぜ、そなたがそれを知っているのだ。それを知っていて今まで隠していたとなれば、いかにそなたといえども、許さぬぞ」

家斉が詰問《きつもん》した。お庭番は幕府ではなく、直接将軍に仕える。探索御用も将軍から命じられ、直接報告する。お庭番に対する将軍の信頼は絶対であった。だが、将軍の世子《せいし》が殺されたことを知っていながら隠していたとあれば、お庭番への信頼は失墜《しっつい》する。

「…………」

一瞬、村垣源内が顔をゆがめた。

「どうした。言えぬのか」

厳しく家斉が追及した。

「情けなきことながら……教えられましてございまする」

「父の手の者にか」

すぐに家斉が理解した。

「はい」

苦渋《くじゆう》に満ちた表情で、村垣源内がうなずいた。かつて村垣源内は、立花併右衛門の警固を担当していた。そのとき冥府防人と併右衛門の話を聞いた。もちろん、冥府防人が村垣源内の気配に気づいていないわけはなく、じつは聞かされたのであった。

お庭番の本質は隠密である。その隠密が調べきれなかっただけでなく、それを当事者から教えられたのだ。隠密としての矜持《きようじ》を微塵《みじん》に砕かれたのは確かであった。

「ということは……父の命《めい》か」

「いいえ」

村垣源内が絞り出すように続けた。

「あの者の話によりまするると……」

口調が感情を消したものに変わった。

「家基さま殺害を命じたのは、田沼主殿頭《とのものかみ》意次だったそうでございまする」

「主殿頭か。納得のいく相手だの」

家斉が述べた。

当時の田沼家は、大老といっても遜色《そんしよく》ない力を持っていた。すべて家治の寵愛《ちようあい》を背景としたものであったが、政《まつりごと》を専断できるだけの力であった。

「家基さまは、田沼家から政を奪い返し、将軍親政へ戻すと公言なされておられました」

すでに壮年になっていた村垣源内は、家基のことをよく知っていた。そして家基は田沼主殿頭を嫌い、己《おのれ》が十一代将軍となったならば、ただちに罷免《ひめん》すると宣していた。

「なるほどの。田沼にとって家基は、我が世の春を邪魔する敵だったというわけだな」

「おそらく」

「されど主殿頭が、よく生かしておいたな。家基を殺した下手人など、最大の証《あかし》ではないか。道具は要《い》らなくなれば、仕舞《しま》うか破棄するべきであろう」

為政者らしい感想を家斉が漏《も》らした。

「ぬかりはなかったようでございますが、それを破るだけの力をあやつは持っていたと考えるべきかと」

「報告に来たか、褒賞《ほうしょう》をもらいに顔を出したところを襲ったのだろうが、予想以上の腕に、策を破られ逃げられたと。なれど、主殿頭の権力は、津々浦々に及ぶ。いかに忍の技に優れていたところで、権の前には折れるしかない。やむなくあらたな庇護者《ひごしゃ》を求めた。それが吾《わ》が父であったと」

的確に家斉が見抜いた。

「ご賢察でございまする」

村垣源内が褒《ほ》めた。

「要らぬことをしでかすな。主殿頭は」

家斉が嘆息した。

「道具が己の手に負えるかどうかくらい、使う前に確認しておかねばならぬというに。主殿頭は政を担《にな》えるだけの人材ではなかったようだ」

「…………」

返答はお庭番の範疇《はんちゅう》をこえる。黙って村垣源内は反応しなかった。

「その者を手に入れたため、父は秘していた思いを遂《と》げる気になったか」

表情を引き締めて、家斉が口にした。

「ゆえに御身まわりの警固をはずすなど、とんでもないことでございまする。できれば、もう二名ほど増員いたしたく」

「増員はできぬであろう。薄くなったところを狙われ、お庭番の数を減らされるだけだ。それこそ、あちらの思うつぼであろう」

「……はい」

正解に村垣源内が不承不承《ふしょうぶしょう》ながら、首を縦に振った。

「やむをえぬ。遠国御用に出ている者を呼び返せ」

「それはよろしくないかと」

家斉の言葉に、村垣源内が首を振った。

「なぜだ。一対一でかなわぬのならば、数で押し切るしかなかろう。しかし、今江戸におるお庭番は少ない。躬の警固を外せぬとならば、遠国御用の者を使うしかあるまい」

他に手はないだろうと、家斉が怪訝《けげん》な顔をした。

「遠国御用に出ている者のなかには、ようやく地に溶けこんだ者もおりまする」

他領への隠密は、たとえ幕府の者といえども、見つかれば問答無用で殺された。幕府は基本、大名の領内のことに口出ししない。これは飢饉《ききん》に陥《おちい》っても、要求がなければ見殺しにするというかわりに、多少のことは目をつぶるとの意味であった。領内のことはその藩で始末するのが慣例として決まっている。つまり幕府といえども、領内を探るというのは、問題のある行為なのだ。

かといって放置しておけば、いつ謀叛《むほん》をおこさないともかぎらない。そこで幕府は、隠密を二種類に分けた。

一つは従来の形のままのものである。夜陰に紛《まぎ》れ、城へ忍びこみ、秘密を探って逃げてくる。

もう一つは、探るべき土地へ住み着いて、地の者となり、ときをかけて侵食していく方法である。これを草《くさ》といい、数年どころか、場合によってはそこで妻《めと》を娶り、子を産ませ、その子に任を引き継ぐこともあるほど気の長いものだ。その苦労は筆舌に尽くしがたい。

呼び戻すと、そうやって何年もかけて作りあげた草としてのすべてを捨てることになる。いくら家斉の指示でも、容易に従うわけにはいかなかった。

「では、どうする。このまま一人一人減らされていっては、いつか躬の警固は剝《は》がされ、死の刃《やいば》が届くことになるぞ」

「つきましては、江戸地回り御用をお預けいただきたく」

村垣源内が願った。

「どうするのだ」

「上様の警固に六名、組屋敷に三名を配し、残りの四名で攻勢をかけまする」

「神田館《かんだやかた》を襲うか」

「はい。もちろんのことではございまするが、民部卿さまには、いっさいの手出しをいたしませぬ」

叛逆《はんぎやく》を企《くわだ》てたとはいえ、表沙汰《おもてざた》にはなっていない。なにより一橋治済《はるさだ》は、家斉の実父なのだ。村垣源内が誓った。

「……………」

少しだけ家斉が瞑目《めいもく》した。

「かまわぬ。父といえども天下静謐《せいひつ》の妨《さまた》げとなるようならば……」

「上様……」

「今日ほど将軍であることを呪《のろ》った日はない。だが、躬は一橋治済の子である前に、将軍である。天下万民への責がある。親子の思いなど、泰平の前には塵芥《じんかい》でしかない」

家斉が決意の目を見せた。

「御休息お庭の者どもへ、将軍として命を与える」

「はっ」

威厳のある声に、村垣源内が姿勢を正した。

「一橋民部を探れ。万難を排し、もし、謀叛の兆候在《あ》れば、これを滅せよ」

「ははあ」

村垣源内が平伏した。

二

奥右筆組頭《おくゆうひつくみがしら》のもとには、いろいろな書付《かきつけ》が回ってくる。大奥女中が使用する落とし紙の購入願いから、大名や旗本の改易処罰にかんするものまで多岐にわたる。さらに種類も数も少ないが、譜代《ふだい》大名からあげられる報告もあった。

「箱根《はこね》関所の書付が参りましてございまする」

奥右筆が御殿坊主《ごてんぼうず》から渡された書付を見て、声をあげた。

「小田原《おだわら》からのものか。ずいぶんと久しぶりであるな」

奥右筆組頭加藤仁左衛門《かとうにざえもん》が筆を止めた。

「年に一度か二度でございましたか」

「節季ごととされておりましたが、箱根関所が小田原藩へ移管されて、年に一度となったように記憶しておりまする」

立花併右衛門の言葉に、加藤仁左衛門が答えた。

箱根の関所は、もともと幕府の直轄《ちょっかつ》で、関所番の旗本なども江戸から交代で派遣されていた。警備も厳重であり、明け六つ（午前六時ごろ）から暮れ六つ（午後六時ごろ）までしか開かれず、関所破りの対応も峻烈《しゅんれつ》であった。しかし、世が泰平に馴《な》れ、倒幕を企《たくら》むだけの気概《きがい》を持つ大名たちがいなくなったのと合わせて、その対応も緩くなった。閉門時刻を過ぎていても、医者と産婆《さんば》だけは通されるようになり、やがて箱根が小田原藩領であるという理由から、大久保《おおくぼ》家へその管轄《かんかつ》が預けられた。大久保家は番頭《ばんがしら》一人、番士三人、足軽頭《あしがるがしら》一人、足軽十人、中間《ちゅうげん》二人を月交代で関所に詰めさせてはいたが、その勤務振りは、関所破りに対応するために常備されている鉄炮《てっぽう》には弾がなく、弓には矢が用意されていないなど、かなり甘くなっていた。

大久保藩の預かりとなった関所だったが、その最終責任はいまだに幕府にあり、出入りした人数、とくに女の上方への通行について、詳《くわ》しい報告を出さなければならなかった。その報告が、今日奥右筆部屋へ届けられたのであった。

「いかが致しましょう」

書付を手に奥右筆が訊いた。

「月ごとに出入りした数をまとめて別紙に写してくれ。三通作って、一通は保管庫へ、残りは御用部屋と道中奉行《どうちゅう》さまのもとへな」

「……はい」

加藤仁左衛門の指示に、奥右筆がしぶしぶうなずいた。

「これ。仕事が増えるといって、手を抜くなよ。しっかり確認するゆえな」

不満そうな配下へ、立花併右衛門が注意をした。

「申しわけございませぬ」

奥右筆が詫《わ》びた。

「まったく、いまどきの若い者は、買ってでも仕事をしようという気概がございませぬな。それが、のちのち己を引きあげてくれることになるというに」

小声で加藤仁左衛門が囁《ささや》いた。

「いたしかたございますまい。我ら奥右筆は別として、ほとんどの役職は、仕事より媚《こ》びでございますからな。黙々と任をこなしている者よりも、一日上司の機嫌をとった者が出世する時代。ごらんあれ、三日前に回ってきた書付でございますがな」

立花併右衛門が、手元の書付を渡した。

「補任でございますな。これは……」

目を落とした加藤仁左衛門が驚いた。

「三ヵ月前に新任したばかりでございますのに、もうお役目替えでございますか。それも書院番から小姓番とは」

書院番と小姓番は、両番組と呼ばれ、ともに名門旗本から選ばれる。どちらも将軍の側《そば》近くに仕えることから、番方《ばんかた》旗本のあこがれであった。

並び称せられる書院番、小姓番といっても、実際は大きな差があった。書院番が、将軍の外出の供と、江戸城諸門の警衛を任とするのに対し、小姓番は将軍の居室である御休息の間に詰め、その直接身体警固をおこなう。つまり、書院番組は将軍の外出がない限り、目に止まることがないのに比して、小姓組は一日将軍とともにあるのだ。当然、小姓組のほうが、将軍の目につき、その優秀さを見せることができる。となれば、覚えめでたくもなり、出世の道も開ける。事実、小姓組から遠国《おんごく》奉行、目付などの花形へ転じていく者は多く、なかには勘定奉行や町奉行となって、禄高《ろくだか》を増やす者もいた。

「書院番は、小姓番に比べて、数も多く、任じられやすいというのを利用したのでございましょうな。小姓番は、よほど名門でもないかぎり、いきなり抜擢《ばってき》されることは珍しゅうございますゆえ」

あきれた顔で立花併右衛門も言った。

「書院番を踏み台にしたと」

「でございましょう。この家は、先々代が長崎奉行をしたはずでございまする。なかなか裕福なようで」

加藤仁左衛門へ立花併右衛門が告げた。

「長崎奉行を一年やれば、三代喰《く》えると申しますが、どうやらそのようでございますな」

「先代は、大番組頭で終わったようでございますからな、金が入ったよりも出たくらいでございましょう。そこで、夢をもう一度と」

「金を撒《ま》きましたか」

嘆息しながらも、加藤仁左衛門の顔に嫌悪は浮かんでいなかった。

海外から輸入される物品の優先買い付け権を持つ長崎奉行ほどではないにしても、幕府にかかわる書付すべてを扱う奥右筆組頭も余得の多いことで知られていた。なにせ、大名旗本の役職の補任から、隠居、婚姻《こんいん》、相続いっさいを担当するのだ。身分は勘定吟味役《ぎんみやく》の次席と高くないが、書付の処理をいつするかは奥右筆組頭の胸三寸で決められる。それこそ、相続の書付の作成を一年放置しても問題なかった。

「御用繁多《はんた》でござる」

百万石の前田家《まえだ》、御三家であろうとも、御用の言葉には逆らえない。

書付が遅れるだけなら問題ないように見える。しかし、そう単純なものではなかった。

とくに隠居や相続がたいへんであった。いつまでも隠居の許しが出ないと、九十になろうが百歳をこえようが、出仕《しゅつし》し続けなければならないのだ。病気療養願いもそうである。認可されない限りは、出てこなければ罪となる。まして、相続は、放置されると跡継ぎなきは、家の存続を許さないという幕府の祖法にひっかかりかねない。そこで、書付をさっさと処理してもらうため、大名や旗本は日頃から奥右筆組頭へ贈りものをしていた。節季には奥右筆組頭の客間が贈答品で埋まるとまでいわれ、その収入は軽く一千石取りの旗本を凌駕《りょうが》する。三代は喰えないが、次代くらいまでなら慎《つつ》ましくすれば食べていけた。

長崎奉行、奥右筆組頭はともに垂涎《すいぜん》の的であり、なりたいと考える者の猟官運動が激しかった。さいわい、奥右筆組頭は文官のなかでも勘定方と並んで、特殊技能を身につけねばならないため、目に見えて動く者は少なかったが、それでも足を引っ張ろうとする者はいた。

「これは……」

加藤仁左衛門が眉《まゆ》をひそめた。

「どうかなされたか」

奥右筆の仕事は前例を知り尽くしていなければならない。幕府開闢《かいびゃく》以来二百年近い前例をすべて知り尽くすのは無理である。そこで、奥右筆はそれぞれの担当を決め、己の範疇《はんちゅう》のことだけを覚えるようにしていた。組頭も多少配下の奥右筆より手慣れただけ、前例に詳しいとはいえ、すべてを知っているわけではなかった。立花併右衛門は、加藤仁左衛門が苦手な前例にあたったかと思い、手助けの声をかけた。

「立花どの、三日前に貴殿は御休息お庭の者の家督《かとく》を認可されましたな」

「はい。覚えておりまする。それが」

御休息お庭の者の数は少ない。だけに家督相続も滅多《めった》になく、もの珍しさから立花併右衛門は詳細まで記憶していた。

「また、御休息お庭の者の家督願いが」

「それは……」

立花併右衛門は驚いた。

「加藤どの、その家の当主はいくつでござる」

「……三十二歳とござるな。病《やまい》により弟へ家督をと」

「若い。三日前にわたくしがいたしましたものも、三十六歳でございました。やはり病と」

「…………」

加藤仁左衛門が立花併右衛門を見た。

「じつは五日前にも御休息お庭の者の家督を」

「なんと」

告げた加藤仁左衛門へ、立花併右衛門が目を剝《む》いた。

「異常でござるな。御休息お庭の者は二十六家、そのうち三つが重なって家督相続とは、見過ごすわけには参りませぬぞ」

立花併右衛門が表情を険しくした。

それこそ数限りなくいる大番組《おおばんぐみ》の相続でも、月にいくつあるかなのだ。御休息お庭の者の家督にしては、多すぎた。

「御用部屋へお報《しら》せすべきでございますな」

「はい」

二人の組頭の意見が一致した。

奥右筆の主たる任は、書付の作成である。しかし、単に作るだけではなかった。奥右筆には、その書付の内容が妥当なものかどうか、調べる権が与えられていた。さらに、書付の内容が前例に照らしあわせた結果、ふさわしくないと判明した場合、筆を止めることも認められていた。

幕府の書付のすべては、奥右筆の筆を経て初めて効力を発する。これは決まりであった。五代将軍綱吉が老中たちに握られていた政の実権を奪い返すために奥右筆を創設したときに定められた不文律であり、奥右筆が拒めば老中といえども無理押しできなかった。

「行って参りましょう」

「お願いできますか」

腰をあげた併右衛門へ、加藤仁左衛門が軽く頭を下げた。

江戸城表の中枢ともいえる上の御用部屋は、老中以外の若年寄《わかどしより》、御三家でも立ち入りを許されていなかった。ただ役目柄老中と面談することが多い奥右筆は、その御用部屋へ自在に出入りできた。

「これは立花さま」

御用部屋の門番よろしく、端座《たんざ》していた御用部屋坊主が併右衛門に気づいた。

江戸城内の雑用を一手に引き受ける御殿坊主《ごてんぼうず》の権は大きい。なにせ大大名といえども、御殿坊主の手助けなしには、茶も飲めないのだ。その御殿坊主のなかから選ばれた老中付きの御用部屋坊主の力は、下手な役人をこえる。なにせ老中と親しく話ができるのだ。その御用部屋坊主が、奥右筆にだけは下手に出る。これも継嗣《けいし》の許認可を奥右筆が握っているからであった。

「どなたか、ご老中さまにお目通りを願いたい」

いきなり襖《ふすま》を開けて御用部屋に入っても、咎《とが》められることはないが、執務している老中たちの機嫌を損ねてはまずい。併右衛門は御用部屋坊主へ用件を伝えた。

「家督相続について、疑義有りとお伝え願いたい」

「しばしお待ちを」

御用部屋坊主が、襖の奥へと消えた。

老中を指名しなかったのは、誰が忙しいのか判断できなかったからであった。もちろん、幕政を運営する老中は多忙である。それでも、扱っている仕事次第で、多少の余裕が生まれることもある。それを御用部屋坊主は把握していた。人は暇になればこそ、お茶を飲みたくなったり、煙草《たばこ》に手が伸びる。本当に没頭するほど忙しければ、人は空腹にも喉《のど》の渇《かわ》きにも気づかない。老中たちの雑用を担う御用部屋坊主は、そのあたりをよく見ているはずであった。

「戸田采女正《とだうねめのしょう》さまがお出になられまする」

「かたじけない」

礼を述べて、併右衛門は少し離れたところへ移動した。

「あいかわらず遅い」

小半刻《こはんとき》（約三十分）過ぎたが、まだ戸田采女正は現われなかった。

「このときがあれば、いくつの書付が処理できるか」

併右衛門は嘆息した。

「人を待たせることで、忙しいと見せつけるなど、児戯《じぎ》に等しいまねを」

口のなかで併右衛門が罵《ののし》った。老中や若年寄などの高位な者ほど、己の権を誇示したがる。

「忙しいならば、あとで来いと伝えさせればよい。無駄《むだ》なときを」

併右衛門は独《ひと》りごちた。

「待たせたか」

さらに小半刻近く経《た》って、ようやく戸田采女正が近づいてきた。

「ご多用のおりから、申しわけございませぬ」

不満を顔にも声にもいっさい出さず、併右衛門は一礼した。

「いや、なにかとあってな。で、なにごとだ。家督相続に疑義でもあったのか」

戸田采女正がうながした。

「はい。このような……」

併右衛門が説明した。

「……御休息お庭の者については、すべてを申請どおりに認めよ」

一瞬の間を置いて、戸田采女正が告げた。

「采女正さま……」

従前と違う反応に、併右衛門は戸惑った。いつもならば、奥右筆組頭の疑義は、老中といえども覆《くつがえ》すことができず、そのほとんどは差出人へ戻せと言われていた。しかし、今回は違った。

「よろしゅうございますので。認めるとなりますれば、采女正さまのお名前を記録することとなりまするが」

奥右筆組頭の脅《おど》しであった。誰もなにかあったときの責任などとりたくはない。書付を作るのは奥右筆であるが、最終の認可は老中なのだ。書付に伴う責は、花押《かおう》を入れた老中へ行く。

「……手出ししてはならぬのだ」

采女正が声を潜《ひそ》めた。

「上様でございまするか」

その一言で気づかぬようなれば、とても奥右筆組頭など務まらない。すぐに併右衛門は覚《さと》った。

「昨日《きのう》、上様からご下命があった。今後御休息お庭の者から出された要望は、すべて躬の口から出たものと思えと」

「無茶な」

併右衛門は思わず漏らした。

御休息お庭の者のいうことがすべてとおる。とんでもない話であった。それこそ、一万石の加増願いでも拒めないことになる。

「采女正さま、上様に今一度ご確認を……」

「わかったな」

言いつのる併右衛門を遮《さえぎ》って、逃げるように戸田采女正が御用部屋へと消えた。

「死んだ三人になにがあった」

一人残された併右衛門は、奥右筆部屋とは逆へ足を進めた。

江戸城は大きく分けて三つからなる。政務を執《と》る表、御台所《みだいどころ》を主《あるじ》と仰ぐ女の城大奥、そして将軍の私《わたくし》を司《つかさど》る中奥であった。

併右衛門は中奥の奥、御広敷《おひろしき》へと踏み入れていた。

御広敷は、将軍の日常の生活と大奥を管轄《かんかつ》する役所である。大奥の女中たちとの交渉ごとをおこなわねばならぬため、老練な役人が配置されていた。

「駿河守《するがのかみ》さまはおられましょうや」

御広敷の奥、留守居《るすい》部屋前の廊下から、併右衛門は訪《おとな》いを入れた。

「その声は、奥右筆組頭か。おるぞ」

なかから返答がした。

「御免《ごめん》」

断ってから、併右衛門は襖を開けた。

「なんだ」

目をとおしていた書付から顔をあげて、留守居本田《ほんだ》駿河守和成《かずなり》が問うた。

「お仕事を一区切りなさってからでけっこうでございまする」

執務の邪魔をしたくないと、併右衛門は勧めた。

「奥右筆組頭と隠居寸前の留守居、どちらが忙しいか、子供でもわかる。さっさと言え」

　本田駿河守が促した。

「畏《おそ》れ入りまする。お言葉に甘えさせていただきまする」

　一礼して、併右衛門はさりげなく周囲へ目を配った。留守居は旗本の顕官《けんかん》である。十万石城主格を与えられるだけに、執務部屋には留守居番を始め何人もの配下がいた。

「一同、しばし外せ」

　さとった本田駿河守が他人払《ひとばら》いをした。

「はっ」

　あっさりと執務部屋は二人だけになった。

「これでよいな」

「ありがとうございまする。……」

　二度目の説明に、先ほどの戸田采女正の対応を含め、併右衛門は語った。

「上様もお若いな」

　聞き終わった本田駿河守が嘆息した。

「いや、その場にいた老中がいかぬ。上様の命とはいえ、たしなめなければならないところは、注意をいたさねば」

「…………」

一人難しい顔をした本田駿河守へ、併右衛門は無言の抗議をした。

「すまぬな。つい愚痴《ぐち》が出た。いまどきの老中どもは、家柄ばかりで使いものにならぬ」

「駿河守さま」

併右衛門が驚いた。他人がいないといっても、併右衛門は老中と近い奥右筆組頭である。本田駿河守が老中さまの悪口をと報告しないとはかぎらない。

「告げ口をするほどおまえは暇か」

「……いいえ」

併右衛門は苦笑した。

「上様はまだお若い。どうしてもお言葉が直情になる。それを補佐するのが執政たる者の役目である。今回のことでもそうだ。御休息お庭の者の願いをすべてかなえよなどと仰《おお》せられるから、奥右筆組頭が焦《あせ》って、儂《わし》のところへ来る羽目になる」

本田駿河守が続けた。

「御休息お庭の者の相続を遮るな。こう言われればすんだ。もし、上様から限定のお言葉がなかったならば、執政がそれを引き出さねばならぬ。制限のない許し、これは為政者が決してしてはならぬことなのだ」

「はい」

家斉の失敗を認めることになるとわかっていながら、併右衛門は首肯《しゅこう》した。

「まあ、そんなことは奥右筆組頭のかかわるべきことではないな」

「雲の上のことでございますれば」

併右衛門は同意した。

「梯子《はしご》をかければ届くくらいの高さであろう」

すっと本田駿河守が眼を細めた。

「…………」

「越中守《えっちゅうのかみ》さまと親しかったと聞いた」

本田駿河守の言う越中守とは、前の老中筆頭松平定信のことだ。併右衛門は、手出しをしてきた御前《ごぜん》こと一橋治済から身を守るため、一時松平定信の庇護《ひご》を受けていた。その後、道具として思うがままに使おうとした松平定信と、併右衛門は決別した。

「伊賀者《いがもの》でございまするか」

併右衛門が問うた。

留守居は、本来将軍が江戸城を離れたとき、そのあとを守るのが仕事である。いわば将軍の背後を守る者であった。将軍の背後には、江戸城が入り、そして将軍の後継者たる子供を産み育てる大奥も含まれる。大奥を警固する御広敷伊賀者も留守居役の支配下にあった。

だが、泰平が続き、将軍が城から出なくなったため、留守居はほぼ飾りとなっていた。

「前も言ったな。知るには身分が足りぬと」

冷たく本田駿河守が返した。

「失礼をいたしました」

併右衛門は詫びた。かつて同じ質問をしたことに対してではなく、それを思い出せなかった己を恥じた。

「調べておいてやる」

「畏れ入りまする」

一礼して、併右衛門は立ちあがった。

三

御休息お庭の者、通称お庭番は、御用邸のなかに組屋敷を与えられていた。

「すんだか」

「無事に。家督を継がせていただいた」

村垣源内の問いに、新たにお庭番高橋別家を継いだ三代目右近が首肯した。

「おぬしは、何ができる」

三代目右近は先代の弟である。本来はお庭番ではなく、実家の厄介者《やっかいもの》として終わるはずであり、その能力は未知であった。

「一通りの武術全般。得手は小太刀《こだち》」

「小太刀か」

少し村垣源内が考えた。

「お庭番としては、初任だ。おぬしは、上様の警固をな」

「冥府とかいう輩《やから》を討たせてもらいたい」

高橋右近が求めた。

「仇《かたき》を取らぬ限り、当主と認めぬと兄嫁が」

「兄嫁……そなたの妻であろう、今は」

村垣源内が問うた。

早死にした当主の跡を継いだ弟や従兄弟《いとこ》と先代の寡婦《かふ》が婚姻し、夫婦《めおと》となるのは、武家ではままあることであった。

「そうなのだが……」

難しい顔を高橋右近がした。

「高橋の嫁はどこの者だ」

「吾が姉じゃ」

別のお庭番が手をあげた。

「先代の右近と仲がよすぎたのかも知れぬ。すまぬ」

手をあげたお庭番が頭を下げた。

「詫びてもらうことではない。村垣どのよ、かなわぬか」

「ときがなさ過ぎる。おぬしの腕を確認できておらぬ。今回は組んで動く。互いのできることできぬことを熟知しておらぬと困る」

高橋右近の望みを村垣源内が拒んだ。

「やむをえぬな。嫁の機嫌は他でとるとしよう」

組の決定に逆らうわけにはいかなかった。高橋右近が引いた。

「では、吾《われ》とともに神田館へ撃ちこむのは、川村《かわむら》、古坂《ふるさか》、倉地《くらち》」

村垣源内が名前を挙げた。

「おう」

一同が唱和した。

「上様より、万一障害となるようであれば、民部卿《みんぶきょう》のお命を奪い奉《たてまつ》ってもよいとのお許しは得ている。とはいえ、できるだけ民部卿には傷をおつけせぬようにな」

「わかっておる」

川村が強くうなずいた。

「明楽《あけら》、後は任せる」

「承知。上様のお側には決して近づけさせぬ」

要請に明楽八郎《はちろう》右衛門《えもん》が請け負《う》った。

「決行は、明夜である。今夜はゆっくり休み、明日に備える。武具の手入れを忘れるな」

散会を村垣源内が宣した。

当初は伊賀者上席として御家人扱いされていたお庭番は、その経過とともに身分をあげられ、多くは旗本になっていた。

与えられていた組屋敷も、最初は浜町《はまちょう》で百五十坪ほどの敷地であったが、その任の関係上、お城に近いほうがよいということで、日比谷《ひびや》御門外鍋島《なべしま》家の隣に移されていた。建坪《たてつぼ》七十坪以上、部屋数も有り、伊賀者の四谷《よつや》組屋敷とは大きな差があった。

「それでおめおめと引き下がられたと」

屋敷へ帰った高橋右近は妻の厳しい叱責《しっせき》を受けていた。

「当然である。組の決定だぞ」

高橋右近が言い返した。

「与次郎《よじろう》どの、それで男と言えまするか」

妻がさらに食いついた。

「そもそもあなたは、家を継げるお方ではございませなんだ。下男部屋で夫やわたくしの雑用をおこなうだけ」

養子として行き先のない武家の次男三男は悲惨であった。当主となった長男の家臣となり、生涯娶ることもなく、実家の片隅でただ潰《つぶ》すだけの日々を送る。衣食住が保証されているだけの、牛馬と同じであった。与次郎も一昨日までそうであった。いつおろしたかも忘れるほど汚れた下帯を締《し》め、月代《さかやき》さえ剃《そ》っていないというみすぼらしい姿で、兄嫁にこき使われていた。

「人がましい顔ができるのは、右近さまがお亡くなりになったからでございましょう。その恩に報《むく》いようとは思われぬので」

「…………」

迫る妻から立ち上る女に与次郎はたじろいだ。

「決行は」

「明日と決まった」

「ならば、余裕は今夜しかございませぬ」

妻が帯を解いた。

「わたくしを抱いて、兄上の仇《あだ》を討ち、真の高橋右近さまとおなりなさいませ」

「…………」

横たわる妻の裸身から、与次郎は目が離せなかった。三十歳となった今日まで、女を抱いたことなどなかった。いや、その裸を見ることさえなかった。厄介叔父《やっかいおじ》には岡場所の女を買うだけの金さえ与えられていなかった。

「おいでなさいませ」

「ああ」

誘う妻の上へ、与次郎は重なった。

一橋家の上屋敷である神田館《かんだやかた》は江戸城の内曲輪《うちぐるわ》にある。館の敷地は一万八千坪で、神田橋御門から一橋御門へいたる白壁はすべて一橋家のものであった。

「……でかい」

深更《しんこう》を過ぎた神田橋御門の上に、高橋右近がいた。

暮れ六つ（午後六時ごろ）で江戸城の諸門は閉じられるが、お庭番にとって開かれた野原を進むのと変わりなかった。高橋右近は日比谷御門からここまでを小半刻（約三十分）たらずで駆けていた。

「さて、急いですまさねばならぬ。帰ってもう一度、弓《ゆみ》を抱かねばな」

神田橋御門から神田館のなかへと高橋右近が侵入した。

「女とは、あれほどよいものとは思わなかったわ。ふふふ。あの乳を尻をこれから毎夜でも思うがままにできる」

闇に忍びながらも、高橋右近の頬《ほお》が緩んだ。

「それほどのものとは思えませぬが。あなたていどに抱かれる女でございましょう」

「な、なにやつ」

涼やかな響きとはいえ、いきなりでは驚く。高橋右近が周囲を見回した。

「ずいぶんな言いようでございますね。そちらこそ、夜中、他人の屋敷へ無断で入りこむなど、うろんな」

高橋右近の背後五間（約九メートル）ほどのところに、絹《きぬ》が立っていた。

「馬鹿な。いつの間に」

気配なくそこまで近づかれたことに、高橋右近が絶句した。

「未熟なだけでございましょう。ところで、吾が殿のお屋敷へ、夜中推参《すいさん》された理由をお伺《うかが》いしましょうか。ことと次第によっては……」

絹が艶然《えんぜん》と微笑《ほほえ》んだ。

「……美しい」

星明かりでも見えるのがお庭番である。女の顔を見た高橋右近が呆然《ぼうぜん》とした。

「お誉《ほ》めにあずかりありがとうございまする。が……」

軽く一礼した絹が、そのまま間合いを詰めた。

「……つっ」

横跳びでかろうじて高橋右近が避けた。

「疾《はや》い……」

驚愕《きょうがく》で高橋右近の目が大きく見開いていた。

「冥府だけではないのか。女忍まで民部卿は抱えておられたとは」

「兄に御用でございましたか。あいにく兄は別件で出ておりまする。お話は妹のわたくしが代わりまして承りまする」

「妹……」

忍が素性を明かすことはなかった。高橋右近が首をかしげた。

「絹と申しまする。ついてはあなたさまのお名前をお教え願いたく存じまする」

絹が問うた。

「………」

「お名乗りになる気はない。夜中押しての推参、さらに名を名乗らず、面体《めんてい》もあきらかにしない。となれば、駆逐《くちく》いたさねばなりませぬ。御前さまに危難を及ぼす輩を許すわけには参りませぬゆえ」

淡々と絹が述べた。

「しゃっ」

語る絹へ、高橋右近が袖口《そでぐち》に縫《ぬ》い付けてある棒手裏剣《ぼうしゆりけん》を取り出して投擲《とうてき》した。

「無粋な」

表情も変えず、絹が袖を振ることで手裏剣をはたき落とした。

「鉛入りか」

袖から金属音がしたことで、高橋右近がさとった。

「女を見る目がないだけかと思いましたが、まったくの役立たずだったとは。そのていどの腕でよくぞお庭番になりましたね」

絹が嘲笑《ちょうしょう》した。

「なっ」

ふたたび高橋右近が絶句した。お庭番も忍である。外から見てわかるような特色ある格好《かっこう》はしていない。

「伊賀とは先日話ができました。甲賀はもう逆らうだけの力を持ちませぬ。となれば残るはお庭番のみ。なにより、兄がお庭番狩りを始めました。そろそろ仇討ちなどという身の程知らずが出てきても不思議ではございますまい」

ていねいに絹が説明した。

「さて、風が身に染みて参りました。女の身体《からだ》に冷えは大敵。早くお館《やかた》さまのもとへ戻り、あたためていただかねばなりませぬ。さっさと死んでくださいましな」

うっとりとした顔で絹が告げた。

「なめるな」

あこがれていた兄嫁を抱いたことで、男となった高橋右近の矜持《きょうじ》が絹の言葉に反発した。己をものの数でないと言い切った絹へ、高橋右近が飛びかかった。

「死ね」

空中で忍刀《しのびがたな》を抜き、そのまま斬りかかった。

「遅いこと」

落下の勢いも加わった一撃を絹が笑った。

「しゃっ」

鋭く息を吐《は》いた絹が両袖を振った。

「ぎゃっ……えっ」

忍刀を握っていた右手が肘《ひじ》からなくなり、さらに首根を裂かれて、高橋右近が堕《お》ちた。

「袂《たもと》に仕込んでいるものが鉛では困りましょう。鉛では人が殺せませぬ。わたくしは女。お館さまの側に侍《はべ》る最後の盾《たて》。刀を持つわけにはいきませぬ。ゆえに、袖に刃物を忍ばせる。それくらい、気づかぬようでは……」

絹が冷たい目で骸《むくろ》となった高橋右近を見下ろした。

「瓦《かわら》を手配してもらわなければなりませんね」

数枚塀《へい》の瓦を外して、絹は高橋右近の懐《ふところ》へ詰めこんだ。

「重いこと……」

高橋右近の身体を絹が濠《ほり》へと落とした。

「な、なんだ」

大きな水音に神田橋御門を警衛する大番士たちが騒ぎ出したときには、すでに絹の姿は、館のなかへ消えていた。


「馬鹿が……」

高橋右近が戻ってこないと、その翌日、妻から報告された村垣源内は吐き捨てた。

「これで警戒されたわ。今夜の手はずが狂った」

「…………」

村垣源内から叱《しか》られた妻がうなだれた。

「連れていけ。組の牢《ろう》へ入れて出すな」

妻を村垣源内は罪人とした。

「誰か調べて来い」

村垣源内が命じた。

「昨夜、神田橋御門付近で不審な水音がしたというぞ」

すぐにお庭番古坂勝次郎《かつじろう》が、城中の噂《うわさ》を拾ってきた。

「やはりやられていたか」

苦い顔をして村垣源内が立ちあがった。

「上様へお話をして参る。今夜は中止だ。出ている江戸地回り御用の者たちを戻せ」

村垣源内が告げた。

「お許しなく、勝手をしてはいかぬのではないか」

「責は儂が負う。このままでは、お庭番が滅ぶ」

問う古坂へ村垣源内が宣した。

村垣源内から話を聞いた家斉が苦い顔をした。

「仇討ちか。お庭番も人であったということだな」

「申しわけございませぬ」

嘆息するような家斉へ村垣源内が平伏した。

「いや、叱っているのではない。お庭番にも仇を討ちたいという人と同じ感情があると知ってほっとした。躬は人を使っておる。鬼を使役したいとは思わぬ」

「上様……」

勝手な行動による失敗を咎めなかった家斉に、村垣源内が感激した。

「かといって、失策には違いない」

「はい」

すなおに村垣源内が認めた。

「お庭番による攻勢は見合わせる」

「それでは上様……」

村垣源内が身を乗り出した。

「安心せよ。そなたたちを不要と言っているわけではない。入り用だからこそ、これ以上失うわけにはいかぬ。せめてそなたたちが動きやすい素地を作るまでは待機いたせ」

不安そうな顔をした村垣源内を家斉がなだめた。

「素地と仰《おお》せられますと」

「父からまず人を離す。本田駿河守を呼べ」

家斉が命じた。

「お呼びでございますか」

本田駿河守が、中庭へと駆けつけた。

将軍の留守城を預かる留守居には、いろいろな特権が与えられている。さすがに大奥と将軍御休息の間、御用部屋、奥右筆部屋へ入ることはできないが、あとはどこでも案内なしで出入りできた。

「来たか。駿河。わかっておろう」

家斉の問いかけに、ちらと村垣源内を見てから、本田駿河守が首肯した。

「民部卿でございますな」

「うむ」

「わたくしに、忍の始末はできかねまする。伊賀は牙《きば》を抜かれました。女忍に」

本田駿河守が首を振った。

「伊賀も情けないな」

しみじみと家斉が言った。

「いたしかたございませぬ。伊賀から牙を抜いたのは幕府でございまする。四谷《よつや》伊賀の乱の二の舞を避けるにはやむを得ないかと」

「わかっておるわ」

親子ほども歳の差がある家臣から意見されて、家斉が鼻白《はなじろ》んだ。

四谷伊賀の乱とは、二代将軍秀忠のころ、伊賀組同心が待遇改善を求めて、幕府へ叛旗《はんき》を翻《ひるがえ》した一件である。四谷長善寺《ちょうぜんじ》に立《た》て籠《こ》もった伊賀者は、得意の忍の技で江戸を荒らし回り、幕府をかなり手こずらせた。といっても衆寡敵《しゅうかてき》せず、結局は降伏した。

幕府はこの叛乱《はんらん》を厳しく咎めず、首謀者だけ死罪としたが、伊賀者の復帰を認めた。ただし、伊賀組を細かく分け、それぞれの交流を断ち、ふたたび力を合わせられないように仕向けた。結果、伊賀から忍としての力量を奪うことになり、今、そのつけが来ていた。

「父から人を奪え。いかに忍《しのび》一人が優れていたところで、後ろの支えがなければ思うようには動けまい」

「一橋づきの者を外せと。よろしゅうございまするので。目立ちまするが」

本田駿河守が懸念を表した。

「入れ替えるだけでいい。それも頻繁《ひんぱん》にだ。父と馴染《なじ》む間を与えるな」

家斉が述べた。

「心知れたる者をなくすと仰せられまするか」

「そうだ」

「幕府からつけられた者だけではございませぬが、一橋家の家臣は。民部卿がお召し出しになられた者もおりまする」

「それは、お庭番にさせる。五十名ほどであろう。そのくらいならばたいした手間でもあるまい」

「……わかりましてございまする」

暗に殺すと告げた家斉へ、ほんの少し眉をひそめた本田駿河守だったが、すぐに引き受けた。

「家臣どもの始末、できるな」

「お任せをいただきますよう」

確認する家斉へ、村垣源内が首肯した。

四

「奥右筆組頭立花併右衛門をこれへ」

御広敷の留守居執務部屋に帰った本田駿河守が、配下に指示した。

「承知いたした」

併右衛門は呼び出しに応じた。

幕政すべての書付を担当する奥右筆は、他職とのかかわりが多い。とくに執政、勘《かん》定方《じょうかた》などとは、毎日のようにやりとりがあり、面談することも珍しくはない。しかし、閑職《かんしょく》とされ、実務のほとんどない留守居と大目付との接点はないにひとしかった。

「先日のことだろうが……」

奥右筆部屋まで呼びだしをかける。当然、使者として来た留守居組の者、奥右筆部屋への出入りを管轄している御殿坊主には知られた。あからさまに目立っている。併右衛門の知っている本田駿河守は、そんなうかつなまねをする人物ではない。

「お呼びとあれば、いかねばならぬが」

留守居は旗本の顕職である。奥右筆組頭のほうが実質の力を持つとはいえ、無視するわけにはいかなかった。

「なにか裏がござろうな」

併右衛門を名指ししたこともあり、同役の加藤仁左衛門も疑念を露《あら》わにしていた。

「昨今の厄介事《やっかいごと》の多さには……」

力なく併右衛門が首を振った。

「二百石くらいでは割が合いませぬか」

加藤仁左衛門がからかった。

「いっそ千石としていただきたかった」

冗談に応じながら、併右衛門は席を立った。


「来たか」

「お一人でございまするか」

すでに留守居執務部屋には、本田駿河守しかいなかった。他人払《ひとばら》いされている。併右衛門の嫌な予感が当たった。

「先日の一件のかかわりでもある。最初に申しておく。これは、儂ではなく、上様のご命である」

「上様の」

「でなくば、目立つ呼びだしなどかけぬ。もう少し、そなたとのかかわりは表に出したくなかったのだがな」

本田駿河守がほんの少し頬《ほお》をゆがめた。

「はあ」

「上意である。控えよ」

曖昧《あいまい》な返事をした併右衛門へ、本田駿河守が厳しい声をかけた。

「はっ」

旗本にとって上意は絶対であった。すばやく併右衛門は平伏した。

「さきほど、上様より直命を賜《たまわ》った。一橋家につけられた者どもを入れ替えよ

「一橋さまづきの旗本を異動させ、新たな者を任じよと」

命の確認を併右衛門はおこなった。

「そうじゃ。そして、新しく一橋づきとなった者も一ヵ月で動かせ」

「一ヵ月で。仕事に慣れることもできませぬぞ」

併右衛門は異論を口にした。一ヵ月やそこらでは、なにがどこにあるかを覚えるのさえ難しい。実施すれば、まずまちがいなく一橋家の家政は止まる。いや、大混乱に陥《おちい》る。幕府から支給されている十万俵の米がどこに保存されているかさえ、わからなくなりかねなかった。

「まさか……」

「そうだ。上様は一橋家から力を取りあげられるおつもりである」

気づいた併右衛門に本田駿河守がうなずいた。

「それでわたくしに」

「内情を知っているからな」

あっさりと本田駿河守が述べた。

「ご上意とあらば、否やは申しませぬが、なにぶん人の数も多く、今日明日でどうにもなりませぬ」

奥右筆は多忙である。そこに百をこえる異動の書付を数日でこなすのは無理であった。

「とりあえず、一橋家の実務を握っておる者だけでいい。それならば二十名ほどですもう」

「用人、勘定方あたりでございますな」

「うむ。民部卿と触れあうだけの家老など飾りは無視してよい。いや、いじるな。少しでも民部卿に気づかれるのを遅くせよ」

本田駿河守が付け加えた。

「それは無理でございましょう」

併右衛門が首を振った。

「一橋家の家政を動かしているのは、家老ではございませぬ。手慣れた下僚たちでございまする。勘定方から回された者やお蔵方など。この者たちこそが肝心。この者たちを動かせば、たちまち影響が出まする。そう長くはごまかせますまい」

権を持つとはいえ、奥右筆も身分は低い。それだけに併右衛門は、誰が政を本当の意味で動かしているかを知っていた。

「そうであったな。失念していたわ。さすがは立花である」

なるほどと本田駿河守が感心した。

「では、誰を動かすかも含めて任せる」

用件は終わったと、本田駿河守が手を振った。

奥右筆部屋へ戻った併右衛門は、座るなり大きく嘆息した。

「いかがなされた。面倒ごとでござるか」

「面倒といえばこれほど面倒なことはございませぬ。せねばならぬ仕事が一気に増えました。それも金になりませぬ」

併右衛門は本音を口にした。

「おうかがいしてよろしいか」

「お気遣《きづか》いはありがたいが……」

加藤仁左衛門の質問は手伝おうかとの意味を含んでいるが、ことは秘命である。併右衛門は後ろ髪を引かれる思いで断った。

「ご災難でござるな。一同、今日明日の二日は、すべての書付を儂に回せ」

併右衛門を慰めた加藤仁左衛門が配下へ宣した。直接手伝えないかわりに、併右衛門の負担を受け持ってくれたのだ。

「かたじけない」

深々と併右衛門が頭を下げた。

「二日が限度でござる」

それ以上となると、さすがに奥右筆組頭を長くやっている加藤仁左衛門でも破綻《はたん》する。それだけ奥右筆の任は忙しい。

「………」

精一杯の好意に、併右衛門は言葉もなく、首肯するしかなかった。

「しばし、書庫へ」

併右衛門は一礼して、二階へと上がった。

奥右筆の部屋は総二階建てになっている。一階が執務の部屋であり、二階には過去に作られた書付の写しが保管されていた。

「一橋家づきの項目は……」

膨大《ぼうだい》な書付は、前例を確認するときのため、細かく分類されており、すぐに見つけ出せるようになっていた。

「これだな」

ひとかたまりにくくられている書付を併右衛門は手にした。

「一橋家の設立が二代前というのは助かる」

幕初から在《あ》る御三家の書付など、それこそ目にするのも嫌なほどであった。さいわい一橋家は八代将軍吉宗が将軍となれなかった息子のために設立したもので、まだ二代しか歴史を重ねていなかった。

「一番新しいのはこれだな」

併右衛門は紐《ひも》を解《ほど》いて書付を読んだ。

「いきなり総取っ替えは目立ちすぎよう。この三人からがよかろう。そのあと五日ほどおいて、これらを……」

計画を頭のなかで併右衛門は立てた。

併右衛門の送り迎えをしている以外は、ほぼ一日、衛悟は道場に詰めていた。

「たわけっ」

大久保典膳の容赦《ようしゃ》ない怒鳴《どな》り声《ごえ》が、道場に響いた。

「一撃をかわすときに、顔まで背けてどうする。一瞬でも相手を見失えば、それは致命傷になるのだぞ」

「……申しわけありませぬ」

後頭部へ竹刀《しない》を当てられた衛悟は降参した。

この数日、大久保典膳は衛悟のくせを徹底して洗い出し、矯正《きょうせい》していた。

「もう一度だ」

「お願いいたしまする」

一つの悪癖《あくへき》を見つけ出すと、それを意識しなくとも出さないようになるまで、同じ型を繰り返す。

「まだだ。少し顔が動いた。それでは左肩への追撃が見えぬ」

「…………」

何十度、いや百度をこえる型の練習に、衛悟は根尽き果てて、最後は答えすら返せなくなる。

「立たぬか」

それでも大久保典膳は許さなかった。

「……はあ、はあ」

息を整えるだけの気力もなく、ただ指導に従うだけとなった衛悟は、思考する余裕を失っていく。最後は本能で危機を回避するだけの獣《けもの》と同じ状態にまで落ちる。

「はっ」

大久保典膳が電光石火の薙《な》ぎを、衛悟の首目がけて放った。

「……おうわあ」

もはや気合いともいえない声を発して、衛悟は半歩後ろへ跳んで避けた。引き足が床に着いた瞬間、衛悟はためらわず前へ踏み出すと同時に、竹刀を上から落とした。

「おう」

かわされた薙ぎを無理矢理止めて、大久保典膳が受け止めた。

重い音がして、大久保典膳の竹刀が折れた。

「それまで」

大きく後ろへ下がった大久保典膳が宣した。

「……わあ」

それでも衛悟の追撃は止まなかった。間合いを一息でこえて、衛悟は竹刀を突き出した。

「ようやくか」

攻撃に囚《とら》われた弟子に、師は嘆息しながら、合わせるように動いた。突き出された竹刀の切っ先を、首を傾けて空を切らせた大久保典膳が、衛悟の胸を拳《こぶし》で打った。

「うげっ」

息絶え絶えのところへ止《とど》めを刺された衛悟は、道場の床へ崩れ、嘔吐《おうと》した。

「…………」

その様子を大久保典膳が見ていた。

呼吸が落ち着くのを待っていた大久保典膳が呼びかけた。

「衛悟」

「生きたかったであろう」

「……はい」

師の言葉に衛悟は首肯した。制止の合図をきかずの追撃は咎められて当然の行為であった。しかし、それを大久保典膳は叱らなかった。

「人が最後に大事なのは、己なのだ。どれだけきれいごとを並べてもな。突き詰めれば忠義も己のためなのだ。主君のために尽くせば、その見返りがある。そう思えばこそ、命をかけられる」

「…………」

旗本として、忠義を利に例えられることに、同意できなかった。しかし、衛悟は反論しなかった。それが偽りではないと知っていた。

「誰もが死にたくはない。儂とて同じよ。生きていればこそ、人に価値がある。死後の名声は、子孫を守るかも知れぬが、己にはなんの意味もない。卑怯未練《ひきょうみれん》という誹《そし》りも生きていればこそ、受けられる。死んでは言い返すことさえできぬ」

大久保典膳が続けた。

「衛悟、おまえは今必死で生きたいと願った。儂の声さえ聞こえぬほどにな」

「申しわけもございませぬ」

弟子としてやってはいけない非礼を衛悟はした。衛悟は深く頭を垂れた。

「いや、詫びるのは儂だ」

小さく大久保典膳が首を振った。

「おぬしのなかの獣を起こした。誰のなかにも潜んでいながら、泰平の世では決して受け入れられることのないものを」

「……………」

衛悟は黙るしかなかった。

「人の獣性は、ひとたび目覚めれば、二度と眠りについてはくれぬ」

「二度と人には戻れぬと」

さすがに衛悟の口調に非難の響きが含まれた。

「いや、人には違いない。だが、無性に生への執着が強くなる。他者を傷つけ、殺したとしてもだ。もちろん、人である。人と獣の違いは、理と知。その二つを使って普段は押さえておける」

「それが戦いの場では……」

「負ける。このままでは命が危ない。そう感じたとき、理と知が消え去り、先ほど同様、ただ生き残るために動く」

「それならば……」

衛悟はほっとした。命をかける戦いなど、そう再々あるわけではない。

「安堵《あんど》できぬぞ」

大久保典膳が否定した。

「理と知を失う。いや、正確には吹き飛ぶのだ。ただ、死にたくない、生きたいと考えるだけで脳裏が一杯になり、周囲すべてを薙ぎ払う」

「……すべて」

「そうだ。周囲にいる者の安否など気にかけぬ。それが味方であってもだ」

「なんだと」

怒りで衛悟は、師への尊敬を忘れた。

「…………」

衛悟の恨《うら》みを大久保典膳が無言で受けた。

「師よ。なんということを」

「恨んでくれ。ただ儂は……」

厳しく咎めようとした衛悟を、大久保典膳が制した。

「おまえを死なせたくない」

「……っ」

衛悟が詰まった。

「師にとって弟子は子供なのだ。とくに儂のように妻を持たなかった者にとって、弟子とは剣の系統を継いでくれる者。のう、衛悟。人はどうして生まれ、死んでいくのだろう」

「えっ」

あまりに大きな質問に衛悟はとまどった。

「考えたことはないか。なぜ、己は生まれてきたか」

「……ありまする」

激情を一気にさめさせる言葉であった。

衛悟は食べるのさえ厳しい無役二百俵の旗本の次男として生を受けた。貧しい柊家では次男にまで金をかける余裕などなく、物心ついたときから、家督を継ぐべき兄賢《けん》悟《ご》が、四書五経《ししょごきょう》を学んでいるのを横目に、内職や家の手伝いなどに走り回された。いずれ養子に出すときの箔付《はくつ》けにと剣術だけは学ばせてもらえたが、それ以外では兄と大きな差別を受けてきた。同じ父と母から生まれておきながら、激しい区別をされた。子供心に、衛悟は己は生まれてこなかったほうがよかったのではないかと何度も考えた経験があった。

「儂は、次代へ今を受け継ぐために人はあると思っておる」

「今を受け継ぐ」

「そうだ」

つぶやいた衛悟に、大久保典膳が首肯した。

「今は、昨日より先にある。明日は今日の未来である。剣の修行で考えてみるといい。まるきりの初心者と百だけでいい素振りをさせた者。差があろう」

「はい」

自ら経験したことだ。衛悟は同意した。

「百の素振りの価値を知った者はその有効さを知る。その者に初心者を指導させれば、百の素振りを最初からさせよう。まるきりなにもわからぬ初心者が試行錯誤するより、上達は早いはずだ」

「なるほど。先人の知恵を後代に伝える」

「ああ、そのために人は生まれる。つまり人は過去の積みあげであり、今の器だと儂は考えている。そしてな、子供こそ、器の継承者だと儂は思う」

「子が継承者……」

「武家では嫡男《ちゃくなん》だけが継承者となる。これは禄を受け継がねばならぬ武家の宿命」

「…………」

無言で衛悟は肯定《こうてい》の意を表した。もう親を恨んだ日々は遠い。今は生んでもらったことに感謝している。でなければ、瑞紀の夫、そして併右衛門の息子になることはなかった。

「それ以外では継承できていよう。たとえば職人だ。弟子たちに技を伝えている。学問もそうだ。師が弟子を教えている。もちろん、秘伝にかかわるところは、誰にでも明かしはせぬが、それでも弟子のなかから選んだ者へ渡している。剣術もしかり」

大久保典膳が衛悟を見た。

「儂は六歳で剣術の道へ入り、四十年以上それだけをしてきた。他のことなどなにもできぬ。銭勘定の仕方さえ知らぬ。その代わり、剣術にかんしてはそこらの道場主に負けはせぬ。つまり儂には剣術しかない。我が師より学んだこと、儂が独自に編み出したもの、それらを受け継いでもらわねば、今まで生きてきた大久保典膳の意味はなくなる」

「そのような……」

「愛想は言わずともよい。事実なのだ。しかし、儂とて人だ。今まで生きてきた日々を無駄にしたくはない。さきほどとは矛盾《むじゅん》するが、後世に大久保典膳という剣術遣いがいたと知らしめたい欲がある」

強く大久保典膳が言った。

「吾が剣統を継がせたい。そう思い、儂は道場を開いた。すでに剣術遣いでは喰《く》えないというのもあったが、本音は儂の生きた証《あかし》を残したかった。普通の人にとって、己の生きた証として子供がある。吾が血を分けた子ほど確かな継承者はおるまい。なれど儂は独り身を貫いた。単に嫁を娶る機を逃しただけではあるが、子供など面倒だと思っていた。勝手な話であろう。子供は面倒だ。でも儂という証は残したい。こんな儂に道場はうってつけである。弟子に吾が剣を教えるが、一日中面倒を見ずともよい」

大久保典膳が口の端をゆがめた。

「こうして道場を儂は開いた。初心の者に剣を教えるのは苦痛だった。なにせ、儂が何十年も前に通過したところだからな。なぜ、できぬ、どうしてうまくならぬ。こう腹を立てる毎日だった。ああ、もう道場など止めてやろうかと思ったころ、弟子たちがうまくなっていることに気づいたのだ。人が成長する。それを目の当たりにできた。これは子育てにつうじるが、なんともうれしいものぞ」

表情を一変させ、穏やかに大久保典膳が笑った。

「弟子を取るのは子供を育てるのと同じ。こう理解すると、弟子たちが愛《いと》しくてたまらなくなった。とくに手間をかけさせた者ほど愛おしい。そなたのようにな」

「はあ」

なんとも言い難く、衛悟は曖昧《あいまい》な声をもらした。

「儂の思いこみにすぎぬが、そなたは吾が子なのだ。親として子を死なせたいと思う者などおらぬ。そなたが大切に思っている立花どのの娘御にしたところで、会ったこともない。儂にとってはそのへんを歩いている者となんら変わらぬ。そして、儂は、そなたとかかわりのない者であれば、遠慮なく、躊躇《ちゅうちょ》せずに、そなたを選ぶ」

大久保典膳がはっきりと宣した。

「…………」

衛悟は言葉を失った。瑞紀を代え難い相手と考えている衛悟も師の思いを理解できたからであった。

「……お心かたじけなく思いまする」

しばらく逡巡《しゅんじゅん》して衛悟は口を開いた。

「ですが……」

「待て、衛悟。最後まで話を聞け」

ゆっくりと大久保典膳が遮った。

「そなたの想いと儂の思いは重ならぬ。あたりまえだ。顔が違うように、人の考えは違う。だが、目的は一つなのだ。よいか、しっかりと心に刻め。そなたが生きねば、娘の未来はない。そしてそなたがあの男に勝つには、獣となるしかない」

「……はい」

それについては衛悟も同意するしかなかった。

「獣は危険である。だが、どんな暴れ馬でも御せないはずはない。そなたの獣に手綱《たづな》をつける」

「できましょうか」

衛悟は訊いた。

「ふん」

鼻先で笑った大久保典膳が、表情を変えた。

「……おう」

大久保典膳の雰囲気が変わり、すさまじい圧迫が衛悟に浴びせられた。

「これは……」

衛悟は絶句するしかなかった。

「儂の獣よ」

殺気の籠《こ》もった声で大久保典膳が衛悟を睨《にら》んだ。

「……ひっ」

抜き身を喉《のど》に突きつけられる以上の恐怖に、衛悟は小さい悲鳴を思わず漏らした。

「……わかったか」

一瞬で大久保典膳がもとに戻った。

「では、師も」

「儂は剣術の修行で一枚上を目指すために、わざと獣を起こした。だが、起こすだけでは、剣術の腕はあがらぬ。なにせ、技も理も消し飛ぶからな。獣の感性を持ちながら、人としての意識を保つ。これができたればこそ、儂はこの歳まで剣術遣いとして生きてこられ、弟子を殺さずにすんでいる」

「殺さずに」

「儂が人を斬《き》ったことがないとでも思ったか」

「いいえ」

望んだことではないとはいえ、衛悟は数多くの敵を屠《ほふ》ってきた。人を斬った経験が、衛悟をして、大久保典膳の持つ同類の匂《にお》いを感じさせていた。

「抑えるまではたいへんである。そして、抑えたつもりでも、いつ獣が暴れ出さぬともかぎらぬ。なにより、己が望めばそれまでなのだ。獣の手綱を握るのは、己なのだからな。ただし、うまく己の獣を飼い慣らせば、そなたとあの男の勝負、五分といわぬが三分七分まではもちこめよう」

「三分」

少ないが、今のままではまるきり勝てないのだ。それだけでも大きい。衛悟は首肯した。

「できるな。吾が息子よ」

「やりまする」

衛悟は、強く宣言した。

第三章　泰平の価値

一

本田駿河守《するがのかみ》から任された併右衛門が打った手は、まったく目立たなかった。なにせ動かしたのが、一橋家の勘定《かんじょう》を預かっていたとはいえ、目見《めみ》えできるほど身分は高くない、禄高《ろくだか》もせいぜい百俵そこそこの小役人なのだ。当然、当主である一橋治済《はるさだ》は、その勘定方が派遣されてきたことはもちろん、転属して去っていったなど知るよしもなかった。

また一橋家の家政を預かる家老職にしても、勘定方入れ替えの報告は受けているが、気にも留めなかった。

「そうか。励《はげ》むように伝えよ」

新しく勘定方へ赴任してきた者と会うこともなく、一橋家の家老はそう言っただけであった。もちろん、その経歴などをまったく確認さえしなかった。

併右衛門は熟練の勘定方を一橋から外し、代わってまだ手慣れていない若い者を送りこんだ。

そのうえ熟練の勘定方を江戸城ではなく、大坂や京などの遠隔地へ出世させて送り出し、引き継ぎもろくにさせなかったのだ。

当然、新しく任じられた者は、なにもわからない状態となり、数日せずして一橋家の金はまともに回らなくなった。

「急ぎ、購入をいたしたい」

「しばしお待ちを。今、順番にやっておりますれば」

小納戸《こなんど》からの要求を、新しい勘定方が婉曲《えんきょく》に断った。

「殿のお使いになる懐紙《かいし》である。その残りがもうないのだぞ」

身の廻《まわ》りの品の管理は小納戸の仕事である。治済愛用のものを切らせては、己《おのれ》の落ち度となる。小納戸が怒った。

「しかし、どこに注文を出すのかを確認いたしませんと」

勘定方が言い返した。

「それくらいわかっておろうが」

「前回買い付けの書付《かきつけ》がどこかにあるはずなのでございますが」

叱《しか》られて勘定方が泣きそうな顔をした。

「わからぬのか」

「あいにく、昨日《きのう》こちらへ配されたばかりで、どこになにがあるのかさえ」

勘定方が困惑した。

奥右筆《おくゆうひつ》ほどではないが、勘定方も書付の多いことで知られる。庶民ではないのだ。一々現金で商品を購《あがな》わない。出入りの店へ注文を出し、節季ごとにまとめて支払うのだ。当然、なにをどこに出すかも決まっていて、変更はできなかった。なくなったからそこらの店で買ってきます、は通用しない。

「なにをしている。さっさとせぬか」

いらだった小納戸が大声をあげた。

懐紙だけではなかった。食料品でも齟齬《そご》が出始めていた。まださいわいだったのは、台所役人が出入りの店と顔なじみであったおかげで、なんとか注文書きを後回しで融通してもらえたからだ。しかし、食いものはよくとも、その他が止まっては影響も出る。十日もしないうちに、一橋家の内政は揺らぎ始めた。

「おかしい」

異常に気づいたのは、幕府から派遣されている旗本ではなく、一橋家に直接仕官している用人城島左内《きじまさない》であった。

「金が出ない」

最初の文句は奥向きからであった。いつものように奥で使用する物品を購入しようとした奥女中が、購入の手続きが滞《とどこお》っていることに不満を述べてきた。ものごとの本質を見抜く女中たちは、幕府に任じられ出世の一里塚として来ている家老や用人と違い、異動することなく一橋家に仕え続ける城島を相手にしていた。

「どういうことだ」

すぐさま城島は、勘定方へ向かい、人が代わっていることを知った。

「あたらしきお方でございますか」

城島は用人格としてかなりの禄を与えられているが、身分は一橋家の家臣でしかない。幕府から出向してきている連中が旗本であるのに対し、陪臣《ばいしん》にあたる。禄でいえば数倍以上もらっていても、下手に出なければならなかった。

「うむ。こちらに来てまだ十日にならぬ」

「他のお方も」

「同じである」

確認する城島へ、勘定方が首肯《しゆこう》した。

「前任のお方たちは」

「さて、どこか遠隔地へ赴任されたと聞く」

詳《くわ》しくは知らぬと勘定方が首を振った。

「今後よしなに」

一礼して城島は、勘定方部屋を離れた。

「おかしい」

城島は、探りを入れた。殿中の噂《うわさ》となれば、御殿坊主《ごてんぼうず》が詳しい。そして御殿坊主は金に弱い。城島は顔見知りの御殿坊主を浅草《あさくさ》の茶屋へと呼び出し、小判を一枚差し出した。

「よくは存じませんが……」

すばやく小判を受け取った御殿坊主が、話し始めた。

「先日、上様が留守居《るすい》本田駿河守さまを召され、そのあと駿河守さまが、奥右筆組頭《くみがしら》立花さまを呼ばれたそうでございまする」

「上様が……」

城島が先を促した。

「奥右筆部屋へ出入りしている同僚の話でございますが、二日ほど立花さまは部屋ではなく書庫に籠《こ》もられていたそうで」

御殿坊主が告げた。

老中でさえ許可なく入ることのできない奥右筆部屋に、御殿坊主は常駐《じょうちゅう》していた。これは奥右筆の雑用をこなすためであった。使用する墨《すみ》を擦《す》ったり、使い終わった筆を洗ったり、処理した書類を担当部署へ配ったりと雑用はいくらでもある。お茶の用意も要《い》る。これらを奥右筆がしたのでは、手を取られ本来の任である書付の処理が遅れてしまう。そこで雑用専門の御殿坊主が配置された。

「書庫に籠もってなにをしていたかは」

「それは……」

問われた御殿坊主が下卑《げび》た笑いを浮かべた。

御殿坊主の家禄は低い。二十俵二人扶持《ぶち》、役金二十七両しかなかった。これは伊賀《いが》者同心《ものどうしん》などより役金があるだけましという低さである。しかも殿中で役人や大名の相手をしなければならないため、みすぼらしい格好はできない。

御殿坊主は殿中の雑用係である。すなわちどこにでもいるし、どこへでも出入りできる。大名や高禄の旗本にとって、二十俵など人でさえないのだ。側《そば》に居てもまず気にしていない。御殿坊主の前で平気でいろいろな話をする。

そこで御殿坊主たちは、殿中で知り得た話を売り買いし、余得を手にするようになっていった。

「しばしお待ちを」

もう一度懐《ふところ》へ手を入れた城島が、紙入れを取り出し、一分金を差し出した。

「…………」

手を出さず、無言で御殿坊主が城島を見た。

「これ以上は手持ちがござらぬ」

苦い顔でもう一枚一分金を城島が並べた。

「お気遣《きづか》いありがとうございまする」

にこやかに笑った御殿坊主が、一分金二枚をそそくさと懐へ入れた。

「これは目にしたわけではない。そう念を押しておりましたが、立花どのが帰られた後、書庫の片付けにあがった同僚は、少しだけ乱れた棚を見つけたと」

書庫の整理整頓も御殿坊主の仕事の一つである。

「なんの棚でござった」

城島が身を乗り出した。

「一橋さまおつき家臣がたの記録であったと」

「……………」

御殿坊主の答えに城島が息を呑《の》んだ。

待ち合わせの茶屋の払いはもちろん、城島である。紙入れに残っていた一朱銀や小銭をあわせて、なんとか支払いを終えた城島は日暮れの江戸を歩いていた。

「他人の金だと、思いきり飲み食いしおって」

城島が不満を口にした。

「そのうえ、もう一軒、今度は女をと強請《ねだ》るなど厚かましいにもほどがある」

御殿坊主の強欲さに、城島はあきれていた。

「持ち合わせがないと断ったが、次に響かねばよいが」

城島が嘆息した。

「しかし、この話、殿のお耳に入れるべきかどうか」

足早に進みながら、城島が悩んだ。治済に拾われた城島は、神田館《かんだやかた》ではなく江戸市中に家を構えていた。これは神田館では出入りの度《たび》に神田橋御門か一橋御門を使わねばならず、動きに制限がかかるからであった。治済の密命を受ける立場である城島としては、あまり他人目《ひとめ》につくまねは避けるべきであった。

「今夜はもう遅い。神田橋御門を開けてもらい、お目通りを願えぬわけでもないが、もう少し調べてからがよいか」

自宅まであと一筋というところまできた城島が足が止めた。

「誰かいるのか」

あからさまな気配がしていた。

「何用だ」

城島があたりを見回した。

「念をいれるのはよいことだ。だが、その機会はもうない」

自宅近くの路地、その奥の闇から返事があった。

「何者だ」

「わかっておるだろう。上様へ宣戦を布告したのは、そちらの主《あるじ》であろう」

「おわっ」

一瞬で目の前まで来た影に、城島が驚いて後ずさった。

「……お、お庭番《にわばん》」

城島が正体を見抜いた。

「初見で最後になる」

お庭番は村垣源内であった。

「うわっ」

あわてて太刀を抜こうとした城島の胸に、人差し指ほどの刃物が撃ちこまれた。

「はくっ」

城島が咳《せ》きこむような声をあげた。

「馬針《ばしん》だ。無理に動かねば、少しは生きられる」

村垣源内が告げた。

馬針とは諸刃《もろは》の柄のない小刀で、長時間走り続けた馬の足にたまった悪血を出させるために使う。非常に鋭利なため、刺されてもほとんど痛みを感じない。

「な、なぜ」

「上様に親殺しをしていただくわけにはいくまい。民部卿《みんぶきょう》を害したのち、万一それが知られれば、上様のお名前に傷がつく。上様は民部卿のお命を縮めることをお認めくださったが、我らが防ぐ。要は、民部卿にあきらめてもらえばいい。おとなしく一橋家の当主として生涯を送ってもらえればな。そのためには周りを掃除せねばなるまい。おぬしや、望月のように遣《つか》える家臣がいるゆえ、野望をもたれるのだ」

「……あふっ」

口から血を吐《は》いて城島が倒れた。

「まずは一人」

村垣源内が冷たく城島を見下ろした。


今度は治済の家臣が続けて減った。

「家斉め」

治済は二人目の犠牲が出たところで、裏を読んだ。

「申しわけございませぬ」

閨《ねや》で絹が詫《わ》びた。

「そなたのせいではない」

不思議なことに治済は微笑《ほほえ》んでいた。

「お館さま」

絹が治済を見上げた。

「おもしろいではないか。家斉もようやくやる気になったようだ。いかに勝つとわかっている勝負でも、相手が抵抗してくれねばつまらぬであろう」

「…………」

「どうした。そなたと鬼がいて、余《よ》が負けるとでも」

「とんでもございませぬ。わたくしはもとより、兄も命を賭《と》してお館さまを将軍位にお就《つ》けいたしまする」

大きく絹が首を振った。

「ふふふふ。そなたたち兄妹《きようだい》があるかぎり、どれだけ他の者を失おうが、余の力は変わらぬ」

「ご安堵《あんど》くださいませ」

満足そうな治済へ絹が告げた。

「鬼はどうしている」

治済が問うた。

「ここ数日戻っておりませぬ」

「左内が殺されてからか」

「はい。敵を探しておるものと」

絹が答えた。

「お庭番か。なかなかに難しい相手だの」

鷹狩りのとき、家斉を守ったお庭番の活躍を治済も見ていた。その実力を侮《あなど》るほど治済は暗愚ではなかった。

「畏《おそ》れ入りまする」

頭を下げて絹が恥じ入った。

「だが、余の鬼はさらに強い。余はなにも心配などしておらぬ」

信頼していると治済が告げた。

「かたじけのうございまする」

絹が礼を述べた。

「余はただ目の前に果実が置かれるのを待つだけでいい」

「はい」

「望んだ実りを、余はすべて手に入れてきた。このようにな」

治済が絹の手を引き、その懐へ手を入れた。

「あっ」

小さく声をあげて、絹はほんのわずか身をよじった。

「将軍という実りの手触りが楽しみだ」

強く治済が絹の乳を摑《つか》んだ。

二

将軍と御三卿《ごさんきょう》、その戦いは水面下でおこなわれたが、不穏な空気を感じ取る者は少なくなかった。

「上様がついに動かれたか」

松平定信《まつだいらさだのぶ》は、己《おのれ》が構築した幕政の繫《つな》がりから引退した今でも城中の動きを得ていた。そこから家斉が一橋家へしかけたことを知った。

「まだあきらめきれぬか、民部。親というものは子のためにあるのだぞ」

幻の十一代将軍と陰口を叩《たた》かれた松平定信も、少し前まで家斉に取って代わろうと密かに企《たくら》んでいた。伊賀組《いがぐみ》を手中にし、それを使って家斉を殺そうとしたが失敗した。道具として使い捨てられそうになった伊賀組が怒り、その復讐《ふくしゅう》を受けた松平定信は野望を捨てた。捨てさせられた。伊賀組の刃《やいば》が息子定永《さだなが》へ向けられたからであった。

「親が至高の座を得ても、子を失えばなんの意味がある」

一人松平定信が、届かぬ説得を口にした。

「気づけ、民部。家斉さまは、もうきさまの思いどおりにできる子ではないのだ。将軍ぞ。そして、おぬしはその家臣でしかない。子殺しではない。主殺しなのだ。乱世ならいざ知らず、この泰平の世、幕府が進めてきた朱子学《しゅしがく》の今に、謀叛人《むほんにん》は受け入れられぬ。たとえ家斉さまを害せたとしても、誰一人、そなたを将軍に推戴《すいたい》する者などおらぬ」

目の前に治済がいるかのように松平定信が語った。

「いや、わかっているのだろうな」

松平定信と治済は近い親類である。幼馴染《おさななじ》みとまではいわないが、松平定信が田安家にいたころは何度も会っている。二人は互いのことをよく知る仲であった。

「抑えきれぬのであろう。天下に号令するという夢を」

松平定信が独りごちた。

「男として、武士として生を受けた限り、目指すはただ至高の座一つ。それも徳川が天下を取って、ほとんどの武士には夢となった。と同時に、神君の血を引く者は、逆に望むことが許されるものともなった。物心ついたころからずっと言われ続けてくれば、それが己の野望となるのも無理はない。とくに御三卿は将軍に近い。皆、傅育役《ふいくやく》から言われるからの。あなたは将軍となって不思議のない方だと」

傅育役は将軍と御三卿の子供が生まれたときに任じられる補助役である。譜代《ふだい》大名、あるいは名門旗本のなかから選ばれ、教育やしつけをおこなう。元服以後は、その側近として仕え、その子が将軍や御三卿の当主になれば、その引きで大きな出世を手にできた。傅育役が、まだ善悪もわからぬ子供へ、将軍になれと吹きこむのは、己の利のためであった。

「息子を将軍としたことで、夢はかなっているのだぞ、民部。子が至高の座に就いたのだ。これ以上などない」

冷え切ったお茶を松平定信が含んだ。

「親子相克《そうこく》は幕府の根本にくさびを打ちこむ。幕府が倒れてしまえば、将軍位争いなどしておられぬ。わからぬ民部ではない。民部は聡明だ。それでもやるとなれば、話したくらいでは引くまいな。上様も応じられるようであるし、儂《わし》の口出しなど不要であろう。いや、上様がお許しくださるまい」

大奥で催《もよお》された法要で、家斉が寛永寺《かんえいじ》の僧兵から襲われた不祥事に松平定信はかかわっていた。それを知られてしまったため、松平定信は家斉から目通りを禁止されていた。

「となれば、儂のできることは一つ。親子の争いで幕府の箍《たが》が緩まぬよう、周囲を締《し》め付けるだけ。それが徳川の血を引く者の責務」

茶碗を置いた松平定信が手を叩いた。

「お呼びでございましょうか」

用人が顔を出した。

「老中太田備中守《おおたびっちゅうのかみ》どのをお呼びしてくれるよう」

老中首座をおりたとはいえ、家格でいえば松平定信が上になる。老中太田備中守を呼びつけてもおかしくはなかった。

「本日はすでに日が暮れておりまする。明日では」

松平定信の命に、用人がおずおずと返した。武家には形骸《けいがい》となったとはいえ暮れ六つという門限があった。夜中になって相手を呼んだり訪れたりするのは、よほど親しい仲でないかぎりは非礼とされていた。

「明日でよい。下城の帰りにお寄りいただきたいとな。茶会を催すとでも言っておくがいい」

用人の提案に、松平定信が首肯した。

「茶会でよろしゅうございますので。夕餉《ゆうげ》の用意は」

多忙な老中の下城時刻は遅い。江戸城内曲輪《うちぐるわ》の諸門が閉じる暮れ六つ前にはかならず下城するとはいえ、時分どきである。招くならば食事を出すべきであった。

「不要じゃ」

一言で松平定信が否定した。

「食事をしながら話す内容でもないし、聞けば備中も食欲など吹き飛ぼう。食材を無駄にするのはもったいない」

松平定信が言い切った。

「承知いたしました。では早速《さっそく》に……」

招待という名の急な呼びだしである。少しでも早めに報《しら》せるのも礼儀であった。


呼び出された太田備中守資愛《すけよし》は、不機嫌であった。

「いつまで老中首座、いや、田安家の縁者だと思っておるのか」

大手門を出た駕籠《かご》のなかで、太田備中守が不満を漏《も》らしていた。

「田村《たむら》がおれば、うまく断ったであろうに。今の留守居役《るすいやく》は役に立たぬ」

太田備中守がぼやいた。田村一郎兵衛《いちろうひょうえ》は太田備中守の懐刀《ふところがたな》であった。

守居役として、他家との交渉を一手にこなしていた。幕府の留守居と、諸藩の留守居役は名前は同じだが、その役目は大いに違っていた。将軍の代わりに等しい留守居に比して、諸藩の留守居役は、幕府や諸藩との連絡係である。幕府役人を接待したり、酒を飲みながら他藩の留守居役と話をしたりするところから、無駄金遣いと悪口を叩かれるが、そこから仕入れた情報で、藩が助かることも多い。うまくいけば、幕府のお手伝い普請《ふしん》という名の夫役を撤回させるときもある。

留守居役はどこの藩でも、家柄ではなく有為な人材をあてる重要な役目であった。

田村一郎兵衛は、太田備中守が家督《かとく》を継いでから見いだし、老中になるための手配を任せた。賄《まいない》や接待だけでなく、人に言えないまねまでして、田村一郎兵衛は、見事太田備中守を老中にまで押しあげた。それもあり、太田備中守から絶対の信頼を受け、表沙汰《おもてざた》にできない事象すべてを担っていた。

「殺されたのはまちがいない」

武家は藩に籍が在《あ》ればこそ、特別扱いをされる。浪人になるか、駆け落ちなどをして士籍を抜かれると、庶民と同様になる。ましてや、老中の家臣なのだ。その価値たるや、へたな旗本よりも高い。しかも留守居役である。藩の金はほぼ遣い放題に近く、余得も大きい。その立場を捨てるとは考えられなかった。

「要らぬ話を漏らしたりはしておらぬであろうな」

太田備中守が懸念した。

老中になるのにかなり無理をしたあと、大老職を狙って動いたのだ。その過程で一橋治済に近づいたりもした。そのすべての実務を田村一郎兵衛が取り仕切っていた。いわば、太田備中守の弱みを知っているのだ。その家臣が行方不明になった。不安になって当然である。

「越中守は、儂が一橋さまの手についたと知っていた」

老中が将軍ではなく、その父のもとに忠誠を誓ったと知れてはおおごとである。太田備中守は一橋治済とのかかわりを厳に秘してきた。それを松平定信は見抜いていた。

「まさか、田村も越中によって。もしそうならば、今日の呼びだしはなんだ。あれがばれたか、それとも別のことを知られたか。田村が喋《しゃべ》ったならば……」

太田備中守が疑心暗鬼になるのも無理はなかった。

「ひょっとするとお庭番の一件かも知れぬ」

月番《つきばん》老中であった戸田采女正《うねめのしょう》から、お庭番の望み次第の通達を太田備中守も知らされていた。

「ならばよいのだが……」

「着きましてございまする」

「あ、ああ」

駕籠《かご》が止まったのも太田備中守は気づかず、声をかけられてようやく返答をした。

「ようこそおいでくださいました」

出迎えたのは松平家の家老であった。

「ご苦労である」

鷹揚《おうよう》に首肯して太田備中守が駕籠から出た。

「呼び立ててすまなかったの」

上屋敷の茶室で、松平定信が待っていた。

「お招きに与《あずか》り、恐縮でございまする」

年齢も家格もうえの相手に、太田備中守はていねいに頭を下げた。

「御用でお疲れのところ申しわけないとはわかっていたが、どうしても話しておかねばならぬことがあってな」

「どうしても……」

松籟《しょうらい》を立てている風炉《ふうろ》から、茶碗へ湯を注いで松平定信が言った。

太田備中守が音を立てて唾を飲んだ。

「おぬしにもかかわりのあることだ」

「わたくしにも」

言葉尻に太田備中守が疑問を呈した。太田備中守を咎《とが》めるならば、「おぬし」と特定してくるはずであった。わずかな違いだが、これに気づかぬようでは、執政などやってられなかった。

「上様が動かれた」

「なんのことで」

太田備中守が怪訝《けげん》な顔をした。

「……気づいていなかったのか」

「どういうことでございましょう」

「おぬし月番ではないのか」

松平定信が問うた。

「わたくしは先月でございました」

老中には月番があった。月番でないからといって仕事がなくなるわけではもちろんない。先月からの引き続きなど、しなければならない用はいくらでもある。ただ、月番でなければ新たな用件がいきなりは回ってこない。月番老中が用件を確認したあと、最適と思われる相手に割り振るため、すべての案件の内容を知ることはなくなる。

「人事の書付を処理しなかったか」

「わたくしはとくに……」

途中で太田備中守が言葉をきった。

「まさか」

「思いあたったようだの」

驚く太田備中守へ、松平定信が首肯した。

「一橋家づきの旗本たちのいくたりかを異動する旨《むね》の書付がたしかに」

「花押《かおう》を見たか。奥右筆の」

「……立花併右衛門でございました」

太田備中守が思い出した。

「立花は、上様と繋《つな》がっている」

「はい」

二人が顔を見合わして同意した。

「上様が反撃に出られた」

「そうだ」

震えながら言う太田備中守へ、松平定信が重《おも》くうなずいた。

「初手は一橋さまであったがな」

「ご存じで」

お庭番の死亡は伏せられている。すでに執政ではない松平定信が知っているはずはなかった。

「儂にもいろいろな伝手《つて》はある」

誰からとは明言せず、松平定信が告げた。

「お庭番の死を契機に、上様が一橋さまへ攻勢をかけられた」

「…………」

太田備中守が黙った。

「安心せい。おぬしが今回の件に加わっているとは思っておらぬ」

「ありがとうございまする」

ほっと太田備中守が息を吐《つ》いた。

「すでにおぬしは用済みである」

「つっ……」

痛いところを突かれた太田備中守が絶句した。

「儂と同じよ。いや、まだ儂のほうがましか。舞台に上がれたからの。ただの端役《はやく》でしかなかったがな」

松平定信が苦笑した。

「儂も寛永寺《かんえいじ》も舞台を彩る敵役《かたきやく》でしかなかった。今、主役の二人が舞台で踊り始めたならば、幕外へ引くしかない。そして、おぬしは役者でさえなかった。舞台へ上がる前の稽古《けいこ》でだめ出しをされた村芝居の役者」

「…………」

太田備中守の顔がゆがんだ。

「怒るな。おかげで死なずにすむのだ。おぬしは、もうこの芝居の登場人物ではない。芝居の結末がどちらに転ぼうが、影響を受けぬ。褒賞《ほうしょう》をもらいそこねたが、代わりに罰もない。太田道灌《どうかん》公以来の名門を潰《つぶ》さずにすむ。なによりだと思え」

「…………」

不足そうに太田備中守が沈黙を続けた。

「侮《あなど》るなよ。儂にもまだそのくらいの力はある。いや、上様がお気づきでないと思うな。あのお方は英邁《えいまい》であらせられる」

「はい」

厳しく言われて、太田備中守がしぶしぶながら受け入れた。

「今夜の御用は」

疲れた声で、太田備中守が訊《き》いた。

「役に立たぬ役者になにをせよと」

「なにもするな」

「……とは」

命じられた太田備中守が詳細を求めた。

「舞台に上がろうとか、興行の金を持ち逃げしようとか、考えず、じっとしておけ」

「な、なにを」

芝居になぞらえて与えられた松平定信の忠告に、太田備中守がうろたえた。

「両雄相打つ。上様には幕府という権があり、お庭番という盾《たて》がある。対して一橋どのには、歳《とし》を経た経験があり、甲賀《こうが》の抜《ぬ》け忍《しのび》という剣を持っている。親殺しという汚名を着るわけにはいかぬだけ、上様の動きに制限があり、思った以上の差はない。拮《きっ》抗《こう》しているとはいわずとも、どちらも相手を圧倒しているわけではない。この状況を利と見る者がいても当然であろう。売りこみの好機だからな。どちらかに味方して、その勝利を手助けして、事後の褒賞を狙う。どちらにもよい顔をしつつ、風向き次第で傾きを変え、最後の勝者につく。あるいは、共倒れを期待して、敏次郎《としじろう》さまを擁立《ようりつ》する」

「…………」

太田備中守が顔色《がんしょく》をなくした。

「幕府存亡の危機だとわかっておろうな。一つまちがえば、薩摩《さつま》の介入を、いや朝廷の手出しを許すことになる。神君家康公以来十一代を数える徳川家の最後となりかねぬのだぞ。おぬしていどの者が加われると思うな」

「失敬でござろう」

軽く見られた太田備中守が抗議をした。

「ならばしてみるがいい。注意はしたぞ。ご苦労だった」

話は終わったと松平定信が手を振った。

「失礼する」

憤慨《ふんがい》していると言わんばかりに大きな声を出して、太田備中守が席を蹴《け》った。

「儂も十二代の席を狙った。だが、儂にはその資格がある。神君家康公の血を引いておるからな。しかし、おぬしにはなにもない。かつて先祖が江戸城の主であったかも知れぬが、そのようなもの、乱世の栄枯《えいこ》盛衰《せいすい》でしかない。太田家は、家康さまによって救われた譜代《ふだい》大名でしかない。上様のご機嫌一つで潰されるかも知れぬ有象無象なのだ」

「有象無象とは無礼であろう」

「神君家康《いえやす》さまのお血筋に手を出そうとしたおぬしは無礼ではないのか」

「…………」

「儂が知らぬと思っていたか」

嘲笑《ちょうしょう》を松平定信が浮かべた。

「くっ」

唇《くちびる》を噛《か》んだ太田備中守が、茶室を出ようとした。

「覚悟しておけ。儂には将軍の地位を望むだけの資格があると同時に、徳川の世を守る義務もある。上様と一橋家の争いに口を挟《はさ》むようならば、容赦《ようしゃ》せぬ」

低い声で松平定信が脅《おど》した。

「よいか、天下は上様のもとで安寧《あんねい》である。決して乱すことは許されぬ」

「…………」

太田備中守が逃げるようにして去っていった。

「なにもできるものか、儂に。上様に目を付けられ、伊賀に反された儂に、老中をどうこうする力などないわ」

一人になった松平定信が肩を落とした。

「今の儂は、田の案山子《かかし》よ。雀《すずめ》ていどの小物を脅すしかできぬな」

松平定信が小さく嘆息した。

「最後のご奉公でござる。上様」

江戸城へ向かって、松平定信が平伏した。

三

暮れ六つ寸前に立花併右衛門は外桜田門《そとさくらだもん》を出た。背後で、巨大な門扉《もんぴ》が閉まってい
く音が響いた。

「おかえりなさいませ」

「やれ、危ういところであった」

待っていた衛悟へ、併右衛門が笑った。

「ここ連日、潜《くぐ》り門《もん》を開けてもらっていたからな。あまり続くのはよくない」

幕府の内曲輪門《うちぐるわもん》は暮れ六つに閉じられる。大門は閉められるが、名乗れば潜り門を

通行できるので、実質ないに等しい門限であるとはいえ、何度も門限を破っていると、目付へ報告されかねなかった。もちろん、奥右筆組頭の多忙さを目付はよく知っているので、咎められることはないが、なにに手間を取られているのかと興味を引く恐れがあった。とくに他の奥右筆の帰宅が遅くないのに、一人併右衛門だけが突出していると、要らぬ疑惑を招くことになる。

伊賀者の罠《わな》にはめられ、城内で脇差《わきざし》の刀身を晒《さら》し、評定所《ひょうじょうしょ》審問まで受けた併右衛門である。無罪とはなったが、目付に名前を覚えられてしまった。親でさえ罪に落とすという目付の関心を呼ぶようなまねは避けたい。

「ご多用でございまするか」

「予定外のことがな」

併右衛門が苦笑した。

「詳しく訊きたいの」

偶然であった友へかけるような明るい声がした。

「また、おぬしか」

不意をうつ呼びかけも、繰り返せば驚きも薄れる。併右衛門はため息を吐いた。

「…………」

衛悟もすでに太刀を抜き撃つ体勢に入っていた。

「ふん。おもしろくなくなったの」

染み出すように、闇から冥府防人が現れた。

「なんの用だ」

「それを訊くか」

冥府防人が笑いを消した。

「一橋家の家臣のことだな」

「そうだ」

確認した併右衛門へ、冥府防人が首肯した。

「儂は奥右筆ぞ」

「それが答か」

「うむ」

併右衛門はうなずいた。

「お庭番の入れ知恵ではないのか」

「そこまでは、儂にはわからぬ」

再度問う冥府防人へ、併右衛門は首を振った。

「奥右筆は不偏不党。ただ上様の命《めい》にだけしたがう。これは奥右筆に任じられるときの誓詞《せいし》である」

併右衛門は胸を張った。

「立花どの」

「……っっ」

衛悟と冥府防人が緊張した。

「な、なんだ」

二人の変化に、堂々としていた併右衛門がうろたえた。

「殺気でござる」

太刀を抜いた衛悟が、併右衛門を背中にかばった。

「罠をしかけたか。お庭番にしてはやる。奥右筆に気を取られた吾《われ》の隙《すき》をつくとは、上出来だ」

冥府防人が先ほどまで己が居た闇へと話しかけた。

「お庭番だと」

併右衛門が息を呑んだ。

「餌《えさ》……」

「だったようだの」

唖然《あぜん》とした併右衛門へ、冥府防人が告げた。

「……三人、奮発したものだ」

冥府防人が、さっと目を走らせた。

「…………」

衛悟が太刀の切っ先を冥府防人へ向けた。

「安心しろ。無駄なことはせぬ」

冥府防人が述べた。

「無駄なこと……」

わからぬと衛悟が首をかしげた。

「おぬしらを人質になどせぬということだ。人質とは、殺してはならぬ相手だからこそ値打ちがある。お庭番にとって、おぬしたちはなんの価値もない。吾《わ》が人質とすればさいわいと考えるだろう。少なくとも、吾の意識が人質とお庭番の二つへ分けられるからな」

噛んで含《ふく》めるように冥府防人が説明した。

「なんだと」

衛悟が目を剝《む》いた。お庭番は将軍の配下である。当然、衛悟は味方だと信じていた。それが否定された。

「お庭番とはそういうものだ。こいつらには、将軍しかない」

冥府防人が吐き捨てるように言った。

「それはおぬしも同じだろう。おぬしには御前《ごぜん》、いや一橋さましかない」

「御前さまの正体に気づいていたか。さすがだな」

口にした併右衛門へ冥府防人が感心した。

「しゃっ」

ちらと目の泳いだ冥府防人へ、お庭番の一人が手裏剣《しゅりけん》を放った。

「ふっ」

嘲笑《ちょうしょう》しながら、冥府防人が跳《と》んだ。

「くっ」

冥府防人のいた場所を通り過ぎて手裏剣が衛悟へと向かって来た。急いで衛悟は手裏剣を打ち払った。併右衛門をかばっている衛悟に避けることは許されなかった。

「本気か」

唾《つば》を嚥下《えんげ》した衛悟の喉《のど》が音を立てた。

「奥右筆組頭を死なせてもよいと」

衛悟は驚愕《きょうがく》していた。御三家を始めとする大名さえ遠慮する奥右筆組頭を敵に回す。衛悟には信じられなかった。

「家督相続や縁組などを認められずともよいのか」

衛悟は唖然とした。幕臣にとって、奥右筆組頭は絶対だと思いこんでいた。

「しっかりせい。お庭番を敵だと思え。こいつらに奥右筆の権はつうじぬ。上様より、お庭番の書付は望みのままにと仰《おお》せられた」

併右衛門が語った。

「なんと……」

教えられた衛悟が驚愕した。

奥右筆に与えられた権は将軍を後《うし》ろ盾《だて》にしている。その将軍が奥右筆の筆に制限をかけた。つまりお庭番に対して、奥右筆の優位はなくなった。

「…………」

衛悟は動揺を数瞬で飲みこみ、太刀を下段に変えた。

人の目は意外と広い範囲をとらえている。と言ったところで限界があり、左右はかなり広いところまで見えていても、上下はそれより狭い。

下段に太刀をおろした衛悟は、わずかに膝《ひざ》と腰を曲げ、姿勢を低くした上で、顔を少しだけあげた。へっぴり腰のうえ、顎《あご》を出す。他から見ると不格好《ぶかっこう》でしかない体勢を衛悟は取った。

「ふむ」

冥府防人が満足そうに笑った。

「一枚壁を破ったな」

「…………」

褒《ほ》め言葉にも衛悟は反応しなかった。ゆっくりと息を吐き、静かに吸うを繰り返す。

衛悟は攻撃ではなく守勢に入ったのであった。左右の警戒を目に任せ、やや上気味を見ることで、頭上からの攻撃への対処をすばやくできるようにした。そして下から襲われたときのために太刀を下段に置いている。こうすれば背後以外からの敵にほぼ対処できる。その形を冥府防人が認めた。

「ふっ」

わずかに暗闇が揺らぎ、ふたたび手裏剣が冥府防人へと飛来した。

「……六つ。正面に三人か」

飛んできた手裏剣を数えながら、冥府防人がそのすべてを弾《はじ》きとばした。

弾かれたことで軌道を変えた手裏剣が一つ衛悟のもとへと向かった。

「えいっ」

小さく太刀を動かして、衛悟はこれを防いだ。

「迷惑だ」

飛ばす方向を考えろと衛悟が文句を言った。

「知るか。苦情はお庭番にいえ。あやつらが手裏剣を投げなければ、吾が太刀で弾きとばすこともない」

冥府防人が口の端をゆがめた。

「できぬのだな」

衛悟が煽《あお》った。

「言うことよ」

うれしそうな顔で、冥府防人が応えた。

「楽しみが増えた。ならば、さっさと邪魔者を排除せねばな」

冥府防人の姿が消えた。

「なっ」

闇のなかから驚愕の息が漏れた。

「……うっ」

続いて違うところでうめき声がした。

「二」

さらに別のところから呼びかける声がした。

「ほう、お庭番は数で呼び合うのか」

血塗《ちぬ》られた太刀を手に、冥府防人が闇から姿を表した。

「つっ……」

「声を出すとは未熟」

冥府防人が嘲笑した。

「散《さん》っ」

短い指令が発せられた。たちまち闇の気配が動いた。

「留まらぬことで、居場所の特定を避けるか。数がいるときには有効だが……」

血刀をだらりと左手で下げた冥府防人が、懐へ手を入れた。

「動きが単調すぎる」

冥府防人が懐から手裏剣を出し、投げつけた。

「……くっ」

「…………」

二つの気配が乱れた。

「さすがに当たるほど鈍くはないようだが、このていどで崩すような陣では、意味などないわ」

次の手裏剣を構えながら、冥府防人が言った。

「放て」

お庭番の声が響いた。

たちまち四方から手裏剣が襲ってきた。

「ふん」

鼻先で笑った冥府防人が、身をひねるだけでかわした。

「くっ」

衛悟は呻《うめ》いた。先ほどの棒《ぼう》手裏剣と違い、今度は薄い金属の板を切り抜き、刃を付けた八方《はっぽう》手裏剣が来た。釘を大きくしたような棒手裏剣は、当たったときの威力が大きい代わりに、直進しかできない。対して、八方手裏剣は急所に当たらないかぎり致命傷とならないが、弧を描いて飛ばせた。投げかたによっては、前の人を避けて、その背後に隠れている者を狙うこともできる。

衛悟は己に当たらないとわかっている手裏剣にまで対応を強《し》いられ、動かざるをえなくなった。

「巻きこむ気満々というより、儂も始末するつもりのようだな」

太刀を振って、手裏剣をはたき落としている衛悟へ、併右衛門が話しかけた。

「お気を付けくだされ。危ないと思えば身を地に投げ出してくださいますよう」

衛悟は併右衛門へ注意を促した。

「ああ」

併右衛門はすなおに首肯した。

「……ふう」

すべての手裏剣を処理した衛悟が小さくため息を吐いた。

「どうした」

「いえ。落ち着かれているなと」

問われて衛悟が答えた。

「慣れただけだ。いやなことだがな。人というのは恐怖にさえ慣れる」

頰《ほお》をゆがめながら併右衛門が言った。

「……はい」

同意しながら、衛悟は周囲の警戒を怠《おこた》らなかった。

「そう緊張するな」

背後から併右衛門が声をかけた。

「意図してこちらを襲うだけの余裕はどちらにもない。よそ見しながら戦える相手ではないと、互いに知っているだろう」

併右衛門が冥府防人と闇を見た。

「油断してもらっては困る。儂はまだ死にたくないし、おぬしに死なれても困る。娘に泣かれたくはないからの。だが、人はどれだけ修行をしたところで、緊張をずっと持続できぬ。緊張の後には弛緩《しかん》がくる。その弛緩が予想していないときに起こっては致命傷となりかねぬ」

「緊張の糸が切れる前に、己の意志で緩めておけと」

衛悟が理解した。

「そうだ。切れた糸を繋《つな》ぐには、どうしても多少の手間がいる。己で緩めたとあれば、いつでも張り直せよう」

「承知いたしました」

うなずいて衛悟は、少しだけ肩の力を抜いた。余裕が生まれたことで、衛悟は戦いを傍観者として見つめられた。

四

「しゃっ」

闇の住人同士の戦いは、裂帛《れっぱく》の気合いを放つことはない。耳を澄《す》ましていなければ、聞き逃すていどの、普通に息を吐《は》くくらいの音しかでないのだ。それが暗闇のなかでの戦いとなれば、まず常人の目ではとらえられなかった。

「……すさまじい」

その戦いを衛悟は見ていた。

「見えるのか。儂には単なる闇でしかないぞ」

併右衛門が驚いた。

「…………」

返答せず、衛悟は戦いを見つめ続けた。

冥府防人が太刀を振るい、お庭番が身を縮めてかわす。お庭番が忍刀《しのびがたな》で斬りつけ、それを避けた冥府防人へ、別のお庭番が飛びかかっていく。左右だけでなく空中という上下までを使った戦いは、衛悟を夢中にさせた。

「……ああ」

知らず知らずのうちに、のめりこんでいた。

「どうした」

瞬《まばた》きさえしなくなった異様な雰囲気の衛悟に、併右衛門が訊いた。

「………」

「おい」

返答しない衛悟を、併右衛門が呼んだ。

「……ごくっ」

衛悟の喉が鳴った。

「これは……」

ようやく併右衛門は衛悟が異常だと理解した。

「衛悟」

「………」

強めに併右衛門が衛悟の肩を引いた。

無意識に衛悟が太刀を振った。

「あっ」

気づいた衛悟が目を剝《む》いた。

かろうじて太刀が併右衛門の首に当たったところで、止まった。

「つうう」

併右衛門が痛みに呻《うめ》いた。

「な、なんということを……。も、申しわけございませぬ」

あわてて太刀を戻し、大きく衛悟が狼狽《ろうばい》した。

「どうしたというのだ。まるで魅入《みい》られていたようだぞ」

「魅入られていた……」

衛悟が息を呑んだ。

「思い当たる節があるようだな。あとで聞かせよ。今はよい」

その様子から併右衛門は見抜いた。

「しかし、お傷が」

まだ衛悟はうろたえていた。

「落ち着かぬか。己で斬っておいて、傷が浅いか深いかくらいわかろうが」

「……あ、はい」

衛悟が首肯した。太刀にはかならず手応えがある。その手応えが軽いか重いかで、かすり傷か致命傷かを判断できる。いや、それができなければ、剣士とは言えなかった。

「このようなもの。蚊に噛まれたようなものだ。押さえておけば血も止まる」

わざとゆっくり併右衛門が手拭《てぬぐ》いを出し、傷にあてた。

「それより、あちらだ。緩めよとは言ったが、気を散らしていいとは申しておらぬぞ」

「あっ、は、はい」

たしなめられて、衛悟が背を向けた。

「今のこと、口外するなよ」

見ていただろう中間《ちゆうげん》二人に、併右衛門が口止めした。

「しゃべれば……儂は敵になる」

「へ、へい」

「わ、わかりましてございまする」

脅《おど》された中間たちが、震えながら従った。

奥右筆の権は、奉公人にも及んだ。奥右筆の屋敷を馘《くび》になった。そんな奉公人を雇う主はいなかった。奥右筆に睨《にら》まれるかも知れないのだ。武家は言うまでもなく、商家も百姓でさえ、忌避《きひ》した。商家は幕府お出入りから確実に外される。己がそうでなくとも、取引先にはかならず幕府とかかわる相手がいる。その相手からつきあいを切られては、商売に差し支える。百姓は領主を敵に回すことになる。領主は奥右筆の機嫌をとるためならば、百姓の一つや二つ、平気で潰した。

震える中間たちから、併右衛門は顔を衛悟へと戻した。

「どうやら大丈夫のようだな」

普段《ふだん》と変わらぬ衛悟の様子に、併右衛門がほっと息を吐いた。

「しかし、放置はできぬな」

まったく狂気の片鱗《へんりん》も見せず、ためらうこともなく、太刀を併右衛門へ向けて衛悟は放った。寸前で吾に返り、切っ先を止めたとはいえ、あり得ていい話ではない。

「しゃっ」

お庭番が忍刀を薙《な》いだ。

「なんの」

冥府防人は後ろに下がらず、その場で地に着くほど腰を落として、空を切らせた。

「……ちい」

冥府防人の背中、一尺（約三十センチメートル）ほどのところへ、別のお庭番の忍刀が振り落とされた。

もし、薙ぎを避けるために冥府防人が下がっていたら、その身体《からだ》は脳天から二つになっていた。

「読まれていては、意味ないの」

嘲笑しながら、冥府防人が太刀を突きあげた。

「ぐえええぇ」

最初に忍刀を振ったお庭番が苦鳴《くめい》をあげた。低い位置から冥府防人が太刀をお庭番の下腹へと刺していた。

「くっ」

勝ち誇っていた冥府防人の顔色が変わった。

「こいつ。離せ」

珍しく冥府防人が声を荒らげた。

「なんだ」

理解できない併右衛門が疑問を呈した。

「どうやら太刀を摑《つか》んだようでございまする」

衛悟が答えた。

「太刀を……手でか。切れるではないか」

併右衛門が呆然《ぼうぜん》とした。

「いえ、摑むだけならば切れませぬ。刃物というのは、動いて初めて切れるのでございまする」

怪訝《けげん》な顔をした併右衛門へ、衛悟は告げた。

「では、あやつは太刀を封じられたのだな」

「……いいえ」

興奮する併右衛門へ、冷静に衛悟が首を振った。

「無刀取《むとうど》り。両手で刀を挟むようにして止める技は、己の力が相手より勝っているときだけ遣えまする。相手が太刀を動かそうとするのを抑えこめるだけの膂力《りょりょく》がなく、少しでも刃が動けば、手ごと切られまする。そして、あのお庭番は腹を刺されておりまする。もってあと数拍」

「……そうか」

併右衛門は残念そうに言った。

「このままあやつが死んでくれれば、儂も普通の奥右筆組頭に戻れるのだが」

「……………」

首を振りながらつぶやく併右衛門に衛悟はなにも返さなかった。

「そのまま抑えていろ」

空を切った後ろからの一撃を放ったお庭番が勢いづいた。

「吾が止《とど》めを……」

忍刀を構え直してお庭番が迫った。

「しゃあ」

お庭番が忍刀を振った。

「ちっ」

太刀から手を離して、冥府防人が身をひねった。身体を回しながら、脇差《わきざし》を抜き撃った。

「ぎゃっ」

忍刀を突くように出し、前のめりになった体勢のお庭番の首筋へ、冥府防人の脇差が入った。

「太刀を奪ったか。よくやったぞ、二、三」

「うるさいな」

冥府防人がうっとうしそうな顔をした。

少し離れたところから指示を出していたお庭番が、褒めた。

「なるほど。おまえが指揮する一だ……」

声のしたほうを見ようとした冥府防人が止まった。

「……こいつ。まだ生きていたか」

冥府防人の脇腹を己の太刀がかすっていた。

「くっ。ずれたか。すまぬ、三」

下腹を突き刺されていた二のお庭番が臍《ほぞ》を噛んだ。二のお庭番は自らの身体を貫いていた冥府防人の太刀を抜き、それを武器としたのである。しかし、瀕死《ひんし》の状態で、そんな無理をしたのだ。手元が狂い、たいした傷は与えられなかった。

「さっさと死ね」

振り向きざまに、冥府防人が瀕死のお庭番の頭を蹴った。

「……ぐっ」

頭蓋骨《ずがいこつ》を砕かれてお庭番が死んだ。

「こいつは捨て駒か」

冥府防人が首筋を切られて倒れた三のお庭番を見た。

「…………」

一のお庭番が黙った。

「なかなかの策だったぞ。残念ながら失敗したがな」

感情のこもっていない声で、冥府防人が称賛した。

「そなたで最後だ」

残った一のお庭番へと冥府防人が脇差の切っ先を模《ぎ》した。

「…………」

疾《はや》さを求めるための短い忍刀と太刀では刃渡りが違った。忍刀の届かないところから太刀は攻撃できる。しかし、今冥府防人の太刀は地面に転がり、手にしているのは脇差である。冥府防人の有利は消えた。

「どうした、来ぬのか」

冥府防人がわざと脇差の切っ先を揺らして誘った。

「捨て石として散った仲間を賛したのだ。それだけの覚悟はあろうな」

さげすみの口調で冥府防人が言った。

「…………」

嘲弄《ちょうろう》にも一のお庭番は無言を貫いた。

じりじりと冥府防人が間合いを縮めた。二人の間合いが八間（約十四・五メートル）から五間（約九メートル）へと近づいた。

五間というのはけっこう離れている。剣士同士の戦いでは、まだ虚実の駆け引きさえもおこなわれないほど遠い。しかし、常人をはるかに凌《しの》ぐ忍にとって、五間など一息である。

緊迫した空気が張り詰め、二人の足が止まった。

闇を侵すほど濃い殺気が二人から放たれ、あたりを支配した。

どれほどのときが過ぎたのか、緊張に耐えかねたのは併右衛門であった。

「……ごくっ」

からからになった口中を湿らそうとした併右衛門が唾《つば》を飲みこんだ。

「はっ」

それを待っていたかのように、冥府防人が跳んだ。

「…………」

受けるように一のお庭番も走った。

二人が交錯《こうさく》する瞬間、一のお庭番が手に隠し持っていたものを、冥府防人へ向けて投げつけた。

「なにっ」

冥府防人が脇差で払った瞬間、それが爆発した。

「つっ」

たいした破壊力はなかったが、冥府防人の一撃を阻害するには十分であった。と同時に、爆弾を投げたことで一のお庭番の体勢もずれた。爆発の被害を受けないように、身体を遠ざけただけ、忍刀の出が遠くなった。

「なんの」

その遅れを冥府防人ほどのものが利としないはずはなかった。さすがに一のお庭番へ斬撃《ざんげき》を送ることはできなかったが、向けられた忍刀を迎えるには十分であった。

二つの刃がぶつかり、闇に火花が散った。

「……おう」

「どうなった」

衛悟が感嘆の声を漏らし、爆発の音に驚いた併右衛門は、状態を把握できていなかった。

「もう爆薬もなかろう」

脇差を振った勢いで振り向いて、追撃の態勢に移行しようとした冥府防人へ、手裏剣が注いだ。

「無駄だとわかっておろうに」

片手に忍刀を握ったままの投擲《とうてき》では、数はもちろん、高低差や左右へ散らすなどの技も遣《つか》えない。

あっさりと冥府防人がすべてを弾いた。ふたたび対峙《たいじ》する構えを取るためのときを稼ぐためのものと見た冥府防人が馬鹿にした。

「…………」

しかし、足を止めることなく一のお庭番はそのまま駆け抜けていた。

「やるな」

冥府防人が感心した。

「三対一で勝てなかったのだ。一対一でどうにかなると考えていたとしたなら、頭のめでたい奴だが……」

脇差を拭《ぬぐ》いながら、冥府防人がつぶやいた。

「最初から己は戦いに加わらぬつもりだったということだな」

冥府防人が脇差を鞘《さや》へ戻し、落ちている太刀を拾いあげた。

「……歪《ゆが》んだか。これはもう使えぬな」

太刀をさっと見た冥府防人が、惜しげもなく捨てた。

「衛悟」

小声で併右衛門が呼びかけた。

「今ならば、あやつを討てるのではないか」

「いえ」

併右衛門の問いかけを、衛悟は短く否定した。

「太刀もなく、怪我《けが》をしているのに」

「いけませぬ」

衛悟は首を振った。

少し前までならば、併右衛門に言われるまでもなく、好機とばかりに衛悟は斬りかかっていた。しかし、今は違った。衛悟には冥府防人の周囲を覆《おお》っている闘気が見えていた。黒々とした闘気には、まったく穴がなかった。

たしかに脇腹に、夜目にも明らかな傷を負っている。決して浅いとは言えないだけの傷を冥府防人は負った。だが、それの影響がまったくないと衛悟は見抜いていた。戦いの最中、敵に傷を負わせたら、勝利を確信して気が昂《たか》ぶる。普通ならそうなる。

しかし、今は逆であった。決して、襲いかかってはいけないと止める声が頭のなかに響いていた。

「これが獣《けもの》の勘《かん》……」

衛悟は理解した。獣は本能で、強弱を知るという。それを衛悟は体感していた。

「かかってこぬか」

用なしとなった太刀の鞘《さや》を捨てた冥府防人がじっと衛悟を見た。やがて冥府防人の顔が併右衛門へ向き、首筋で止まった。

「傷……その形、太刀」

冥府防人の目が衛悟の手にした太刀へと落ちた。

「起こしたな」

冥府防人がつぶやいた。

「なにを言っているのだ、あやつは」

併右衛門が問うた。

「のちほど」

衛悟は冥府防人から放たれてくる気に対抗するだけで手一杯であった。

「思いきったの。おぬしの考えではなかろう」

冥府防人が尋《たず》ねた。

「師のお考えだ」

「そうか。無謀なことをする」

なんとも言えない声で、冥府防人が述べた。

「人は人でなければならぬ。人は獣を押さえこむことで、生きてきた。それを辞める。それがどれだけ重いか、知らぬわけでもなかろうに。そなたの師も」

「鬼に勝つに人では足らぬ」

「……たしかにな」

衛悟の言葉に、冥府防人は同意を表した。

「起こしてしまったものはしかたないが……」

なにかを言いかけた、冥府防人が口を閉じた。

「吾には鬼になるだけの理由があった」

「理由とはなんだ」

言う冥府防人へ、衛悟は訊いた。

「…………」

質問を冥府防人が無視した。

「鬼と獣の戦い。どちらかが死ぬまで終わらぬぞ」

冥府防人が一度収めた脇差の柄に手をかけた。

「覚悟はしている」

太刀を青眼《せいがん》に構えて、衛悟が応じた。

「……ふむ」

煙草《たばこ》を吸い付けるだけのときが、二人のうえを通り過ぎた。

「まだだな」

纏《まと》っていた殺気を冥府防人が霧散させた。

「……どうした」

衛悟は首をかしげた。

「獣は覚悟などせぬ。おぬし、まだ獣を使いこなしておるまい」

「うっ」

痛いところを突かれて、衛悟が詰まった。

「そして吾も十全ではない。そなたとの決戦は、万全でやりたい」

冥府防人が述べた。

「次に会うときが最後だ。吾の本気を見せてくれる。頼むぞ、失望させてくれるな」

「本気……」

併右衛門が絶句した。

「なにを驚いている。吾は鷹狩りに出たとはいえ、お庭番、伊賀者、書院番《しょいんばん》、小姓番《こしょうばん》らの守りを受けた将軍世子を害したのだぞ」

「さきほどのも本気は出していないと」

「八分だな」

「なんと……」

かつて併右衛門は冥府防人の戦いを何度も見ている。そのなかでも今宵《こよい》のものがもっとも厳しいものであったと断定できる。脇腹を切られる危地に陥《おちい》りながらも、本気ではないと言う冥府防人に、併右衛門が震えた。

「いつだ」

剣士の戦いは日時と場所をあらかじめ決めておくのが決まりであった。

「おまえに任せる。おまえの準備が整えば報《しら》せよ。一橋家の女中絹あてへ手紙を出してくれればいい」

衛悟の求めに、冥府防人が告げた。

「うむ。ではの」

用はすんだと冥府防人が背を向けた。

「馬鹿らしいとは思わぬのか」

去りゆく冥府防人の背中へ、併右衛門が話しかけた。

「なにがだ」

冥府防人が足を止めた。

「殺し合うことがだ。すでに幕府の体制は固まりきり、一分の隙間《すきま》もない。将軍が代わったところで、天下にはなんの影響も及ぼさない。将軍が動かしたいと願っても、幕政は不動である。なぜなら、将軍はなにも知らないからだ」

興奮した併右衛門は、将軍へ敬称をつけるのを忘れた。

「将軍は幕府の天領からどれだけの米が取れ、そのうち何割が旗本たちの禄として消え、残った米が、いくらで売れるか、それを知らない。数字だけならば簡単に見られるだろう。だが、実務はできまい。米を作らせ、年貢として納めさせて、江戸へ運ぶ。これさえも無理であろう。天領の広さは四百万石に及ぶ」

「そのために代官がいる。代官にさせればいい」

併右衛門へ冥府防人が返した。

「代官が指示通りに動く保証などない」

「目付《めつけ》に監視させればいい」

「しきれると思うか」

「無理だろうな。将軍としての権にも限界はあるからな。人の心までは支配できぬ」

己の意見をあっさり冥府防人が否定した。

「わかっているなら、なぜ一橋さまへ諫言《かんげん》をしない」

叫ぶように併右衛門が言った。

諫言は主君がまちがった行為に出たあるいは出ようとしているときに、家臣がそれを止めることである。諫言とは言いながら、言葉だけでなく、こととしだいによっては主君を座敷牢《ざしきろう》へ押しこめるなどの実力行為も含まれた。

「主君の望むままに従う。それは忠臣ではない。乱を求めるのをお諫《いさ》めしてこそ、真の忠義である」

「忠臣……笑わせる」

冥府防人が声をあげて笑った。

「真の十一代将軍を殺した謀叛人に忠を説くか」

徳川で本家を継ぐ者だけに許される家の文字を与えられた十代将軍家治《いえはる》の嫡男《ちやくなん》家基《いえもと》は、生きてさえいればまちがいなく十一代将軍となったはずであった。

「…………」

併右衛門が沈黙した。

「奥右筆よ、おぬしもやはり旗本よな」

「……なんだ」

言いたいことがわからないと、併右衛門は聞き返した。

「おぬしの忠義は誰に捧げられている、いや、どこに」

わざわざ冥府防人が言い換えた。

「わたくしの忠義は上様にある。旗本として当然であろう」

併右衛門が胸を張った。

「上様……それは家斉公か、それとも将軍か」

「なにっ……ううむ」

指摘されて併右衛門が詰まった。併右衛門はかつて衛悟に、旗本の忠義は徳川の当主にだけ捧げられると告げたことがあった。

「その様子だとわかっておるようだな。そうだ。旗本の忠義は家斉公ではなく、将軍へ向けられている。いや、違うな。おまえの忠義は立花の家に、禄に捧げられている」

「…………」

今度こそ併右衛門は言葉を失った。

「だから世が乱れるのが怖いのだろう。乱世になれば奥右筆の価値は下がる。なくなるとまでは言わぬが、今の文が武を抑える状況はひっくり返る。戦場では筆など何の役にもたたぬ。槍《やり》働きこそ求められる。そうなれば、そなたが築きあげてきたものは崩壊してしまう。それがいやなのだ。違うか」

「そ、そんなことは……」

図星を突かれた併右衛門は否定できなかった。

「焦《あせ》らずともよかろう。旗本のほとんどは、おぬしと同じだ」

冷たく冥府防人が言った。

「だが、吾は違う。吾は一橋家ではなく、御前さまへ忠義を捧げている。その理由は……」

一度冥府防人が言葉を切った。

「思いをお聞き下さり、共有していただいたからだ」

「共有」

衛悟が首をかしげた。

「御前は、田沼の道具であった吾をお救いくださった。遣い捨てられる身が哀れだと仰せられてな。そして御前の望みを語られ、余についてこいと言われた。そのとき、吾も気づいたのだ。御前も今の世に身の置き場のないお方だと。ときの権力者に狙われて、身の置き場を失った吾。そしてわが子を将軍として差し出してしまったために、将軍家お身内衆としての価値をなくされた御前。どちらもこの世にいてはならぬもの」

「馬鹿を言うな。一橋さまは、上様を本家へお返ししたご功労者であるぞ」

併右衛門が反論した。

「功労者には違いない。では、御前が一橋家の当主である意味はどうなる。八代将軍吉宗《よしむね》さまより、本家に血筋なきとき、跡を継ぐようにと作られたのが御三卿だ」

「…………」

正解に併右衛門は黙った。

「つまり御三卿の当主は将軍位を希求するために在る。本家が跡継ぎを失ったとき、御三卿の当主の誰かが、十代将軍家治さまの跡継ぎになる。しかし、蓋《ふた》を開ければ、十一代将軍となったのは、一橋家の跡継ぎでしかなかった家斉ではないか。まだ御三卿の当主の誰かであったならば、御前さまも狂われなかったであろうよ。吾が子に、己が手にするはずだった地位を奪われた父親はどうすればいい」

「祝福してやればよいであろう。武家最高の地位に吾が子が就いたのだ」

併右衛門が大声を出した。

「声を大きくした。これは、そなたの自信のなさだな」

冷徹に冥府防人が断じた。

「これ以上知りたければ、御前さまに伺《うかが》え。会ってくださるかどうかは知らぬ」

冥府防人が終わりを宣した。

「ただ吾は、一人の男として、無念を晴らしたい。晴らさせてさしあげたい。ゆえに、吾は止まらぬ。そして御前さまをお止めする気はない。誰にも人の想いを制することはできまい」

「想い……」

併右衛門はそこに含まれた重みに潰されそうになっていた。

「御前さまの想いをこえるだけのものをおぬしが示せたならば……」

すっと冥府防人が闇へ溶けた。

「柊、御前さまの無念が晴れた、あるいはお諦《あきら》めになられたとき、互いに全力を尽くし、死合《しあ》おうぞ」

声だけが闇から届いた。

「応《おう》」

短く受けた衛悟の隣で、併右衛門が呆然としていた。

第四章　内意発動

一

お飾りの当主に、家政の報告はなされない。いや、真実の報告はなされなかった。

「昨今、いかがなものであるか」

「ご威光をもちまして、つつがなく」

当主が思い出したように問い、家臣が決まりきった返答をする。儀式の様相を呈しているが、これこそ家政安泰の極意であった。

生まれてこの方、ものを買うどころか、金さえさわったことのない大名や高禄《こうろく》の旗本に、世間の状況が把握できるはずなどない。

知らないなら知らないで、慣れた家臣に任せておけばいいものを、なかには名君という称号を欲しがって、なにかと指示したがる者も出た。それこそ家臣たちにとっていい迷惑でしかなかった。思いつきで政《まつりごと》をいじられてはたまったものではない。名君とは家臣にすべてを任せ、己《おのれ》はなにもしない者のことであった。

一橋治済《はるさだ》も、その意味でいえば名君であった。

なにせ一橋家は独立した藩ではなく、将軍家お身内衆として、本家に人がいなくなったときのために血統を維持するだけのためにあるのだ。領地もなく、家臣たちの重要な役目に就《つ》く者は、皆幕臣からの派遣である。領地もない、家臣も領民もいない。これでやる気を出せるわけもなく、治済は家政について訊《き》くことさえなかった。

「どうなっておる」

その治済が一橋家付き家老を呼び出して、家政の状況を問うた。

「なにがでございましょう」

家老はとぼけた。

「女の口を塞《ふさ》がなかったと気づかぬか」

治済が厳しい目で睨《にら》んだ。

「奥の者が卿《きょう》のお耳になにやら要《い》らぬことをお入れ申しましたか」

苦い顔で家老が認めた。

「卿のお心を煩《わずら》わせるほどのことではございませぬ。どうぞ、我らにお任せを」

「ほう。任せてよいのだな」

冷たい笑いを治済が浮かべた。

「もちろんでございまする。そのために我らが上様より卿のもとへ……」

「ならば、備前長船《びぜんおさふね》の太刀を一振り求めたい。手配をいたせ」

家老の言葉を遮《さえぎ》って、治済が言った。

「えっ」

間の抜けた顔を家老がした。

「すでに商人には話をしてある。金の手配をいたせ。なに、たいした金額ではない。たかが二百金だ」

「二百両でございますか」

家老が目を見張った。

名刀ともなれば千両をこえるのも珍しくない。備前長船が二百両であれば、安いくらいであった。

「初めての店だ。節季払いとはいくまい。勘定方《かんじようかた》へ申せ。明日には商人が取りに来るゆえ、金を用意いたしておけと。よい、下がれ」

用はすんだと治済が命じた。

「お、お待ちくださいませ。二百両となりますれば、大金でございまする。今日の明日ではちと……」

あわてて家老が止めた。

「ほう……」

治済の目が細められた。

「将軍の父たる余《よ》が二百金もないのか」

「そうではございませぬ。お金ならば千金でもお出しできまする。ただ、高額なものをお買い上げになられるときは、前もってご相談いただかねば、上様より卿の補佐としてつけられましたわたくしどもの職務怠慢となりまする」

家老が述べた。

「なるほど。金はあるのだな」

「ございまする」

念を押す治済へ、家老が首肯《しゆこう》した。

「ならば、余自ら勘定方へ行こう」

治済が立ちあがった。

「なにを」

「金はあるのであろう。ならば問題あるまい」

驚く家老へ、治済が言った。

「余がなにもわかっておらぬと思っていたか」

「…………」

家老が沈黙した。

「金はある。ただ出せぬだけ。そうだな」

「…………」

「黙っていればすむと思っておるならば、おまえは馬鹿だ」

「馬鹿……いかに卿といえども、無礼でございましょう」

嘲《あざけ》られた家老が怒った。一橋家家老は一千石内外の旗本が任じられる。旗本であるから、その主君は将軍であり、いかに家斉の父であっても治済へ忠義を捧げてはいなかった。上司と配下であった。

「なにが無礼だ。男を男というのと同じでしかない。馬鹿を馬鹿と呼んでどこが悪い」

治済があきれた。

「出かけてくる」

「お待ちを」

やりとりの最中に席を立たれては、中途半端なままに終わる。家老が止めた。

「よいのか。余は上様にお目通りしにいくのだ。それを邪魔するか」

「……うっ」

将軍と会うのを止められるのは、将軍本人と側用人だけである。一橋家の家老にその権はなかった。

「ご用件は」

家老が訊いた。

「付き人を代えてもらうように頼むだけだ。役立たずは要らぬし、なにより、余だけですまぬからな。一橋家の家老を経験した者は、そのまま出世していくことが多い。おまえのような馬鹿が昇進しては、幕府のためにならぬ」

「ど、どういう……」

言われた家老が絶句した。

「まだわからぬのか。家政のことを訊いたことなどない余が、問うたというだけで、その裏を悟らねばなるまいが。しかも余は奥から話があったと言ったはずだ。女の口に家政のことがのぼっている。すなわち隠匿《いんとく》できていない。ここまでで、おまえは判断せねばならなかった。余にすべてを話すか、ただちに余の前から下がって辞職願を出すか。辞職ならば、経歴に傷は付かぬ。余も追い撃つほど暇ではないゆえ、そのままにしてやったが、あくまでもごまかそうとする。このような輩《やから》、上様にとって百害あって一利なし」

治済が断じた。

「駕籠《かご》を用意せい」

出かけると治済が大声を出した。

「お、お待ちを」

家老が治済の裾《すそ》を押さえた。

「た、ただちに二百両用意いたしますれば」

「馬鹿も極まれりだな」

治済が嘆息した。

「もう遅いわ」

「そこをなんとか」

すがるように家老が言った。

一橋家の家老を当主である治済から切られたとなれば、後々の出世はない。家老が必死になるのも当然であった。

「離せ」

強く治済が裾を払った。

「なにとぞ」

それでも家老は抵抗した。

「お許し下さるとのご諚《じょう》をいただくまで、離しませぬ」

「……絹」

治済が呼びかけた。

「へっ」

二人しかいないところで、治済が愛妾《あいしょう》の名前を出したことに家老が間の抜けた声をあげた。

「お呼びでございますか」

「わっ」

背後にわき出た絹に、家老が驚愕《きょうがく》した。

「…………」

なにも言わず、治済が己の裾を見た。

「……これは」

絹が顔色を変えた。

「な、なんだ。局《つぼね》も持たぬ軽い身分の女中がなにようだ」

家老が絹へ強がって見せた。

「しゃっ」

鋭い気合いを発して、絹が袖《そで》を振った。

「ぎゃっ」

裾を摑《つか》んでいた右手を浅く切られた家老が苦痛の悲鳴を漏《も》らした。

「お館《やかた》さまの身体《からだ》に触れるなど、無礼にもほどがあるぞ」

「き、きさま、なにをしたかわかっているのか」

告げる絹へ、家老が怒鳴《どな》った。

「お館さま」

家老を無視して絹が治済を窺《うかが》った。

「よいぞ。余への無礼、手討ちしても問題にはならぬ」

「……えっ」

淡々と許可した治済へ、家老が啞然《あぜん》とした。

「では……」

絹がふたたび袖を振りかぶった。

「ひ、ひいいい」

情けない叫びを残して、家老が逃げていった。

「ふふふ」

愉快《ゆかい》そうに治済が笑った。

「ご苦労であった」

「いえ」

治済のねぎらいに絹が首を振った。

「遣《つか》いものにならなかったな。あやつも」

「はい」

嘆息する治済へ、絹が同意した。

「不意にそなたが現れた。これで芝居だと理解せねばならぬというに」

治済が情けないと言った。

呼ばれて現れる。それは警固《けいご》していた表れである。陰の警固ならとくに、今どのような状態かを把握していなければならない。対処が遅れては、治済の身に危害が及びかねないのだ。つまり、不意に姿を見せた段階で、絹は最初から一部始終を見ていたとわかる。

芝居だとわかれば、そのあとの対応も変わる。最初の家政の話も、そうなれば疑わなければならない。どうして、試すようなまねを続けたのか。治済の意図をそこで読まなければならなかった。

「なかなか役に立つ者はおらぬ」

大きく息を吐《つ》いて、治済が部屋を出た。

「いってらっしゃいませ」

絹が見送った。

二

神田館《かんだやかた》は一橋御門のなかにある。そこから登城するならば歩いたほうが早い。しかし、御三卿《ごさんきょう》の当主が、徒歩など許されるはずもなく、玄関から江戸城大手門内、中之《なかの》口《くち》まで駕籠を使わなければならなかった。

「無駄《むだ》なことを」

治済は駕籠のなかで吐き捨てた。

警固もなしで館を出られると考えるほど治済は愚かではなかった。しかし、駕籠の意味はないと考えていた。

「用意できるまで待たねばならぬうえ、供揃《ともぞろ》えもいる」

御三卿の当主としてふさわしいだけの行列を仕立てなければならない。ほんの数丁移動するために、何十人という人手が要った。

「そのくせ、中之口から奥へは家臣を連れて入れぬ」

引き連れた家臣たちは、大手門前の広場で待機するのだ。大手門から奥、下乗橋《げじょうばし》までは駕籠と警固の家臣四人しか入れない。

御三家、老中と同じ格の御三卿は、下乗橋を越えて中之口まで駕籠を使うことが許されているが、そこから先は一人になる。

駕籠を降りた治済は、御殿坊主《ごてんぼうず》の先触れを受けながら、大廊下へと進んだ。大廊下は御三家、御三卿、そして加賀《かが》前田《まえだ》家などの控えである。格は高いが、将軍の居間である御休息の間までは遠い。敬して遠ざけるの見本であった。

「上様へ、お目通りを」

治済は御殿坊主へ白扇《はくせん》を握らせた。

「承りました」

白扇を懐《ふところ》へしまった御殿坊主が首肯した。

城中ではどのような雑用でも、御殿坊主にさせなければならなかった。お茶の用意はもとより、厠《かわや》で手に水をかけるのも御殿坊主の仕事であった。当たり前のことだが、仕事を頼めば報酬《ほうしゅう》が発生した。御殿坊主も御家人であり、禄《ろく》は幕府から支給されている。建て前で言えば、殿中での雑用は任なれば、個別に金を渡さなくてもいい。ただ、御殿坊主は薄禄であり、それだけでの生活は厳しい。雑用をこなすことでもらえる心付けと噂話《うわさばなし》の売り買いで食べていると言い換えてもいい。となれば、金をくれる人を優先して、なんの不思議でもなかった。

大名や旗本から命じられる雑用、そう、茶の用意や厠への案内などは、公用ではないのだ。引き受けさえすれば、いつやるかは御殿坊主が決められた。それこそ、朝のお茶を夕方に出したところで、問題はない。厠への案内も、他の公用があればそちらをすませた後でいい。御用を盾《たて》に取られれば、誰も遅いと文句を言えないのだ。

そこで、大名や旗本は、御殿坊主を動かすために金を払った。さすがに殿中で金のやりとりは露骨過ぎる。もともと武士には名を尊《たっと》び、金銭を卑《いや》しむ風潮がある。そこで考え出されたのが白扇であった。白扇を金代わりに渡し、後日屋敷へ持参してもらい、そこで現金と交換した。

「お目通りかないましてございまする」

しばらくして御殿坊主が戻ってきた。

「うむ」

治済は同席していた御三家の当主たちに、軽く一礼して大廊下を出た。

大廊下から御休息の間まではかなり離れている。もちろん、大廊下は殿中席であり、こちらへ将軍が足を運ぶことはなかった。大廊下に席を与えられている格別な家柄の大名であっても、総登城の日などは、黒書院《くろしょいん》、あるいは白書院《しろしょいん》などで、まとまってお目通りをするだけであり、個別のものはなかった。

また参勤交代で国許へ帰る挨拶《あいさつ》でも、御休息の間に呼ばれることはなく、やはり黒書院などで、老中、奏者番《そうしゃばん》立ち会いのもとでおこなわれる。

中奥にある御休息の間は、将軍の私《わたくし》の場であり、ここへはよほどのことでもなければ、御三家といえども通されなかった。それを易々《やすやす》となしとげる。これは御三卿だけの特権であった。そしてこの特権が、御三卿を独立した大名ではなく、将軍家お身内衆という中途半端な立場の証明となっていた。

「一橋民部卿《みんぶきよう》」

小姓組頭が、御休息の間下段襖際《ふすまぎわ》で来訪者の名前をあげた。

「通せ」

実の父親でも、今は将軍と家臣でしかない。家斉は尊大《そんだい》に命じた。

「上様におかれましては、ご機嫌麗《うるわ》しく、民部、心よりお慶び申しあげまする」

下段の間中央で治済が平伏した。

「民部も壮健そうでなによりである」

白々とした挨拶《あいさつ》を、親子が応酬《おうしゆう》した。

「目通りを願うのも久しいな。なにがあった」

家斉が水を向けた。

願いごとがあるために目通りしたとはいえ、目上からの許しがない限り口を開くことはできない。放っておかれれば一日でも座ったまま待たなければならないのが、家臣の立場であった。

「早速のお許し畏《おそ》れ入りまする」

もう一度低頭してから、治済が背筋を伸ばした。

「待て、今他人払《ひとばら》いを……」

「親子の話でございまする。聞かれたところでどうということなどございますまい」

他人払いをしようとした家斉を治済が止めた。

「なにより、お側《そば》近くに仕える者は、忠義厚くなければなりませぬ。ここで見聞きしたことを外で話すようなまねは致しますまい」

「……うむ」

治済の言葉に家斉が頬《ほお》をゆがめた。ここで他人払いを強行すれば、小姓たちの忠誠が家斉にないと自ら認めることになる。

「さて、上様、昨今当家へおつけくださっておりまする旗本どもが、一気に入れ替わりましたことをご存じでございましょうや」

「知っている」

「……ほう」

あっさりと認めた家斉に、治済が少しだけ目を大きくした。

「では、あれは上様のご手配でございまするか」

「躬が目見《めみ》えもできぬ身分の者を知っているわけなかろう」

今度は家斉が否定した。

「ただ、一橋家の家政が回らぬようにいたせとは命じたぞ」

「さようでございましたか」

嫌がらせを白状する家斉へ、淡々と治済が応じた。

「おかげさまで一橋家は、わたくしの買いものに困るほど、金が回らなくなりましてございまする」

「それは重畳《ちょうじょう》」

二人が嫌みを言い合った。

「お戻しいただけましょうか」

「そうよな。斉敦《なりあつ》へ家督《かとく》を譲り、そちが隠居いたしたならば考えよう」

願いを家斉が拒否した。

斉敦とは、治済の六男である。長男家斉が将軍となり、次男、四男が早世、三男が黒田《くろだ》家へ、五男が田安《たやす》家へ出たため、跡継ぎとなった。

「さようでございまするか。ならば、自らの力で変えるしかございませんな」

治済が告げた。

「用件はそれだけか」

「はい。上様もご存じのことかどうかを確認したかっただけでございますので」

訊かれて治済が首肯した。

「では、今度は躬《み》のほうよな」

　家斉が治済を睨《にら》んだ。

「一橋家に謀叛人《むほんにん》が匿《かくま》われているとの報《しら》せがあった」

「謀叛……わたくしのことでございますかな」

　治済がわざとらしく首をかしげた。

「……そちではない」

　一瞬の間をおいて、家斉が首を振った。治済の謀叛を家斉は認められなかった。治済を謀叛人とすれば、その累《るい》が家斉に及ぶからである。

　十代将軍家治の養子となり、その跡を継いで十一代将軍になった家斉であるが、治済の子供であることは変えようがなかった。養子に出たので、縁を切る。これを忠孝をその根本にしている幕府は認めていない。縁を切るなどの行為は、目上から目下へとおこなうものであり、息子が親との縁を切る、すなわち逆縁は許されなかった。

　もちろん、家斉は将軍、治済は一橋家の当主である。関係は逆転するが、これで切れるのは主従の縁であり、親子のものは無理であった。

　親子の縁は切れない。つまり、治済が謀叛という大罪を犯したとき、家斉は連座してしまうのだ。

「はて……」

治済が首をかしげた。

「そちのもとに甲賀者《こうがもの》が一人おろう」

「甲賀者でございまするか。一橋家に甲賀者はおりませぬ」

家斉の追及を治済は否定した。

「甲賀者、いや元甲賀者である望月小弥太《もちづきこやた》を匿っておるな」

「望月小弥太でございまするか……あいにく存じませぬ。なにぶんにも当家には人が多く、また、昨今は入れ替わりも激しく、一々覚えてなどおられませぬ」

治済がとぼけた。

「…………」

皮肉を返されて家斉が黙った。

「しかし、謀叛と疑われる者が当家におるとは一大事。ただちに調べ、おりますれば、上様のお手をお借りするまでもございませぬ。わたくしが直々《じきじき》に成敗をいたしましょう」

「そちが成敗すると」

「はい」

大きく胸を張って、治済がうなずいた。

「つきましては、一つお願いがございまする」

「申してみよ」

家斉が促した。

「わたくしの家中に謀叛を企《たくら》む者などおるはずもございませぬ。よって、わたくしは謀叛人の面を知りませぬ。そこで、謀叛人を見分けられる者をお貸し願いたく」

「な、なにっ」

願いに家斉が驚いた。

「わたくしの屋敷に謀叛人が潜んでいる。それを上様へお告げした者がおりましょう。その者をお貸し願いますよう。さすれば、一目瞭然、ただちに討ち取れましょう。誰かわからぬのに無闇やたらと討つわけには参りませぬ」

言うとおりであった。

「ただし……」

治済が家斉を見つめた。

「万一、謀叛人が見つかりませなんだときは、その見分け人を成敗させていただきまする」

「なんだと」

家斉が目をつむった。

「当然でございましょう。これがまだ盗人であるというならまだしも、謀叛でございまする。恐れながら一橋家は、上様のご出自《しゆつじ》であり、御三卿筆頭。将軍家にとってもっとも近き一門。その一門に謀叛という汚名を着せようといたしたのでございまする」

「ううむう」

「まあ、ここまではよいといたしましても、決して見逃せぬことがございまする」

唸《うな》る家斉へ、治済が続けた。

「見逃せぬとはなんだ」

「上様へ偽りを申しあげたことでございまする。臣下としてなにがあってもしてはならぬ大罪。これを見逃しては、政《まつりごと》がなりたちませせぬ」

「…………」

正論の前に家斉が黙った。

「そなたか」

黙った家斉を放置して、治済が御休息の間にいる小姓へ顔を向けた。

「い、いいえ」

小姓があわてて首を振った。

「では、そなたか」

別の小姓へ治済が問うた。

「よさぬか。ここにはおらぬ」

家斉が苦い顔をした。

「では、非番の者、あるいはお庭番」

「……つっ。そのために他人払いをさせなんだか」

くどい治済へ、家斉が舌打ちをした。お庭番がかかわっている。それを小姓たちへ知らせ、お庭番が一橋家と将軍家の争いの裏にありと、不信感をもたせるのが治済の目的だと家斉は理解した。

「お呼びいただけまするか」

「……待て」

呼び出せと言う治済を、家斉が制した。

「その儀には及ばぬ」

家斉が首を振った。

「はて、謀叛人がおると仰《おお》せになられたのは、上様でございましたが」

「もうよい」

手を振って家斉が終わりを宣した。

「なにがよろしゅうございましたので。わたくしにはよくわかりかねまするが」

治済が家斉へ詰め寄った。

「謀叛人のことはなかった。それでよかろう」

家斉が宣した。

「ご寵愛《ちようあい》の者でございましたか。一橋を誣告《ぶこく》した者は」

「…………」

互いの肚《はら》の探り合いであった。

冥府防人こと、望月小弥太の話がお庭番から出ているなど、治済は承知していた。

そして、知っているであろうと家斉もわかっている。

「誰とは問いませぬ。しかし、なにもなかったとするには、些《いささ》か、困ったことをしてくれたとしか言えませぬな」

治済が落としどころを作れと言った。

「……一橋家付きの者どもを従来に戻す」

苦い顔で家斉が告げた。

「なにもなかったと」

「そうだ」

「承知いたしましてございまする」

納得したと治済が平伏した。

「下がれ」

不機嫌さを露《あら》わに家斉が手を振った。

「上様」

治済が呼びかけた。

「まだ申したいことでもあるのか」

家斉が嫌そうな表情を浮かべた。

「…………」

無言で治済が懐《ふところ》から扇《おうぎ》を取り出した。

「なんじゃ」

怪訝《けげん》そうな顔で家斉が問うた。

「見事な舞扇でございまする」

治済が扇を拡げて、家斉へ見せた。

「たしかに見事である。名のある絵師のものか」

家斉が同意した。

「これを……」

答えず、治済が扇を返した。見事な絵柄の面が消え、簡素な装飾しか施されていない裏面が家斉へ向けられた。

「これがどうした」

意味がわからないと家斉が首をかしげた。

「裏を見せるのは、興ざめでございましょう」

治済が扇をもう一度返した。

「……であるな」

家斉が一層《いっそう》顔をしかめた。治済の言いたいことを理解したのだ。

「では、これにて御免《ごめん》を」

治済が御休息の間を出ていった。

「上様……」

小姓組頭《くみがしら》がおずおずと家斉へ声をかけた。

「なんじゃ……」

そちらへ顔を向けた家斉が、動きを止めた。御休息の間にいた小納戸《こなんど》と小姓組の全員が、家斉を見つめていた。

「……他言は無用である」

家斉が口止めをした。

「もし、噂が躬《み》の耳に届いたならば、この場におる者全員、切腹を命じる」

将軍側に仕える小姓たちは、家斉の動向を知る者として、周囲の注目を集めている。家斉がなにを話したか、それを知るだけで、役人たちは出世の糸口を摑み、大名たちはお手伝い普請《ぶしん》などの負担を避けるための対処に移れる。その小姓から、お庭番こそ上様へ要《い》らざることを告げる不逞《ふてい》の輩《やから》との噂が出ては後始末がたいへんであった。もし、それを本気にした老中たちから、御用部屋総意として、お庭番廃止を言いだされてはまずい。

「……切腹」

「全員……」

小納戸や小姓が啞然とした。

御休息の間は殿中で唯一、御殿坊主のいないところであった。将軍の雑用、茶の用意や掃除などは小納戸の任であり、目通りできない御家人身分の御殿坊主にはできなかったからである。殿中でもっとも噂を発する御殿坊主に聞かれなかったのはさいわいであった。

「きっとぞ」

念を押す家斉へ、一同が無言で頭を下げた。

「少し庭へ出てくる。供は要らぬ」

家斉が御座の間脇の縁側から、庭へと降り立った。

「聞いていたな」

庭の隅にある四阿《あずまや》で家斉がつぶやいた。

「……はい」

家斉の頭上から返答がした。

「源内よ。闇のことは闇ですませよ、と言われたわ」

「…………」

苦笑する家斉へ、村垣源内は沈黙した。

お庭番は冥府防人に押しこまれたことを家斉へ告げ、そして家斉が一橋家の力を削《そ》ぐための手を留守居《るすい》本田駿河守《するがのかみ》へ命じた。いわば、今回の一件の発端といえた。

「躬の助けはここまでである」

「かたじけのうございました」

村垣源内が礼を述べた。

「勝てるのか」

すでに家斉には先日の失敗と二名のお庭番を失った報告がなされていた。

「ご懸念には及びませぬ」

はっきりと村垣源内が断言した。

「いかに腕が立とうとも、相手は一人。いつまでも戦い続けられはしませぬ」

個対個の戦いならば、純粋に技量で勝負が付いた。たった一度、せいぜい二、三度刃《やいば》を合わせれば決着を見ることができる。しかし、それが家対家となれば、話が変わってくる。戦《いくさ》は一度でまず終わらない。織田信長《おだのぶなが》の桶狭間《おけはざま》のように、ごく希《まれ》に一度の奇襲で終わることもあるが、まず何度かのやりとりがいる。そしてやりとりを重ねるごとに、地力の差が出てくるのだ。兵力の差、兵糧《ひょうろう》の差がじわじわと利き始め、そして勝負は数の理に落ち着く。

ときをかけるほど、治済と家斉の戦いは、家斉へと傾く。

「どれほど凄腕《すごうで》であろうとも、五日五晩の間攻め続けられたならば、もちませぬ。人は飯を喰《く》い、水を飲み、厠《かわや》へ行き、そして眠るものでございまする」

村垣源内の言葉は真理であった。

「それまで、そなたたちが保つのか」

一言、家斉が問うた。

「……保たせて見せまする」

ほんの少しの間をおいて、村垣源内がうけあった。

「そうか、ならば準備に入れ。ただし、躬の命あるまで動くな」

家斉が釘を刺したうえで認めた。

「はっ」

四阿から気配が消えた。

「五日五夜の間攻め続ける。これは少なくとも四日四夜の戦いでは負けるということだ。一夜休ませずに攻めたてるには、一人二人では話になるまい。少なくとも四人は出さねばならぬ。先日と同じ様相を呈するとして、生きて帰れるのは一人。一日一夜で三人が倒されるとなれば、四日四夜で十二人もの損失となる。残っているお庭番の半数をこえる。遠国御用に出ている者をのぞけば、江戸にいるお庭番のほぼ全部ではないか」

難しい顔を家斉がした。

「お庭番は、将軍の盾と矛《ほこ》。それも思うように使える唯一のだ」

幕府開闢《かいびゃく》から二百年近くが経《た》とうとしている。かつて駿河、遠江《とおとうみ》、三河《みかわ》の大名が天下を取った。徳川家は大きくなりすぎたのである。今や家斉が顔を知る家臣の数など、百ほどである。それ以外はほとんど会うことさえない。とくに戦《いくさ》のおりに刀槍をもって、先陣を務める大番組《おおばんぐみ》など、家斉の顔を知っているかどうかさえ怪しい。そんな大番組が家斉に忠誠を捧げるはずもなく、皆、禄《ろく》を守るため幕府へ忠実なだけであった。

「今、お庭番を失えば、躬はなにもできぬ飾りに戻る。それはならぬ」

家斉が独りごちた。

「父ではないが、躬にも望みがある。この腐った幕府という大樹を延命させたと後世の評判を得たい。そのために、女を抱き、子供を作っている。生まれた子は一人を除いて、すべて他家へ押しつける。養子として正室としてな。五十人も子を作れば、三百諸侯のどれだけを一門にできるか。将軍の子がいくにふさわしい家柄だけに限定すれば、ほぼすべてを網羅できよう」

誰も聞いていないところで、家斉が野望を漏らした。

「天下のほとんどを躬が血筋で占める。血での天下統一じゃ。躬はかの家康《いえやす》公、吉宗公でさえできなかったことを為《な》し遂げる」

家斉の口調に熱が籠《こ》もった。

「それくらいしかできぬからな。将軍など休息の間と大奥だけにしかいけぬ力ないもの。ゆえに、躬は今でなく未来を望む。ためには、躬と生まれ来る子供を守るだけの力が要る。それこそお庭番である。躬はお庭番を失うわけにはいかぬ」

決意した表情で、家斉が四阿を出た。

「奥右筆の娘婿《むすめむこ》であったな。あの者、かなり腕は立った。お庭番の話によれば、父の手の者と因縁もある。実家と婚家合わせて三百石の加増、それにふさわしい働きをしてもらおうか」

御休息の間に戻った家斉が、小姓組頭を手招きした。

「なにか」

「本田駿河守をこれへ」

近づいてきた小姓組頭へ家斉が命じた。

「なりふりかまわれなくなったな」

三

家斉から呼び出され、その指示を受けた本田駿河守が執務部屋でつぶやいた。

「一橋家など放置しておけばいいものを」

独自の家臣もおらず領地もない御三卿は、禄米だけでなく、そのすべてを幕府に依存していた。

「謀叛など起こせるはずもなし。上様はじっと江戸城内におられれば、ときが解決してくれる。いかに手練《てだ》れを使おうとも、江戸城のなかへ忍びこみ、上様を害し奉《たてまつ》るなどできるはずもない。あらかじめ来るとわかっていれば、伊賀も甲賀も壁となる。相手を倒せなくとも、死ぬだけで敵の侵入を報せられる。さすれば、十分な警固ができる。かつて城攻めには三倍の兵力が要ると言われたそうだが、それよりも状況は有利なのだ。相手は一人、そのうえ、地の利はこちらにある」

冷静に本田駿河守が分析した。

「まったく……。上様はただ引きこもっておられるだけで勝利できるというに……」

本田駿河守が嘆息した。

「結果を急がれる。お若いということか」

手紙を書くべく、本田駿河守が巻紙を拡げた。迷うことなく筆を走らせた。

「しかし、上意とあれば従うのが旗本の役目。誰か、奥右筆組頭立花併右衛門へこれを」

配下を呼ぶために本田駿河守が手を叩《たた》いた。

柊衛悟は、今日も死んだ。

実際の死ではない。剣術の稽古《けいこ》における死であった。

「参った」

衛悟は大久保典膳の一撃を左肩に受けて、うずくまった。

「……抑えるな」

大久保典膳が叱《しか》った。

「今はそなたの獣《けもの》を放つことが肝心なのだ。まだ御せる段階ではない。獣を出さずしてどうやって手綱を付けるつもりだ」

「ではございますが……」

衛悟が口答えをした。

「立花どのに斬りつけてしまった。それが怖いのであろう」

「はい」

力なく衛悟はうなずいた。

冥府防人とお庭番の戦いに巻きこまれた翌日、衛悟は大久保典膳へ語っていた。

「死なせなかったのであろうが。ならばなかったものと思え。立花どのも責めてはおられぬのだろう」

「はあ」

大久保典膳の確認に、衛悟は弱いながら肯定した。

「責められるどころか、あれ以来お話もしておりませぬ」

「ほう……」

衛悟の返答に、大久保典膳が目を見張った。

「忌避《きひ》されるようなお方とは思えぬが」

殺されかかった相手に警固されたい者などいない。衛悟のことを嫌うのが普通である。しかし、大久保典膳は、併右衛門をそのていどの人物とは考えていなかった。

「はい。わたくしを怖がられてというわけではございませぬ。戦いのあとも、ずっとわたくしの前を歩いておられましたので」

衛悟も同意を示した。

警固というのはなかなかに難しい。十分な人員を配せるときは別だが、一人で一人を守るとなれば、その立ち位置が問題となった。

警固すべき人物の前を進む。この形を取ることが多い。だが、これはまちがいであった。たしかに、これから未知の場所へ足を踏み入れるならば、こうせざるをえない。ではなく、通い慣れた道ならば、これは悪手であった。

前に立つ。こうすれば警固する者の目は後ろを確認できなくなる。振り返るような動作は、大きな隙《すき》を生むため、かえって襲撃者に利を与えることとなるためよろしくはない。前ばかり見ている。これでは背後からの攻撃への対処が遅れてしまうのだ。

たいして、半歩ほど下がった位置で警固すれば、背後からの襲撃はまず己を排除しない限りできなくなる。さらに警固者を絶えず目に入れたままで、前方の警戒もでき、ほぼ隙をなくせる。

一人で一人を守るには、この方法がもっとも適していた。ただし、これには大きな前提条件があった。

警固される者が、する者を信頼していなければならないのだ。なにせ、己の背中を預けるのだ。裏切られれば逃げるまもなく、いや、裏切られたと知ることもなく、殺される羽目になる。

「なるほどな」

大久保典膳が納得した。

「なにか言われたか」

「いいえ。屋敷に着くまで無言でございました。ああ、屋敷に着いたとき、しばらく一人にしてほしい。警固も当分不要であると」

衛悟が告げた。

「一人にしてほしいか。他には」

「……そういえば、自室へとお戻りになるため、背を向けられたときに」

重ねられた問いに、衛悟が思い出した。

「なんと言われたか」

先を大久保典膳が促した。

「一言だけ、すまぬと」

衛悟が答えた。

「……そうか。詫《わ》びられたか」

大久保典膳が腑《ふ》に落ちたという顔をした。

「おわかりになられましたので」

意味のわかっていない衛悟が尋《たず》ねた。

「ああ。おそらくだがな」

しっかりと大久保典膳が首を縦に振った。

「どういう意味でございましょう」

衛悟が訊いた。

「そなたを巻きこんでしまったことを後悔されたのだろうよ」

大久保典膳が推測を述べた。

「……巻きこむ。そのようなもの、最初からでございましたが」

今さらと衛悟が首をかしげた。

「最初、そなたは身内でなかったからだ。言いようは悪いが、道具であった。さすがにそれは違うか。主人と奉公人だったと言うべきかの」

「主人と奉公人」

「そうだ。おまえは娘と立花家という餌《えさ》を目の前にぶらさげられていたわけだ。褒賞《ほうしょう》を期待して働く奉公人でしかなかった。いわば、取り替えのきくもの」

「取り替えられる……」

衝撃を受けながらも、衛悟は腑に落ちていた。

「たしかに、立花どのから婿入りの斡旋《あっせん》のお話はありましたが、吾《わ》が家の婿にとは一度も聞かされたことはありませぬ」

「当然であろう。上り調子の家と、下り坂を転がっていく家。かつては同僚で親しくしていたとはいえ、あらためてつきあいたいとは思うまい」

「…………」

衛悟は黙った。

「だが、詫びられた。これは、そなたを家族として受け入れたということだ。己のために、家族の命を危難にさらした。そのことを立花どのは後悔されている」

「それで下城の供も要らぬと」

「ああ。おぬしを死なせたくなくなったのだ。幕府、いや、上様、もう少し絞って、お庭番は、立花どのを囮《おとり》として、あの男を誘い出した。立花どのは、己が利用されたことがたまらなかったのだろうな。よくは知らぬが、奥右筆がおらねば幕府は動かぬということほどらしい。すなわち、立花どのは己がいなければならぬ、幕府にとってたいせつだと思いこんでいた。それが根底から覆《くつがえ》った。奥右筆の権威の後ろ盾である将軍から言われたに等しい。その衝撃は大きい。だけでなく、家族まで巻きこんだ。認識が甘かったと知らされたわけだ。ゆえに一人になった」

「では、被害を……」

「己だけで止めるためだろうな。己が殺されても、そなたと娘御が生き残れば、立花家は残る。己の血筋も続く。子供がいるというのは、前も言ったように、己がこの世に在《あ》ったというなによりの証《あかし》だ。子を産むという偉業をできぬ男にとってな」

大久保典膳が説明した。

「…………」

併右衛門の想いを理解した衛悟は言葉を失った。

「これが親というものだ」

ゆっくりと大久保典膳が述べた。

「儂《わし》は吾が子をもたぬ。ゆえにおまえたち弟子が子である。そして親は子のためになら命を捨てられる。ならば、子はどうすればいい」

大久保典膳が衛悟へ問いかけた。

「親の犠牲になるというのは違うぞ。さあ、どうする」

釘を刺して、大久保典膳が促した。

「守りを考える」

「そうだ。親の気持ちを無にせぬように」

うなずきながら大久保典膳が衛悟を見た。

「不満そうだな」

「はい。そのようなもの、真の親子にお任せいたしまする」

衛悟が吐き捨てるように言った。

「たしかに、最初は利用されていたと思いまする。道具扱いであったこともまちがいありませぬ。ですが、ともに死の淵を歩き、生き抜いてきたのでございまする。いわば仲間」

「ふん」

大久保典膳が鼻を鳴らした。

「なにより、わたくしと立花どのは、まだ親子ではございませぬ」

「詭弁《きべん》だがな」

頰《ほお》を緩めながら、大久保典膳が首肯した。

「わたくしは、ともに戦ってきた者を見捨てるようなまねはできませぬ」

胸を張って衛悟が宣した。

「その言やよし」

大久保典膳が褒《ほ》めた。

「有り様は、儂もそなたを死なせたくはない。だが、ここで逃げては、生涯、そなたは己を許せぬだろう。もし、立花どのが殺されるようなことになれば、そなたは娘御の前から姿を消すはずだ」

「はい」

併右衛門を見捨てておいて、瑞紀と婚姻《こんいん》し、立花家を継ぐなどできるはずもなかった。

「許嫁《いいなずけ》を捨て、家を捨て、仇討《あだう》ちに走る。それは鬼となるに等しい」

重い声で大久保典膳が告げた。

「弟子を人から外すわけにはいかぬ。衛悟、肚《はら》をくれ。獣を怖がるな。獣になるのではなく、支配しろ。己のなかの獣を自在に扱えるようになれ。さすれば仲間を守ることもできる。狼は群れるから怖いのだ。ただの一匹ならば、犬と変わらぬ」

「お願いいたしまする」

師の諭《さと》しに衛悟は強くうなずいた。

留守居役には多くの特権が与えられる。十万石城主の格もそうだが、そのような名誉ではなく実利の伴うものもある。下屋敷の下賜《かし》であった。留守居の役にある間だけとはいえ、広大な下屋敷を所持できた。

「無視する気か」

下屋敷で本田駿河守がいらだちを見せた。

「下城のおりに寄れとの手紙を届けさせて三日になるというに、いまだに返答さえよこさぬ」

本田駿河守が苦い顔をした。

「城には出てきておるな」

一人きりの書院で本田駿河守が質問を口にした。

「普段どおりでございまする」

床下から答が返ってきた。

「変わったところは」

「一つだけ」

続けられた問いに、床下の声が応じた。

「警固の若侍がむかえにきておりませぬ」

「ふむ」

本田駿河守が思案した。

「逃げたのではないか。危うくお庭番に殺されかけたのだ。怖くなるのも無理はない」

「それはございますまい」

床下の男が否定した。

「わたくしは直接対峙《たいじ》したことはございませぬが、何人もの伊賀者を倒しております。それだけの腕がある、いえ肚のある者が逃げるなど」

「ほう、伊賀の楔《くさび》がそこまで買うか」

すなおに本田駿河守が感心した。床下の男は、伊賀者であった。

「長命寺《ちょうめいじ》の乱の後、伊賀者支配を命じられた留守居によって作られた伊賀の楔。伊賀者でありながら組を裏切り、幕府へ忠誠を誓う者。正体を知られれば、その場で仲間に殺される。知らぬ顔で伊賀のなかに忍び続ける。それほど過酷な日々を顔色一つ変えることなくこなす楔が、認めるほどの男であったか。ますます逃がすわけにはいかぬな」

楽しそうに本田駿河守が語った。

「そういえば、若侍は奥右筆組頭の……」

「娘婿になるようでございまする」

伊賀の楔が告げた。

「なるほどの。匿おうとしておるのだな。これ以上、幕府の闇へ引きこみたくないか」

本田駿河守が納得した。

「だが、そうはいかぬ。立花、そなたはすでに幕府の澱《よど》みに両足どころか、腰まで浸《つ》かっているのだ。身分が軽いゆえ、胸までは染まっておらぬとはいえ、もう抜け出せはせぬ」

冷たい声を本田駿河守が出した。

「来ぬならば、直接呼ぶだけよ」

本田駿河守が言った。

出迎えはいいと言われたからと、そのまま屋敷に籠《こ》もっているわけにはいかなかった。衛悟は併右衛門の下城を陰ながら見守っていた。

大久保典膳との稽古を終えた衛悟は、外桜田御門《そとさくらだごもん》を見渡せる位置で併右衛門が出てくるのを待っていた。

「卒爾《そつじ》ながら……」

身形《みなり》の卑《いや》しからぬ武家が衛悟へ近づいた。

「拙者《せつしや》でござろうか」

「いかにも。柊衛悟さまでございましょうや。わたくし留守居本田駿河守が家来、内《うち》場匠《ばたくみ》と申しまする」

「承った」

衛悟は首肯した。

まず、最初に名乗りをおこなう。当然の礼儀であった。最近、無言で斬りかかって来るような連中ばかり相手にしてきた衛悟は、それだけで好意を持った。

「ご用件は」

留守居役が旗本最高の役職であることくらい衛悟も知っていた。しかし、その留守居役が衛悟に用がある理由がわからなかった。

「主《あるじ》がお目にかかりたいと申しております。ご同行をいただきたく」

内場が告げた。

「せっかくのお誘いながら、あいにく今は……」

併右衛門の陰供《かげとも》をしなければならない。衛悟は断った。

「ご懸念なく。主は立花さまもお招きいたしておりますれば」

大事ないと内場が言った。

「同道できまするか」

まだ併右衛門は外桜田門から出ていなかった。

「はい。奥右筆組頭《くみがしら》さまへは、別の者がお声をかけさせていただきまする」

内場が説明した。

「では、結構でござる」

断る理由がなくなった衛悟は、うなずいた。

「お見えのようでございまする」

待つほどもなく併右衛門が現れた。

「では、わたくしどもも参りましょう」

「…………」

促されて衛悟は併右衛門へと向かった。

四

外桜田門を出たところで、併右衛門は行く手を遮《さえぎ》られた。

「立花さま」

「なんじゃ、おぬしは」

いきなり呼びかけられて、併右衛門が眉《まゆ》をひそめた。

「本田駿河守の家来、篠田《しのだ》秋行《あきゆき》と申しまする」

「何用だ」

名前を明かした篠田へ、併右衛門は不機嫌さを隠さずに訊いた。

「おわかりでございましょう。主がお見えをと願っておりまする」

淡々と篠田が告げた。

「お手紙はいただいたが、なにぶん御用繁多《はんた》でな。なかなか応じられぬ。余裕ができ次第、参上いたしますると駿河守さまへお伝え願おう」

併右衛門は断った。

「よろしゅうございまする。では、あちらのお客さまだけをお連れいたしましょう。

では失礼を致しました」

慇懃《いんぎん》に篠田が頭を下げ、ゆっくりと背後へ目をやった。

「……衛悟」

近づいてくる衛悟に気づいた併右衛門が驚愕の声を出した。

「なにをしているか。供はもう要らぬと申したであろうが」

厳しく併右衛門が叱った。

「すみませぬ」

すなおに衛悟が詫びた。

「まったく、帰るぞ」

併右衛門が促した。

「いえ。柊さまは、殿のもとへお見えくださいまする」

内場が止めた。

「なんだと……衛悟、まことか」

苦い顔で併右衛門が問うた。

「立花どのも行かれるとのお話でございましたので」

すまなさそうに衛悟が言った。

「馬鹿が。儂へ確認をとらぬか」

小言を食らわせて、併右衛門が衛悟から内場へと顔を移した。

「この者は立花の跡継ぎでござる。当主であるわたくしが代わってお断りを……」

武家では当主の命《めい》が絶対であり、世継ぎの約束をひっくり返しても問題にはならなかった。

「よろしいのでございますか」

微笑《ほほえ》みを消して、内場が併右衛門を見た。

「殿は見逃されませぬぞ。遅ければ遅いほど、対応に苦慮されることとなりましょう」

「ううむう」

併右衛門が苦悶《くもん》した。

閑職であるはずの留守居、その正体は江戸城の陰を支える役目だと、つい先日併右衛門は知らされていた。そして、併右衛門は、留守居本田駿河守《するがのかみ》に見こまれてしまっていた。

「……参りましょう。ただし、拙者だけ。衛悟は帰していただこう」

併右衛門が条件を付けた。

「あいにくそれは認められませぬ」

内場が首を振った。

「昨夜までならば、立花さまだけですみましたのですが……主の機嫌が本日よりかなり傾いておりまする」

「駿河守さまのご機嫌を損ねたというならば、お詫びいたそう。しかし、おわかりか。拙者は奥右筆組頭でござるぞ」

謝ると言いながら、併右衛門は脅《おど》しをかけた。留守居といえども、幕府の役人であるかぎり、奥右筆の筆から逃げられない。

「…………」

すっと内場が身を寄せてきた。

「なんだ」

思わず引こうとした併右衛門の腕を摑んだ内場が耳元で囁《ささや》いた。

「上様のご内意でございますぞ」

「…………」

今度は併右衛門が黙る番であった。

表沙汰《おもてざた》にされないとはいえ、内意は上意と同じであった。将軍の内意を旗本が拒むことは許されなかった。

「立花どのを離せ。そなた失礼であろう」

陪臣《ばいしん》が直臣の腕を摑む。無礼討ちにされても文句はいえない行為であった。衛悟が柄へ手をかけた。

「止めよ」

併右衛門があわてて衛悟を制した。

「おぬし、駿河守さまの家臣ではないな」

殺気に動じない内場へ、不審の目を衛悟は向けた。

「……さて」

内場が笑った。

「桜田のご門前で騒動は止めよ。案内《あない》を頼む」

二人を制して、併右衛門が篠田へ言った。

「どうぞ」

篠田が先導した。

下屋敷では夕餉《ゆうげ》の用意までされていた。

「ずいぶんと飯を無駄にしてくれたな。毎日そなたのぶんを用意していたというに」

本田駿河守が、併右衛門を睨《にら》んだ。

「御用繁多でございましたので」

併右衛門は詫びもしなかった。

「ふん。小憎らしい者よ」

少しだけ本田駿河守の目が緩んだ。

「まずは喰《く》え。今宵《こよい》のぶんまで無駄にしては、用人に叱られるわ」

本田駿河守が返答を待たず、膳に箸《はし》を伸ばした。

「いただこう」

衛悟を促して、併右衛門は膳に手をつけた。

「年寄りには、来客用の馳走《ちそう》が続くのはきついな。うまいとは思うが、日頃の飯と汁、干物に菜の煮物という食事がよいわ」

膳の上のものを食べ尽くしてから、本田駿河守が顔をしかめた。

「ご健啖《けんたん》を見せられてからでは、ちと信用できませぬな」

やはり食べ終わった併右衛門が首を振った。

「あまり歳が変わらぬそなたも随分《ずいぶん》と喰うな」

「出されたものは、すべて片付ける。客の礼儀でございまする」

皮肉に併右衛門は言い返した。

「代わりはよいのか。儂らに遠慮せずともよいぞ」

箸を置いた衛悟へ、本田駿河守が気を遣《つか》った。

「そうだぞ。こんな贅沢《ぜいたく》な食事は、当分できぬ。腹がくちくなるまでいただけ」

併右衛門も言った。

「いえ、もう十分でございまする」

衛悟は茶碗の上へ手をかざして、代わりは不要だと示した。にこやかに会話しているように見える本田駿河守と併右衛門の雰囲気が、見た目と違うことに衛悟は気づいていた。漂う緊張に、衛悟は食事を控えた。満腹になることで動きが鈍くなるのを避けた。

「そうか。ならば、話をしよう」

白湯《さゆ》を飲み干して、本田駿河守が述べた。

「お待ちを。衛悟を退席させずともよろしいのでございまするか」

併右衛門が尋《たず》ねた。

「用があるのは、こやつじゃ」

本田駿河守が衛悟を見た。

「……やはり」

「えっ」

予想通りと肩を落とした併右衛門、驚愕した衛悟と二人の反応は正反対であった。

「読んでいたか」

少しだけ本田駿河守が、驚いた。

「奥右筆としてのわたくしに御用の節は、いつも留守居部屋までお呼び出しになられました。それが、今回にかぎり下屋敷へお招き。すなわち、城中へ参れぬ者への御用ではございませぬか」

「城中でできぬ話とは思わなかったのか」

「わたくしの力は、奥右筆組頭としてのものでしかございませぬ。その力を御入り用ならば、城中で事足りましょう」

理由を訊く本田駿河守へ併右衛門が述べた。

「……おそろしい奴よな」

大きく本田駿河守が嘆息した。

「そなた名前は」

本田駿河守が衛悟へ問うた。

「柊衛悟と申しまする」

衛悟が名乗った。

「まだ養子になっておらぬのか」

「婚儀をすましておりませぬゆえ」

併右衛門が告げた。

「そうか。まあ、名前などどうでもいい。そなた、一橋卿の手の者と何度か刃《やいば》を合わせたそうだな」

「…………」

質問に答えていいのかと衛悟は併右衛門を見た。

「よい」

併右衛門が首を縦に振った。

「……はい。何度か戦いました」

衛悟が認めた。

「そうか」

「それだけでよろしいので。戦いの様子とか……」

「要らぬ。儂は剣を遣えぬ。剣術など子供のときに少し型を繰り返しただけだ。そんな儂に詳細を語られても、わからぬでな」

あっさりと本田駿河守が手を振った。

「重要なのは、あやつと戦って生きているということである」

本田駿河守が真顔になった。

「生かされているというのが正しいかと」

衛悟が苦い顔をした。

「それでもよい。なにせ、甲賀者は全滅、伊賀《いが》はあやつの妹にさえ勝てぬ。お庭番も仲間の犠牲でかろうじて逃げているだけだからな」

「はあ」

あからさまに告げられた内容に、衛悟は返答に困った。

「柊衛悟」

姿勢を正して、本田駿河守が厳格な声で呼んだ。

「ご内意である」

「はっ」

「…………」

衛悟と併右衛門が手を突いた。

「一橋卿の手を討て」

「……死ねと言われるか」

思わず併右衛門が漏らした。

「上様のご意志に不平を申すか。旗本は、上様のためにあるのだぞ」

鋭く本田駿河守が併右衛門を指弾した。

「……無礼を申しました」

併右衛門は深く頭を下げるしかなかった。

「お受けいたしまする」

静かに衛悟が応えた。

「やりようはあろう。相手の手の内を知っておるのだからな」

「それでも及びませぬ」

期待する本田駿河守へ、衛悟は目を伏せた。

「…………」

本田駿河守も沈黙した。

「すまぬな」

沈黙に耐えかねた本田駿河守が詫びた。

「天下国家のためという名分で、老人が生き残り、若者を死なせる。情けないことだ」

「……いえ」

衛悟が気遣いへ力なく微笑んだ。

「やりようがあろうと仰《おお》せでござったか。どのようにしようともよろしゅうございまするので」

割りこむように併右衛門が口を出した。

「上様よりどのようにしてもよいとお許しはいただいている」

本田駿河守がうなずいた。

「ならば、手の出しようもございますな」

「なにを考えている」

一人納得している併右衛門を、本田駿河守が詰問《きつもん》した。

「勝負には、ときの利、地の利がございますそうで。わたくしならば、その両方を整えてやれましょう」

「奥右筆の権を使うつもりか」

「はい。生まれて初めて、己のために、いえ、娘のために、不出来な婿のために、権を使いまする」

堂々と併右衛門が宣した。

「ううむ」

本田駿河守がうなった。今、なにをしてもいいと口にしたばかりである。制限をかけることはできなかった。

「向こうが忍と剣で来るならば、こちらは剣と筆で迎えましょう。奥右筆の戦いかたを見せてやりまする」

併右衛門が興奮した。

「前例を作らぬようにいたせよ」

「奥右筆部屋の書庫に写しが残らぬかぎり、それは前例となりませぬ。そして写しを扱うのは、わたくしでござる」

釘を刺す本田駿河守へ、併右衛門が笑った。

「ほどほどにな」

「ごちそうさまでございました。では、これにて。帰るぞ衛悟」

一礼した併右衛門は、衛悟を促して立ちあがった。

下屋敷を出た併右衛門は、衛悟を隣に並ばせた。

「よろしいので」

並んでいては警固に穴が開く。衛悟は懸念を表した。

「誰が我らを襲う。伊賀は留守居さまの下、甲賀は戦う力も失い、生け贄《いにえ》を捨てるほどお庭番は馬鹿ではない」

「はあ」

「そして残るあやつは、心配したところでどうにもなるまいが」

「たしかに」

衛悟も同意するしかなかった。

「本音を聞かせろ。衛悟。なんとかなるのか」

「なんともなりますまい」

正直に衛悟は答えた。

「ただし、今はでございますが」

「そうか」

付け加えた衛悟へ、併右衛門は重い声を出した。

「ご内意を受けたかぎり、できるだけ早く終わらせねばならぬ」

何年もかけていいものならば、今内意を出さなくてすむ。

「はい」

「鉄炮《てつぽう》を遣うか」

江戸市中での鉄炮は禁じられている。だが、抜け道はある。鉄炮組の修練もそうだ。鉄炮組に撃つなというのは、いざというとき役に立つなと命じるのと同義であった。

「かえって悪い状況となるだけでしょう。一対一の果たし合いを、ただの殺戮《さつりく》に変えたいならば別ですが」

衛悟が否定した。

「そうだな」

己の案をあっさりと併右衛門は引っこめた。

「果たし合いだが、こちらから申しこむようにしたいが、むこうは受けるか。一橋さまの思惑が優先だと先夜も言っていた」

「大丈夫でございましょう。果たし合いは、どちらかが言いだしたものを相手が受けることで始まるものでございますれば。受けねば負けたと言われてもしかたないのが、剣士の慣例でもございまする。負けとなればあやつは二度と我らの前に姿を見せますまい」

剣士の果たし合いは、双方の合意に基づく。ときと場所と、立会人の有無、使用する武器の制限など、細かいことを始める前に決めるのが通常であった。もっとも、その場で即座に戦う場合もあり、一概《いちがい》にはいえなかったが、一応の決まりはあった。

「こちらでときと場所を指定できれば、少しは役に立てるな」

併右衛門がほっとした。

「衛悟、避けてきたがもうこうなれば、目を塞いでもおれぬ。なにをした」

先日のことを併右衛門が詰問した。

「首に刃をあてるなど、お詫びのしようのないまねをいたしました」

深く衛悟が謝った。

「詫びはもういい。どうしてああなったかを尋ねているのだ」

堅い口調で併右衛門が言った。

「あれは……」

衛悟が道場であったことと大久保典膳の考えを説明した。

「大久保先生が、そのようなことを」

聞き終わった併右衛門がなんともいえない顔をした。

「気持ちはわからぬでもないが、婿を獣《けもの》にされては……」

「ご安心を。果たし合いに負ければ、わたくしは死にまするし、勝っても」

「あほう」

言いかけた衛悟を併右衛門が叱りつけた。

「そんなつごうのよい縁談などあるか。それを認めれば、立花家はそれこそ人でなしだ」

「…………」

「なにより、瑞紀がそれを許すと思うか」

「それは……」

衛悟が口ごもった。

「儂は息子を死なせるために手配りをするのではない。そして娘は夫を失うために送り出すのではない。無事に帰って来て欲しいからこそ、己のできることをするのだ」

併右衛門が足を止めた。

「できることをする」

「そうだ。そなたも果たし合いの日まで全力を尽くせ。少しでも腕をあげろ。それが、我が家の婿として選ばれた者の義務だ」

繰り返した衛悟へ、併右衛門が告げた。

「そなたを選んで好《よ》かったと思わせよ」

「はい」

激励に衛悟は応じた。

「その前に、瑞紀を納得させろ。黙って真剣勝負へ行くなよ。そんなことをしてみろ、あとが怖いぞ。女は忘れてくれぬぞ。死ぬまで恨《うら》み言《ごと》を聞かされ続けたくはなかろう」

「……はい」

衛悟が情けない笑いを浮かべた。

第五章　各々の戦い

一

お庭番《にわばん》は遠国《おんごく》御用の者を残して、皆、組屋敷へと引きあげた。そこから、当番の者が固まって家斉の警固《けいご》に出向くという形を取った。

「さすがに手出しできぬな」

冥府防人が嘆息した。

一対一ならば、お庭番は冥府防人の敵ではなかった。いや三対一くらいまでならば、状況次第で、勝負になった。だが、それ以上となると、さすがに難しかった。

名人上手と言われる剣士が、一対多数でも勝てるのは相手によった。連携に慣れていない剣士など、何人いても同じでしかなかった。同時に攻撃してくることがないのだ。もちろん前後から、あるいは左右から襲いかかってくることはある。しかし、その一撃には遅速遠近があった。

遅速は同時に出した一刀でも、手練《てだ》れのものは早く、経験の浅いものは遅くなる。それを見極めて早いものから対処していけばいい。

遠近は、相手の体格、得物の長さで変わる。これも基本は遅速と同じで、最初に届くものから相手すればいい。届かないものは無視できるだけ、遅速よりも楽である。

すなわち遅速遠近がある限り、何人いようとも、一対一の延長にすぎないのである。

それに人の数が多くなればなるほど、同士討ちを警戒しなければならず、同時にかかってこられるのは四人がよいところであり、それ以上いたところで、戦いには参加できない。

これらが剣士の戦いで腕の差が在《あ》れば一対多でも生き残れる理由であった。

「相手が武家ならば、二十人いても困らぬが……」

五人固まって移動するお庭番には手出しできなかった。

伊賀《いが》も甲賀《こうが》も同じだが、お庭番も組内で生きている。つまり、婚姻《こんいん》も同僚とでなければせず、鍛錬《たんれん》も他者を入れさせない。子供のときから一緒に育ち、ともに鍛錬を続けていけば、同僚のできること、切っ先の届く間合い、振り出す一撃の疾《はや》さなどが、いやでも身につく。すなわち連携が取れているのだ。先日のように分断できれば、一対多でも怖くはないが、最初から固まっているお庭番たちは強い。

「組屋敷を襲うなど論外だな」

伊賀のように割れていれば、妹の絹でも十分やれるが、お庭番の結束は固い。そのうえ、冥府防人の脅威にさらされている。当然、組屋敷の周りに張られている結界も強化されていた。

「手を考えねばならぬか」

冥府防人は、お庭番との距離を開けた。

足並みをそろえていたお庭番の中央に村垣源内がいた。

「いったな」

「のようだ」

馬場《ばば》先太郎左衛門《さきたろうざえもん》が同意した。

お庭番とはいえ、登下城は忍《しのび》装束《しょうぞく》ではなく、裃《かみしも》袴《はかま》姿である。遠目にはお庭番ではなく、徒士《かち》のようにしか見えない。

「追うわけにもいかぬ」

村垣源内が苦い顔をした。

旗本御家人の登下城時刻は決められている。まだ職務によって多少の変化がある下城はいいが、登城は合わせたように五つ（午前八時ごろ）前後と決まっている。つまり、江戸城付近は登城する役人、大名、そしてその家来で大混雑する。

幕府はその混雑で起こる揉《も》め事《ごと》を防ぐため、辻《つじ》ごとに黒鍬者《くろくわもの》を配し、万一に備えていた。黒鍬者は、武士身分でさえなく、幕府における中間《ちゅうげん》のような立場であったが、その支配は目付《めつけ》にゆだねられていた。

「黒鍬者。目付の目か」

倉地文平《くらちぶんぺい》の頰《ほお》がゆがんだ。

数百どころか千をこえる武士たちが、江戸城目指して進むのだ。そのなかで変わったことをすれば、嫌でも目立った。

今ここで、冥府防人を襲えば、討ち取れたとしても目付に報《しら》せが行く。

「面倒な奴らだ」

吐《は》き捨てるように村垣源内が言った。

「なまじ遣《つか》えるだけ、たちが悪い」

「黒鍬者は我らの敵ではないとはいえ、目付を敵に回すのはまずいな」

難しい顔を馬場先がした。

「体術だけならば、我らに匹敵する。目もいい。黒鍬者が本気で逃げれば、追いつけるかどうか」

村垣源内が首を振った。

「甲州武田家《こうしゅうたけだ》の山師の末裔《まつえい》は伊達ではない……か」

馬場先がちらと辻に立っている黒鍬者を見た。

身分低い黒鍬者だったが、目付の権威を背に辻の通行を差配する権を持っていた。

「そちらのご行列、今しばし、お留まりなされ」

黒鍬者が近づいてきた大名行列を止めた。

「なにか」

大名行列の先頭にいた供頭《ともがしら》が、黒鍬者へ気色ばんで迫った。

供頭は行列の進行すべてを差配する。行列が止められた理由如何《いかん》によっては、責任を取らされる恐れがあった。

「御三家尾張《おわり》さまお通りでござる」

「尾張さまが……」

さすがに御三家へ喧嘩《けんか》を売ることはできなかった。供侍《ともざむらい》が引いた。

「やれ、我らも止まらねばならぬな」

面倒だという表情を村垣源内が浮かべた。

お庭番にとって、神君家康公の血筋の尾張家はどうでもいい相手であった。お庭番はただ将軍家だけのためにある。たとえ、先祖の出身地である紀州《きしゆう》徳川家であっても、主筋扱いしなかった。

「睨《にら》んでおるぞ」

小声で馬場先が注意した。黒鍬者が不審な顔でお庭番たちを見ていた。

「ちっ」

舌打ちして村垣源内は片膝《かたひざ》を突いた。天下の城下町、将軍のお膝元である江戸では、どこの大名行列と出会っても、平伏しなくてよかった。

ただ、行列の主と親戚関係に当たる家の臣などは、片膝を突いて通過を見送るのが慣例とされていた。尾張家は将軍家の一門である。幕臣であるお庭番も膝をついて見送るべきであった。

「帰りしかないな」

胸を張って目の前を通り過ぎていく尾張家の行列を気にもかけず、村垣源内が囁《ささや》いた。総登城の日など、極端な混雑が予測されるときは、昼からいることもあるとはいえ、黒鍬者が辻へ立つのは基本、朝だけである。

「誘い出すか」

「いや、誘いこむ」

馬場先の言葉を、村垣源内が否定した。

「組屋敷へ誘いこめればたしかによいが、すなおについてきてくれるとは思えぬぞ。それに気づかぬほど馬鹿ではなかろうが」

倉地文平が言った。

お庭番の居住地を冥府防人は知っている。もちろん、そこが厳重な警備をされていることも理解している。いわば罠《わな》である。罠にはまるほど愚かならば、これほどの苦労は要《い》らないと倉地文平が懸念を口にした。

「別のところへ罠を張る」

「どこへだ。罠を張るとなれば、用意の手間が要るぞ」

「まだわからぬ」

尾張家の行列が去ったのを見て、村垣源内が立ちあがった。

「わからぬ……」

倉地文平が唖然《あぜん》とした。

「場所を決めるのは、我らではない。奥右筆組頭《おくゆうひっくみがしら》だ」

「立花がか」

告げた村垣源内へ、馬場先が不審げな顔をした。

「委細は後だ。いつまでも止まっているわけにはいかぬ」

村垣源内が歩き出した。


立花併右衛門は、日常の業務をこなしながら、昼休みなどを利用して、前例を探していた。

「やはりこれしかないか」

併右衛門は書庫から取り出した数枚の書付《かきつけ》を写し始めた。

「お先手《さきて》鉄炮組《てつぽうぐみ》だけだな。弓組は記録がない」

筆を走らせながら、併右衛門は独《ひと》りごちた。

「次は町奉行所か、品川《しながわ》代官の上申書だ」

併右衛門は、別の書付を探した。

「……これで準備は整った。あとは……」

懐《ふところ》へ作成した書付を仕舞《しま》いながら、併右衛門は重いため息を吐《つ》いた。

「本田駿河守《するがのかみ》さまへ、お願いせねばならぬ」

併右衛門は立ちあがった。

「上様のご裁可をいただけねば、策はなりたたぬ」

奥右筆組頭の権は大きい。しかし、それは提出された書付を扱うことだけしかできない限定されたものでしかなかった。

奥右筆は書付を出す権を持たなかった。当たり前であった。己《おのれ》で出して、己が許可する。これがとおれば、監察は不要になる。これでは、奥右筆は老中を凌《しの》ぐ権力者となってしまう。奥右筆はあくまでも、書付の書式、手続きの正否を判断するだけであり、自ら動くことは認められていなかった。

もちろん、本物と寸分違わない書付を作ることは容易《たやす》い。しかし、どれだけうまく書付を偽造しても、すぐにばれてしまう。なにせ、書付を作成した役職へ、効力を持った書付が返っていくのだ。出した覚えのない書付が認可されて戻って来るなどありえない。

前例で動く幕府である。つじつまが合わないとなれば、その原因をとことんつきつめる。さすれば、偽造はあきらかになり、併右衛門は重罪となった。

「あちらから命じられたことだが、一つ貸しだと言われるであろうな」

併右衛門は本田駿河守の対応を予想していた。

「それくらいでなければ、留守居《るすい》になどなれぬか」

旗本の顕職、長く役目に就いていた者が、最後に行き着く立場こそ、留守居役であった。将軍の留守に江戸城を預かる。いわば将軍の代理である。すさまじいほどの権を扱う。ただし、将軍が江戸城を離れているという条件さえ満たされればである。

三代将軍家光《いえみつ》は、日光《にっこう》を気に入り、何度となく参拝した。五代将軍綱吉《つなよし》は子供欲しさに神仏を頼り、祈禱《きとう》へかよった。八代将軍吉宗は、鷹狩《たかが》りを好み、よく野山を駆け回った。

外出を好んだ将軍たちは、年に何度も城を留守にした。とくに日光まで行くとなれば、一日ではすまず、数日空けることになる。留守居の面目躍如であった。

だが、それも八代将軍吉宗を最後にほとんどなくなっていた。日光まで将軍が足を延ばすこともなくなり、出かけても、せいぜい増上寺《ぞうじょうじ》か寛永寺《かんえいじ》へ参拝に出るていどで、半日とかからず戻って来る。

こうして留守居は名ばかりの名誉職となった。

それは、隠《かく》れ蓑《みの》でしかなかったのだ。言われてみればすぐにわかる。留守居になるはずであった。

には家柄も要るが、なにより長く無事に役目を果たさなければならない。失敗を犯すのはもちろん駄目であるが、同僚や下僚たちから足を引っ張られてもいけないのだ。そんな難関を何十年もこなして、やっと留守居にたどり着く。いや、留守居は数名しか登れない旗本の最高峰であった。

留守居になった者が一筋縄でいくはずなどなかった。

「奥右筆が貸しを作るのはよくない。しかし、馬鹿婿《むこ》のためならば、やむをえぬ」

肚《はら》をくって、併右衛門は本田駿河守へ面会を求めた。

「待て」

留守居部屋に来た併右衛門を本田駿河守が制した。

「一同、遠慮せい」

「はっ」

留守居部屋にいた下僚、本田駿河守の家臣が出ていった。

「ご家中の方まで払われずとも」

併右衛門が気遣《きづか》った。

これも留守居役の特権であった。御三家でさえ、家臣を伴えない殿中へ、留守居は数名とはいえ、引き連れることが許されていた。

「あの者どもは、この部屋の周りへ他人を寄せつけぬために出した」

本田駿河守が答えた。

「で、手立てを思いついたか」

「はい」

確認された併右衛門は首肯《しゅこう》した。

「どうするのだ」

「これを……」

併右衛門が懐から書庫で写しておいた書付を出した。

「……また随分《ずいぶん》と古いものを出してきたな。五代将軍綱吉さまの御世のものではないか」

さっと目を通した本田駿河守があきれた。

「立派な前例でございまする」

淡々と併右衛門は告げた。

「たしかに。これならばお先手鉄炮組を動かせるな。問題は……」

「場所でございますな」

併右衛門が続けた。

「さすがに御府内というわけにはいかぬぞ」

本田駿河守が首を振った。

「狼《おおかみ》など出ませぬな」

「熊は論外である」

「やはり品川《しながわ》となりましょうか」

五代将軍綱吉のころ、品川には多くの狼が出て、旅人や百姓を襲った。生類憐《しょうるいあわ》れみの令という天下の悪法を作った綱吉だったが、害獣には手厳しかった。綱吉は幕府お先手鉄炮組を何度も派遣し、狼駆除をさせた。それを併右衛門は遣おうとしていた。

「しかないな。記録もあるくらいだ」

二人の相談が決まった。

「品川は代官だな」

話を本田駿河守が進めた。

「ご存じでございまするか」

品川は江戸ではなかった。東海道第一の宿場であり、町奉行ではなく代官支配であった。

「伊奈《いな》家とは縁があったが……」

本田駿河守が首を振った。

品川は代々関東郡代《かんとうぐんだい》伊奈半左衛門《はんざえもん》の支配と決まっていた。信州伊那《しんしゅういな》の出である伊奈の一族は、武田家に仕え、のち家康の家臣となった。代々内政の腕に優れ、郡代として関東八ヵ国の天領を差配した。家禄四千石のほかに、伊奈家が関東で開発した新田二万石の一割二千石を役料とし、四百をこえる家臣を抱え、その威勢は万石の大名を凌《しの》ぐほどであった。

だが、その伊奈家も今は没落していた。

原因はおさだまりのお家騒動であった。中山道伝馬騒動という百姓二十万人もがかかわった騒動を治め、その功績で勘定《かんじょう》奉行まで上った伊奈忠宥《ただおき》には跡継ぎがいなかった。伊奈忠宥は大和郡山《やまとこおりやま》十五万石柳沢吉里《やなぎさわよしさと》の六男忠敬を養子にした。その養子の忠敬にも跡継ぎがいなかった。いや、いないわけではなかったが、長男次男は早世、三男忠善《ただよし》も幼少であったため、娘婿《むすめむこ》の忠尊《ただたか》へ家督《かとく》を譲った。そして忠尊の養子に忠善を入れ、血統を維持しようとした。そこへ問題が起こった。忠敬の娘との間に子供のできなかった忠尊が、側室に男子を産ませてしまった。実子ができれば、養子は疎《うと》んじられる。扱いが変わったことに衝撃を受けた忠善は、家臣を連れて比叡山《ひえいざん》へ隠遁《いんとん》した。

こうなると柳沢家が黙っていなかった。忠尊の実子に継がれては、柳沢と伊奈家の縁は途絶《とだ》える。柳沢家は、忠善を連れ戻し、忠尊へ家督を譲るように迫った。これに忠尊が抵抗したため、幕府に内紛を知られてしまった。

伊奈家の膨張に危機を感じていた幕府は、渡りに舟と動いた。伊奈家を改易、忠尊を永《なが》の蟄居《ちっきょ》、忠善を大和郡山藩へお預けとした。

伊奈家改易に伴い、関東郡代の職は勘定奉行の兼任となり、その強大な権は五人の代官へと分割された。品川はその代官の一人が支配していた。

「品川代官から上申書《じょうしんしょ》を出させなければならぬな」

「お願いいたしまする」

併右衛門は頭を下げた。

「留守居と品川代官ではかかわりがない。かなり無理せねばならぬ、わかっておろうな」

郡代や代官は関東郡代の伊奈家が図抜けているが、その他は勘定奉行の配下で下僚でしかなかった。とくに代官は百五十俵ていどの御家人から任じられ、目見《めみ》えさえできなかった。

「貸し一つと仰《おお》せられますか。これは上様のご内意を達するためでございましょうに」

覚悟していた併右衛門だったが、一応の抵抗を見せた。

「命じられたのは、そなたの娘婿だ。儂《わし》ではない。手を貸さねばならぬ義理はないぞ」

本田駿河守がいけしゃあしゃあと言った。

「駿河守さまはおいくつでお役目に就《つ》かれましたので」

全然かかわりのない質問を併右衛門はした。

「初役は先代家治さまのお花畑番《はなばたけばん》であったな。たしか七歳であった」

お花畑番とは、名門旗本の子弟から選ばれた将軍世子《せいし》の遊び相手である。もちろん、遊びだけでなく勉学、剣術の稽古《けいこ》などを共にする。子供のころから仕えることで忠誠心にも富み、側役《そばやく》や小姓組頭《こしょうくみがしら》へ抜擢《ばってき》されていくことが多かった。

「五十年以上……」

併右衛門が感嘆した。

「なにを言うか。まだ五十年にはならぬぞ。四十八年目じゃ」

不満そうに本田駿河守が反論した。

「畏《おそ》れ入りました。わたくしなどまだ三十年と少し。とてもかないませぬ」

あっさりと併右衛門が引いた。

「ふむ……」

本田駿河守の目が光った。

「なにを考えておる」

「勝てぬ喧嘩《けんか》はしないだけでございまする」

併右衛門はごまかした。

「まあいい。手配はしてやる。で、いつがよいのだ」

「どれだけ猶予《ゆうよ》いただけまするか」

逆に併右衛門は訊《き》いた。

「あまりやれぬ。なんとかお庭番の被害はおさまっておるが……数で動くというのは、弊害も多い。とくにお庭番などはその任の性格上、単独でのものが多い」

言うとおりであった。隠密《おんみつ》として大名屋敷へ忍びこむ、江戸地回り御用として町人に扮《ふん》し巷《ちまた》の状況を探る。どちらも目立ってはいけない。一人、二人で密かにおこなうのが普通である。それを冥府防人に襲われるからと、五人で固まって動いたのでは、いかにお庭番でも目につく。

「それだけではない。固まって動くため、多方面を探索することができなくなっている。もともとお庭番は人数が少ない。それで上様の警固、遠国《おんごく》御用、江戸地回り御用をこなしてきた。それが、できなくなってきている。少しの間ならばよい。伊賀者もおる」

お庭番に仕事を奪われた形となっている伊賀者だが、今でも探索御用はこなしていた。もっとも将軍直接ではなく、老中の命《めい》を受ける形で、国中へ散らばっている。

「存じておりまする」

併右衛門も首肯した。

幕府は巨大な官僚の集まりである。前例と慣例で動き、なにをするにしても書付を要する。隠密御用といえども、書付なしにはできないのだ。もちろん、どこへ誰が行ったかなどは秘されるが、老中から伊賀組へ隠密御用が言い渡されたとの書付は奥右筆部屋へ回っている。なにせ書付に奥右筆の筆が入らなければ、金はおりないのだ。これを嫌って自腹で伊賀者を遣う老中もいるが、伊賀者を出すには百両近い金を用意しなければならない。いかに老中といえども、何度もその出費に耐えられはしなかった。

「ならばわかっておろう。伊賀者は老中の目。上様には、何一つ映さない。吉宗さまはそれを正すために、お庭番を作られた。お庭番は上様の五感なのだ。目であり、耳であり、鼻であり、そして手足である。奪われるわけにはいかぬのだ」

「……………」

同意をしなければならないところであったが、併右衛門はなにも言わなかった。うなずけば、衛悟を明日にでも死地へ向かわせなければならなくなる。十分な準備とはいかないだろうが、できるかぎりの余裕を併右衛門は取ってやりたかった。

「ときをかけるわけにはいかぬ。といっても鉄炮組の準備もある」

本田駿河守が難しい顔をした。

鉄炮組は、お先手組の一つである。お先手組頭に率いられた同心たちからなる。乱世の鉄炮足軽ではあるが、長く実戦を経験していない。狼などの害獣退治に出ることも昨今ではなくなっていた。これは江戸近辺の開発が進み、狼や熊などの害獣が追いはらわれたというのと、幕府がこれらの任を地方に任せるという政策を執ったためであった。

いままで駿河の山中に狼が出たとなれば、江戸から鉄炮組を派遣しなければならなかった。鉄炮組の人数は多い。それにすばしっこい狼を実害がなくなるくらいまで、減らさなければならない。となれば、一人二人ではたりず、何十人という規模で、それも数ヵ月にわたって出さなければならない。その費用はかなりになった。

初代徳川家康が、豊臣《とよとみ》家を滅ぼして手にした莫大《ばくだい》な財産も、五代将軍綱吉の御世で底をついた。もともと徳川家の家政でしかなかった幕府で、天下の仕置きをすることに無理があったのだ。それを正さず、湯水のごとく金を遣ったおかげで、徳川家の内証《ないしょう》は火の車になってしまった。なにせ、老中になった者すべてが就任直後、幕府の金蔵を見て悲鳴をあげるという話があるほどなのだ。

こうして幕府は天下安寧《あんねい》を保つという責務を放棄、地方にそのすべてを委譲するという美名のもとで押しつけた。その反動が、鉄炮組の練度の低下であった。

「さすがに鉄炮組同心だ。鉄炮の構えかたくらいは知っていると思うが……」

不安そうな顔で本田駿河守が言った。

「鉄炮が使えましょうか」

「……ふうう」

併右衛門に痛いところを突かれた本田駿河守が嘆息した。

鉄炮は鉄と木でできている。ときが経《た》つと鉄は錆《さ》び、木は腐る。もちろん、手入れを欠かさないので、そうそう駄目になることはないが、目に見えない劣化はある。火蓋《ひぶた》を押し上げるばねが折れたり、ひどいときは撃った瞬間に鉄炮が爆発することもありえた。

「調査と鍛錬《たんれん》で十日。それが限界だな」

「あと十日後に決着でございますか」

少なすぎる余裕に、併右衛門が震えた。

「品川まで鉄炮組を動かすのだ。それでよしとせよ。なにもせず、明日行けと命じることもできるのだぞ」

氷のような声を本田駿河守が出した。

「……承知」

併右衛門は引き受けるしかなかった。

二

品川代官から出された狼退治の要望は、異例の早さで御用部屋へ回された。

「いまどき品川に狼が……」

書付を見せられた老中が首をかしげた。

「獣《けもの》のことでございますれば、いつどこへ出てもおかしくはございますまい」

併右衛門の意を受けた御用部屋詰め奥右筆《づ》が答えた。

「代官にさせればよかろう。代官所には鉄炮もあるはずだ」

「伊奈家改易のおりに、接収したままとなっておりまする」

　奥右筆が告げた。

　関東郡代は一個の大名に近い力を持っていた。その伊奈家の増長を怖れた幕閣は、改易に際して、武器の類《たぐい》一切を取りあげていた。

「唐突すぎる気がするが。いきなり退治の要請というのは……まずは被害報告が出されるべきであろう」

　疑念を口にする老中もいたが、全権を把握していた伊奈家を改易させたばかりで治安の悪化も執政の責任となりかねないというのと、なにより品川は東海道の要地であるとの事情もあり、反対するにはいたらなかった。

　責任の転嫁を受けた形の鉄炮組は、寝耳に水の出動命令に慌《あわ》てふためいた。

「恥をかかせるなよ」

　組頭の指示に、同心たちが走り回った。

　お先手鉄炮組とはいえ、実弾を撃つことなどほとんどない。皆、一応親から鉄炮の扱いについて教えられているため、銃口を下にして持ったり、火皿の蓋を開けっ放しにするようなまねはしないが、腕前のほどがわからなかった。

「試射をいたせ」

お先手鉄炮組にお役が命じられるなど、途絶《とだ》えて久しかった。本来なら戦場で第一陣を受け持つお先手組頭は栄誉ある役目であり、他人垂涎《すいぜん》の的であるべきだった。それも泰平の世では無用の長物でしかなく、栄達《えいたつ》の道も険しい。そんななかで降って湧《わ》いたような好機である。見事に任を果たせば名もあがる。組頭が張り切るのも当然であった。

お先手鉄炮組が、慌ただしくしていたころ、衛悟も毎日猛稽古に明け暮れていた。

「まだ怖れが抜けておらぬ」

大久保典膳が眉《まゆ》をひそめた。

「……はあはあ」

朝からずっと大久保典膳と二人で稽古をし続けたのだ。衛悟はしゃべるだけの気力さえなかった。

「ふむう」

腕を組んで大久保典膳が思案した。

「抱け」

「……は」

不意の一言に衛悟は唖然《あぜん》となった。

「言葉がつうじないところは、獣なのだが」

大久保典膳が嘆いた。

「今、抱けと仰《おお》せられたので」

「聞こえてはいたようだな」

聞き返した衛悟へ、大久保典膳が首肯した。

「まさか、誰をとなどと訊《き》くまいな」

「さすがにそれは……」

衛悟も相手が瑞紀だというのは理解できていた。

「なぜ、抱けと。剣術の腕にかかわるとは思えませぬが」

理由を衛悟は問うた。

「自覚させるためだ」

「……自覚」

衛悟が首をかしげた。

「おまえは、守るためと何かあれば口にしている。だが、そのためになんでもできるという肚《はら》がない。つまり、守りたいというのが、ただの口上になっている。ゆえに必死さがたりぬ」

「そのようなことはございませぬ」

断言する大久保典膳へ、衛悟が強い口調で言い返した。

「ふうう」

大きく大久保典膳が嘆息した。

「帰れ。そして、話をしてこい」

大久保典膳が手を振った。

「えっ」

衛悟が驚きで言葉を失った。

「あと十日しかございませぬ。まだ日も高いうちから帰るなど」

「捨てられた犬のような顔をするな」

情けなさそうな顔をした衛悟へ、大久保典膳が肩の力を抜いた。

「おまえを見捨てたわけではないわ。本音は見捨てたいところだがな」

「師……」

「男がそんな哀れを乞《こ》うような顔をしてもかわいくないわ」

大久保典膳が笑った。

「とにかく帰れ。そして嫁と話をしてこい。これも修行だ。いいか、嫁を抱くまで道場へ来るな」

「……婚姻《こんいん》をなすまで、みだらなまねは許さぬと立花どのが」

「そこまで知るか。さっさと行かぬか」

手を振って大久保典膳が衛悟を追い出した。


道場を後にした衛悟は、屋敷へ戻らず、すがるような思いで深川《ふかがわ》の律儀屋へ寄った。


「……夢ではなかったか」

茶を飲み、団子《だんご》を食べ終わった衛悟は小さく息を吐《つ》いた。

「覚蟬《かくぜん》どの」

衛悟は歯のない口で笑う老僧のことを思い出していた。家の軒下でお経を唱え、自家製の粗末なお札を配って、一文、二文の喜捨《きしゃ》を受ける願人《がんにん》坊主だったはずの老僧は、そのじつ、比叡山《ひえいざん》きっての学僧として知られ、僧正《そうじょう》の地位をもっていた。武家に簒奪《さんだつ》された天下の権を取り戻すべく、朝廷の刺客として家斉を襲い、覚蟬は首を討たれた。その顚末《てんまつ》を併右衛門から聞かされてはいたが、衛悟にとって覚蟬はいろいろな教えをもらった先達《せんだつ》であった。いや、同じ貧しい境遇を過ごしている仲間であった。

「現実でござったなあ」

迎えぎりぎりの刻限まで、律儀屋で待ってみたが、覚蟬は現れなかった。衛悟は腰をあげた。

「あなたはなにを求めたのか。どうして死ねたのか。望み潰《つい》えたとわかっていながら、死をおだやかに受け入れられたのか」

歩きながら衛悟は、心のなかで覚蟬へ問いかけた。

「本心から命をかけてまで、天下の権を取り戻したかったのでござろうか。今の世になんの不満がおありだというのでござろう。天下は泰平で、争いはない。たしかに貧富身分の差はあれども、理不尽に命を奪われることはない。庶民にとって、天下の主《あるじ》が誰であろうが関係ないとは思われなかったのか」

衛悟は疑問を空へと投げかけた。

「天下の権。わたくしにとっては大きすぎて、なんのことかさえわかりませぬ。それよりも身近にいる立花どのや瑞紀どの、兄や義姉《あね》が幸せであるほうが大事。身近に感じているものを守るために、己の人を捨てなければならぬ。わかっていても踏み出せませぬ。それを覚蟬どの、あなたは目に見ることのできないだけでなく、世間が求めてさえいないもののために、学僧としての栄達も、いや命まで捨てられた」

両国橋《りょうごくばし》のなかほどで衛悟は立ち止まった。

「将軍を害して、もし戦乱となったらどうされるおつもりだったのでござる。かかわりのない者がまきこまれる。それこそ、よく知っている人が死んだかも知れませぬ。そうなったとき、覚蟬どのはどういって、その人の霊に詫《わ》びるおつもりだったのか」

衛悟は首を振った。

「吾《われ》は己の手の届く範囲で精一杯。見も知らぬお方のことまで気にする余裕もなければ、意思もござらぬ。吾はできることだけをいたそうと思いまする」

大久保典膳の後押しを受けて、衛悟は迷いを吹っ切る覚悟をした。

「さらばでござる。覚蟬どの」

律儀屋のほうへ向かって一礼して、衛悟はふたたび歩き出した。


併右衛門とともに帰宅した衛悟は、夕餉《ゆうげ》の後、瑞紀に後ほど話がしたいと告げた。

「どうかなさいましたので」

夜、二人きりになるのを避けている衛悟の誘いに、瑞紀が首をかしげた。

「教えていただきたいことがござる」

衛悟は自室として与えられている離れへ、瑞紀を誘った。

「なんでございましょう」

離れの敷居際に座った瑞紀が促した。

「守りたい人とは、どういうものなのでございましょう」

「……守りたい人でございますか。愛《いと》しいお方でございまする」

ためらいもなく瑞紀が答えた。

「愛おしい……」

「はい。女は愛おしい人ができて初めて女となるのでございまする。生まれたときから女だというわけではございませぬ」

「…………」

わからぬと衛悟は沈黙した。

「おわかりになられずして当然でございまする。男と女は違いますゆえ」

「違うと言われると」

「男の方はどうやっても子を産めませぬ」

瑞紀が述べた。

「女はそれができまする。こればかりは男の方よりも女が優れておりまする」

「…………」

「子は己の胎内で十月の間育《はぐく》むもの。いわば吾《わ》が分身。愛おしくないはずなどございませぬ」

「それはわかりまする。吾が母を思えば……」

衛悟は同意した。すでに衛悟の母は亡い。だが、その温かい微笑《ほほえ》みは衛悟の胸のなかにしっかり残っている。

「そして、その分身はわたくしの愛しき殿方の半身でもございまする。ゆえにより一《いっ》層《そう》たいせつでございまする」

「愛しき殿方」

「はい。女には愛しき殿方の子を産み育てるという喜びがございまする。そして、これは義務でもありまする。愛しき殿方ができたならば、女はそのお方の子を孕《はら》みたいと思い、孕めば無事に産みたくなり、生まれれば一人前にしたくなりまする。そして、これらは、決して途中で投げ出せるものではございませぬ」

「たしかに」

誇らしげにいう瑞紀へ、衛悟は首肯した。育児を途中で放棄されれば、子供はたまったものではない。

「子供は望んで生まれてくるわけではございませぬ。望まれて生まれてくるのでございまする。そして、その望みは女が願い、愛しい殿方が許して下さったもの。それを守れずして、女といえましょうか」

瑞紀が胸を張った。

「強いな、あなたは」

衛悟は心から感嘆した。

「いいえ。女が強いだけで、わたくしは弱いのです」

小さく瑞紀が首を振った。

「わたくしがさらわれたとき、衛悟さまが助けてくださいました」

かつて瑞紀は、併右衛門を野望の障害と見た太田備中守《びっちゅうのかみ》が送り出した小普請《こぶしん》伊賀者にとらえられた。その瑞紀を衛悟は命をかけた戦いで小普請伊賀者を排し、助け出していた。

「あのとき、衛悟さまに背負っていただきました」

「……ござったな」

瑞紀も衛悟も思い出すように目を閉じた。

「女の身で囚《とら》われ、貞操の危機も覚えました。ずっと身体《からだ》が震えて止まりませんでした。それが、衛悟さまに背負われた瞬間、なんともいえず暖かかった。わたくしの震えはたちまち止まりましてございまする」

「そうであったかな」

衛悟は手にかかる瑞紀の尻、背中の暖かい女の身体の感触に、動揺して細かいところまでは覚えていなかった。

「ああ、やはりこの方が、わたくしの夫となるべきお方だと確信したのでございました」

瑞紀が伝えた。

「衛悟さま」

「はい」

あらためて呼びかけられて、衛悟は姿勢を正した。

「なにを怖れておられまする」

「…………」

衛悟は息を呑《の》んだ。

瑞紀にまで見抜かれているとは思っていなかった。

「ここにはわたくししかおりませぬ。どうぞ、お話しくださいませ」

柔らかい微笑みを瑞紀が浮かべた。

「……死にたくない」

つぶやくように衛悟は言った。

「承りました」

微笑みを絶やさず、一礼した瑞紀が、身体の向きを変えて、離れの襖《ふすま》を閉じた。そして身体の向きを戻した瑞紀は、滑るように衛悟の側《そば》へと近づいた。

「……瑞紀どの」

「わたくしも衛悟さまに死なれては困りまする。わたくしは、あなたさまの妻となり、子をなし、そしてともに老いていくと決めておりまする」

じっと瑞紀が衛悟の目を見た。

「しかし、勝てぬ」

「剣の技で劣っておられると」

「……ああ」

剣士として辛《つら》いが、認めないわけにはいかなかった。衛悟は首肯した。

「父の首に傷をつけられたのは衛悟さまでございますね」

「つっ」

衛悟は息を呑んだ。

「浅いとはいえ、首を斬られていながら、父がなにも言われない。衛悟さまもあえて触れられない。これはと思っておりました。なにより、あの日より父が変わりました。なにか衛悟さまに遠慮しているような。そして衛悟さまも父との間をはかっておられるような感じがいたしました」

よく瑞紀は見ていた。

「お話をいただけますね」

ぐっと瑞紀が迫った。

「…………」

鬢付《びんつ》けの匂《にお》いが、衛悟を刺激した。

「隠しごとが夫婦の間にあってはよろしくございませぬ」

瑞紀が衛悟の膝《ひざ》の上へ手を置いた。

「申しわけないと思う」

衛悟は話した。

「……左様でございましたか」

すっと衛悟から瑞紀が身体を離した。

「あっ」

喪失感に思わず衛悟が声を漏《も》らした。

衛悟へもう一度微笑んで、瑞紀が深く頭を下げた。

「ありがとうございまする」

瑞紀の頭は、衛悟ではなく、ほぼ真横へ向けられていた。

「……道場へ」

衛悟は瑞紀がどこへ頭を下げたかをさとった。

「よろしいのか。いつ獣《けもの》が暴れるかわからぬのですぞ」

「かまいませぬ」

瑞紀がはっきりと告げた。

「わたくしは、衛悟さまを生かそうと力を尽くしてくださっている大久保先生に感謝をいたしても、恨《うら》みに思うことなどございませぬ」

「ひょっとすると、あなたへ斬りつけるやも知れませぬ。獣が起きれば、なにをするか……」

「戦って生きておられぬ限り、わたくしを斬れませぬ」

「瑞紀どの」

「狼を、人は飼い慣らすことができまする。うちなる獣は、あなたさまでございまする。衛悟さまが律せられぬはずなどありませぬ」

信じていると瑞紀が述べた。

「厳しいな」

「当たり前でございましょう。わたくしの旦那《だんな》さまとなられるお方でございまする。そのくらいのことしていただかなければ」

思わず漏らした衛悟の言葉も、瑞紀は逃さなかった。

「大久保先生はちゃんと剣術の師として、なさってくださいました。おそらく父もできるかぎりの手配をすることでございましょう」

さすがは娘である。父親のことをよく知っていた。

「ならば、わたくしもできることをいたしたいと存じまする」

瑞紀が宣した。

「なにをなさると」

「女は男の帰る場所でございまする。帰る場所を作るだけでございまする」

そう言って瑞紀が帯を解《ほど》き始めた。

「な、なにをっ」

あっさりと瑞紀は小袖《こそで》を脱ぎ去り、長襦袢《ながじゆばん》姿になった。

「ま、待ってくれ」

大久保典膳から命じられた勢いで、瑞紀を離れへ呼んだが抱くだけの覚悟は衛悟にはなかった。

「いいえ。待ちませぬ。これ以上、衛悟さまを放置するわけにはいきませぬ。放っておけば、どこかへ行かれてしまいそうで」

瑞紀の声が湿った。

「ですから、女にできる手を遣わせていただきまする。衛悟さまの子を孕みまする」

「…………」

衛悟は絶句した。

「わたくしのなかに子がいれば、その子のためにも生きようと思ってくださいましょう。わたくし一人で衛悟さまを繋《つな》げぬならば、二人にするだけでございまする」

真剣な顔で瑞紀が言った。

「ふつつか者でございますが、終生よろしくお願いいたしまする」

ていねいに三つ指をついて、瑞紀が挨拶《あいさつ》をした。

離れの襖が閉まるのを、併右衛門は黙って見ていた。

「まったく誰に似たのやら……」

併右衛門は一人書斎で嘆息した。

「そういえば、おまえもこうと決めたら、頑《がん》として引かなかったの」

死んだ妻の顔を併右衛門は思い出していた。

「馬鹿をする男を止めるのは女の役目とは、わかっているが、他にやりようもあろうが」

併右衛門が苦い顔をした。

「かといって、止めに入るわけにもいかぬよなあ」

肩をぐっと落として併右衛門は首を振った。

「娘が他の男のものになる。いつかは来るとわかっていたが……なかなかきついな」

小さく併右衛門が首を振った。

「母親なら、喜べるのであろうなあ。己の通ってきた道だからな。好《す》いた男の妻になる。女の幸せはこれに尽きるか。津弥《つや》、そなたも儂《わし》のことを好いていてくれたのかの」

武家の婚姻《こんいん》である。併右衛門と亡妻津弥は婚姻の日までに何度か顔を合わしたていどでしかなかった。もちろん、初めて津弥を抱いたのは婚姻の宴《うたげ》の夜であった。

武家の婚姻はおおむね三日かかった。一日目が嫁迎えと婚礼式、二日目が花婿の家での婚礼披露、三日目が花嫁の実家での婚姻披露である。これらがすむまで閨《ねや》を共にすることはできなかった。したがって、武家の婚礼における初夜は、三日目の夜となる。

しかし、すでに表右筆《おもてゆうひつ》となっていた併右衛門は三日も休むわけにはいかなかった。もちろん、婚礼は冠婚葬祭の一つであり、武家の重要な行事である。届け出れば、三日やそこら休んでもなんの問題にもならない。が、併右衛門は一日だけでの復帰を望んだ。

もともと立花家も衛悟の実家と同じく代々の無役であった。このままでは本禄二百俵のまま、毎日を内職に追われる貧乏暮らしが続く。父や母の苦労を見てきた併右衛門は、一念発起し、昌平坂《しょうへいざか》学問所で学ぶ傍《かたわ》ら、書を菩提寺《ぼだいじ》の住職に師事した。剣の才能もなく、学問では同期のなかで真ん中よりややよいていどでしかない併右衛門の大きな賭《かけ》であった。

勉学に励んで席次を上げるより、書を修業した併右衛門の狙いはあたった。併右衛門の字が、昌平坂で話題になったのだ。このおかげで昌平坂学問所吟味《ぎんみ》を終わらせた併右衛門は、勘定方書役という端役を得た。勘定方の書付は、いろいろな人の目に留まる。勘定奉行はもちろん、はては執政まで併右衛門の書付を見た。

勘定方に字のうまい者がいる。

評判はすぐに立ち、併右衛門は表右筆へ抜擢《ばってき》された。その直後の婚姻である。出世の糸口を摑《つか》んだばかりの併右衛門は、三日の休みさえ怖かった。

長い無役のときを経て、ようやく役目に就いたばかりである。立花家に上役へ贈る賄《まいない》を工面する余裕はなかった。併右衛門は金の代わりに、働くことで目立とうとしたのだ。

このため、両家の婚礼は一夜で終わり、婚礼の夜に併右衛門は、津弥を抱いた。

「震えてはおらぬだろうか」

初夜の妻を思い出し、併右衛門は娘を想った。ことが終わるまで、痛みと恐怖と羞《しゅう》恥《ち》に震えていた妻の姿が、娘に変わった。

「……怒鳴《どな》りこんでやろうか」

まだ間に合うと併右衛門は腰をあげかけた。

「止《や》めておこう。瑞紀、衛悟、どちらも勇気を出して一歩踏み出したのだ。それの邪魔などした日には……生涯恨まれるな。儂の願いは、楽隠居して孫を膝に抱くことだ。それさえ許してもらえぬことになりかねぬ」

あげた腰を併右衛門は落とした。

「それより、書付を出さねば。明日には婚姻をなしたと御上に届けなければならぬ。瑞紀の腹が大きくなってもふしだらの誹《そし》りを受けぬようにな」

しなければならないことを、併右衛門は思いついた。

「その前に、まずは酒だ。酔わずにはおれぬ。酒は台所であったか」

女中に瑞紀と衛悟のことを教えるのはまずい。女中を起こさぬよう、併右衛門は足音を忍ばせた。

三

神田館《かんだやかた》では、治済《はるさだ》と冥府防人、絹の三人が集まっていた。身分と肩書きが違いすぎる三人が同席できるのは、密かな夜中か、庭の東屋《あずまや》しかなかった。

「秋になったとはいえ、まだ暑いな」

東屋のなかまで照らしつける太陽の光に、治済がうんざりといった顔をした。

「七月では、まだ涼しくなるのは難しゅうございましょう」

絹が冷酒を治済へ注いだ。

「昼酒もよいが、汗を掻《か》くのが難点じゃな」

治済は薄い単衣《ひとえ》だけという、簡素な格好で盃《さかずき》を呷《あお》った。

「……家斉は約束を守ったようだ。一橋の金が回り始めた」

静かに治済が告げた。

「さようでございますか」

冥府防人が頭《こうべ》を垂れたままで応じた。

「あと、越中守《えっちゅうのかみ》が手紙をよこしおった。絹」

治済が愛妾《あいしょう》へ顎《あご》で合図した。

「はい」

絹が懐から書状を出し、兄へ渡した。

「拝見いたしても」

「よい」

もう手紙から興味をなくしたとばかりに、治済は庭へ目をやった。

「御免《ごめん》」

一礼して冥府防人が手紙を読み始めた。

「……無礼な」

読み終えた冥府防人が憤《いきどお》った。

「養子に出た段階で、家臣である。それが、主筋に当たる御前《ごぜん》さまへ、このような手紙を送るとは分をわきまえぬにもほどがある」

「わたくしも見せていただいて」

「読み終えたら、捨てよ」

絹の求めに、治済は小さくうなずいた。

「……なんということを。わたくしの前で股間の醜《みにく》いものを縮みあがらせたことを忘れたようでございまする。今夜にでも思い出させてやりまする」

酷薄な笑みを絹が浮かべた。松平定信の手紙には、治済の行動を諫《いさ》める文言と、これ以上やり続けるならば、御三家にも事情を知らせ、一門の総意として一橋家を潰《つぶ》すとの脅《おど》しが記されていた。

「小物の相手をするな」

治済が手を振った。

「唯一の返事がこれだ。しかも、出していない相手からのな」

苦笑を治済が浮かべた。

家斉と戦うと決めた治済は、己に味方するであろう大名や役人へ、納涼の茶会をおこなうとの招待状を出した。それに対しての返答は、松平定信からだけしか来なかった。

「鬼よ」

「はい」

呼びかけられて冥府防人が、頭を垂れた。

「家斉の盾《たて》は、これ以上剝《は》がせぬか」

「……申しわけございませぬ」

冥府防人が目を伏せた。

あれ以来、お庭番の警戒が厳しく、冥府防人は手出しできていなかった。

「遠国御用ならばやれましょうが……」

冥府防人が表情をゆがめた。

遠国御用は一人ないし二人で組む。それくらいならば、冥府防人の敵ではなかった。

「今、江戸を離れるわけには参りませぬ」

冥府防人が首を振った。

こちらから仕掛けた以上、反撃を喰《く》らうのは覚悟のうえである。家斉の首を冥府防人が狙うように、お庭番が治済を襲ってくるかも知れないのだ。

これが藩主ならばまだよかった。譜代《ふだい》の家臣もおり、信用できる者で壁を作ることができた。お庭番の相手にならなくとも、ときを稼ぐぐらいはなんとかなる。いや、壁が厚ければ、襲撃をあきらめさせることもできる。だが、一橋家に譜代の家臣はいなかった。

一橋治済のために命を張るのは、冥府防人と絹、二人しかいなかった。その一人が、江戸を離れては、治済の警固は薄くなりすぎる。

絹も甲賀の女 忍《おんなしのび》である。それも甲賀組女忍随一《ずいいち》の遣い手であった。一対一でお庭番と戦ってもまず引けは取らない。二対一でも負けないだろう。だが、それ以上となると無理であった。二人に抑えられてしまえば、絹は動けなくなる。治済も大名にしては剣を遣うほうだが、お庭番相手では一撃を防ぐのが関の山だ。

冥府防人と絹がいればこそ、治済の安全は保証される。冥府防人が苦心して仕掛けをした神田館であれば、お庭番十人を相手にしても、治済の側《そば》へ近づけさせないだけの自信はあった。それも冥府防人と絹の二人が江戸にいての話である。

「よい。もう細かいことは止めよ」

言いわけをする冥府防人を治済が制した。

「……人間五十年、下天《げてん》のうちをくらぶれば、夢幻のごとくなり」

酒を飲みながら、治済が謡曲敦盛《あつもり》を口ずさんだ。

「余《よ》も歴を四回重ねた」

宝暦《ほうれき》元年（一七五一）生まれの治済は、四十八歳になった。

「かの織田信長が、本能寺《ほんのうじ》の変に倒れたのが四十九歳のとき。そして豊臣秀吉《ひでよし》が関白に任官したのも四十九歳。余もそろそろ決めねばなるまいな」

治済が誰にともなく言った。

「いえ、御前さまはまだお若うございまする。家康さまをご覧くださいませ。家康さまが征夷大将軍となられたのは御年六十一歳のおりと伺《うかが》っておりまする」

絹が家康を引き合いに出して、否定した。

「そして二年で譲るのか」

なんの感情も浮かんでいない目で治済が絹を見た。

家康は任官後、わずか二年で隠居し、息子秀忠《ひでただ》に将軍職を譲った。

「…………」

事実に絹が沈黙した。

家康が二年で秀忠へ将軍を譲ったのは、織田、豊臣、徳川と回った天下を代々徳川が継承するものだと広く示すためであった。が、事情はどうあれ、家康は二年しか将軍でなかった。

「天下を取り、思うがままに政《まつりごと》をなすには、覇気が要る。それを考えても、今回が最後の機会であろう」

「御前」

「お館《やかた》さま」

冥府防人と絹が、気弱なことを言った治済に驚いた。

「前にも言ったな。余には夢があると。執政という名の虫に喰われ、倒れかけた幕府という名の大樹を立て直す。しかし、将軍になれたとしてだ、余の思うがままの政をするには、どうしても二つのものがいる」

「なんでございましょう」

絹が問うた。

「一つは股肱《ここう》の臣だ。余が全幅の信頼を置いて、仕事を任せられる者。と同時に絶対の忠誠を捧げてくれる者」

「……それは」

「…………」

治済の言に、冥府防人と絹が慰《なぐさ》めの言葉さえ口にできなかった。一人も返事さえ寄こさない現実が、目の前にあった。

「どうやら、余には二人しかおらぬ。鬼、そなたと絹だけ」

「なにを仰せられまするか」

目を向けられて冥府防人が焦《あせ》った。

「わたくしごときに政はできませぬ」

「できぬではない。させるのだ」

断る冥府防人へ、治済が告げた。

「わからぬことは学べばいい。なにも喋《しゃべ》れなかった赤子でさえ、三年もすれば自在に言葉を遣えるのだ。そなたに政はできる」

「他のお方に……」

「誰に任せろと。先ほど言ったであろう。余に絶対の忠誠を誓う者でなければならぬと。そのようなもの、そなただけしかおらぬ。なにせ、家臣をもたぬのだからな」

戸惑う冥府防人へ、治済が述べた。

「政を学ばせるのは容易《たやす》い。だが、信頼の置ける家臣を作るのは難しい。幕府もできた当時は、よかった。家康さまが信をおく者がたくさんいたからな。だが、それもともに戦場をかけ、命を預け合う日々がなくなって変わった。今や将軍は飾りになり、政は老中と名乗る家臣たちの思うがままだ。鬼、そなたのことを考えて見よ。そなたは、田沼の命で、十一代将軍となるべき家基を殺した。これを見てもわかるだろう。田沼は家基の父家治さまの寵愛《ちょうあい》を一身に受けた家臣であったはずだ。家治さまは、政を一任するくらい田沼を信頼していた。その家臣に吾が子を殺された」

「…………」

田沼主殿頭《とのものかみ》意次本人から直接命じられ、家基を殺したのが冥府防人であった。

「将軍の子、いや、次の将軍だぞ。それを家臣が殺す。それも己の権を守るためにだ」

家基は田沼主殿頭の言いなりである父家治を見ていたせいか、政は将軍自らおこなわなければならないと考え、就任後、ただちに田沼主殿頭を排し、将軍親政を執《と》ると宣言していた。大老格として幕政を壟断《ろうだん》している田沼主殿頭だったが、将軍世子《せいし》の言葉を、尻の青い若者の血気からくる妄言《もうげん》と見過ごすわけにはいかず、家基は将軍就任を目の前にして殺された。

「寵臣《ちょうしん》が主君の子を殺す。これがまかりとおった。田沼主殿頭は、真相を知られた家治さまの恨みを受けて没落したが、謀叛《むほん》に等しい行為をしておきながら、田沼家は未《いま》だにある。これが何を意味するかわかるか」

「執政どもも知っていながら、なにもしていないと」

絹が答えた。

「そうだ。今の徳川家に信頼できる者などおらぬ。そこへ余が乗りこみ、政を執政から取りあげようとしてみよ……」

「御前さまのお命まで狙うと仰せられまするか」

冥府防人が訊いた。

「うむ」

治済が首肯した。

「そのようなまね……」

「わたくしたちがさせませぬ」

兄妹《きょうだい》が声をそろえた。

「信じておる。表では鬼が、奥では絹が余を守ると。ただ、これには一つ大きな前提がある」

満足そうに二人を見ながら、治済が注文をつけた。

「わかるであろう。そなたたち二人のどちらかが欠けただけでなりたたぬのだ」

静かに治済が告げた。

「ゆえに余は決めた」

治済が東屋からかろうじて見える江戸城本丸御殿へ目をやった。

「余は飾りの将軍などになる気はない。そなたたち二人がそろっていなければ、余は将軍にならぬ。なって三日で殺されたくはないでな」

「御前《ごぜん》」

「お館さま」

二人が感極まった。

「鬼よ。乾坤一擲《けんこんいってき》の戦いを頼もう。今宵《こよい》、家斉を襲え。余はすぐに城へ駆けつけられるようにして待つ。そなたが家斉を害して館へ戻るのを合図に、余は登城し、家斉の死で混乱している幕政を把握する」

執政たちは己のつごうで飾りを代えるが、予想していない事態には弱い。松の廊下での刃傷《にんじょう》、大老堀田筑前守正俊《ほったちくぜんのかみまさとし》を若年寄稲葉石見守正休《いなばいわみのかみまさやす》が刺殺した事件など、老中たちはどちらも後始末に失敗している。浅野内匠頭《あさのたくみのかみ》の刃傷は後日、赤穂《あこう》浪士の討ち入りを許し、将軍家の膝元を騒がせた。堀田正俊の刃傷は、下手人である稲葉石見守をその場で斬り殺してしまい、永遠に真相を謎《なぞ》のままとしてしまった。

「余の誘いを怖れるていどの輩《やから》だ。押さえこむのは容易である。そしてただちに老中連名で、余を将軍代行とさせ、旗本と譜代《ふだい》大名を把握する」

今回でも不意に家斉が死ねば、執政たちはうろたえるだけでなにもできなくなる。その隙《すき》を治済は利用すると宣言した。

「承知いたしましてございまする」

冥府防人が平伏した。

「絹。御前さまを守れ」

真剣な顔で冥府防人が命じた。うまく冥府防人が家斉を殺せば、お庭番たちが復讐《ふくしゅう》とばかりに治済を襲うだろうと予測できた。

「お任せくださいませ。お館さまの御身には指一本触れさせませぬ」

強い口調で絹が請《う》けあった。

「では、わたくしめはこれで」

冥府防人が平伏した。

「もう一度言う。そなたが戻らねば、余は家斉が死んでも動かぬ。死なばもろともは止《や》めよ」

「かたじけなきお言葉」

深く冥府防人が額を東屋の床に押しつけた。

「御免《ごめん》」

冥府防人の姿が消えた。

「ご武運を」

絹が小さくつぶやいた。

「日が落ちるか。戻るぞ。冷えてはならぬ」

「お気遣いありがとうございまする」

言われて絹がうなずいた。

「御三卿《ごさんきょう》の当主として、余はまちがっていたのだろうな。主殿頭に求められたとはいえ、家斉を差し出すのではなかったわ。あのとき、余が一歩踏み出していれば、このような面倒をせずともすんだ。そして、余が十一代となれば、家斉は十二代として将軍になれた。二人とも将軍となり、親子で殺し合うことなどなかった。田安から定信を追い出したのと同じく、これも主殿頭の策だったのかもしれぬな。田沼主殿頭、吉宗さまが紀州から伴ってこられた小身者と侮《あなど》ったな。いや、主殺しもいとわぬ覚悟ある者だった。余に近づいていながら、今さら逃げた太田備中守《びっちゅうのかみ》らとは、肚が違う。これくらいでなければ、天下の政などできぬか」

治済が吐息をつきながら、立ちあがった。

四

遠回りするなどの手間をかければ、他にもやり用はあるが、神田館から江戸城へ入るには、三つの方法があった。

神田館を出て左へ行き大手門を通るか、右へ走って平河門《ひらかわもん》を抜けるか、濠《ほり》を泳いで渡り、石垣を上るかの三つである。

このうち濠を泳いで渡るのは、身体《からだ》を濡らすことになる。身体が冷えるだけでなく、濡れた身体から落ちた水が点々と残り、侵入を教えるどころか、どこに向かったかまで知らせてしまう。さらに刀や手裏剣《しゆりけん》なども水に浸《つ》かるし、火薬などはいかに油紙で厳重に包んでいても湿気《しつけ》てしまう。様子の知れない城へ忍ばねばならぬときならばいざ知らず、家斉がどこにいるかわかっているうえに、刺客として襲うとなれば、武器の損害は無視できない。

では、大手門か平河門かのどちらかを突破するしかなくなる。

「大手門には甲賀者が。平河門には忍はおらぬが、門から本丸へ行くには、大奥をこえねばならぬ。そして大奥には伊賀者がいる」

神田館を出た冥府防人は思案した。

「どちらにせよ、門をこえてから家斉のもとまでいくつかの関門がある。当然、大手門から本丸へいたるほうが、警固は多い。といったところで、書院番《しょいんばん》や、大番組《おおばんぐみ》、新《しん》御番《ごばん》など、いくらいても敵ではないが……」

冥府防人が独《ひと》りごちた。

将軍の警固は主として三つの番方が担っていた。書院番、新御番、小姓番《こしょうばん》である。書院番は、城の諸門に詰《つ》め、将軍の外出の供、表御殿の門を守る。新御番は、中奥へ詰め、将軍に迫る者を排除する。小姓番は将軍のすぐ側にあって、いざというときの盾となる。

「旗本で少し剣が遣えるていどなど何人いても困らぬが……騒ぎになるのは面倒だな。となれば、平河門からがよいか」

平河門は、主として大奥女中の出入りに使われた。平河門にも大番所があり、そこには大番組と書院番組が詰めているが、人数は少ない。平河門をこえ、右に曲がって平河堀に架《か》かっている橋を渡れば、本丸大奥に当たる。大奥から家斉の居る御休息の間までは近い。

「伊賀を排除し、大奥へ入ってしまえば、警固はない。残るは小姓番のみ」

将軍の私《わたくし》である中奥から大奥の間に警固は置かれていなかった。奥から表へ敵が来るとは想定されていないからである。

「こちらだと、敵は伊賀とお庭番」

神田館の塀《へい》の上で身を屈《かが》めながら、冥府防人は右から左へと顔を動かした。

「大手門へ回れば、甲賀者とお庭番」

冥府防人が目を閉じた。

「甲賀の腕利きは、あらかた片付けた。甲賀の郷にもたいした者は残っておらぬ」

家基殺しの下手人である冥府防人の連座を嫌った一族から命を狙われたとき、あっさりと返り討ちにしていた。また、先日、治済の新たな配下とするべく、甲賀の郷まで腕利きを探しに行ったが、とても遣いものにならず、手ぶらで戻ってきていた。

「伊賀も変わるまい」

冥府防人は平河門へと顔を戻した。

戦国の闇を支配した甲賀、伊賀の忍たちも、長い泰平で牙《きば》を抜かれてしまった。これは忍の価値を知っていた家康が、他の大名に付かれては困ると、甲賀と伊賀の忍を召し抱えたせいであった。なにせ、御家人として禄《ろく》をもらえるのだ。苦しい修行を積まずとも、命をかけて忍ばなくとも、生きていける。

喰いかねるからこそ、必死で生きようとした。その結果が忍の技となり、乱世で活躍できた。その動機がなくなった。

幕府に取りこまれた結果、忍は死んだ。

「伊賀さえ抜けば、あとはお庭番だけ。伊賀とお庭番の仲は悪い。いかに将軍が命じても、連携などとらぬ」

冥府防人が決断した。

伊賀にとってお庭番は仇敵《きゆうてき》であった。八代将軍が紀州家から将軍となったときに供してきたお庭番に、伊賀だけの役目であった隠密御用を奪われたからだ。もちろん、忍としての矜持《きようじ》を傷つけられたというのも一因だが、なにより既得の権益を奪われた恨みは深かった。

隠密御用の既得権益とは、その費用にあった。あからさまな幕府の支援を受けられない隠密御用は、そのぶんを金で補ってきた。任地まで向かう費用、現地での滞在費など、生活の基盤を持たない場所では、かなりかかる。なにより、目立つわけにはいかないのだ。他人目《ひとめ》を避けるには、それなりの用意も要る。さらに万一のときの対応に遣うための金も要る。急ぎの連絡のため馬を買う、折れた刀の代わりを購《あがな》う。その分も含めて渡されるだけに、隠密御用の費用は大きい。そして、なによりありがたいのは、余ったからといって返さなくていいのだ。伊賀者は隠密御用の金をできるだけ残し、組の生活費に充てた。国中でもっとも物価の高い江戸にいながら、伊賀者はわずか三十俵三人扶持《ぶち》。これでは食べてさえいけないのだ。それを隠密御用の余りで補っていた。その隠密御用をお庭番に持っていかれてしまったため、伊賀者の生活は一気に苦しくなった。飢えるところまではいかなくとも、ぎりぎりの生活に戻らされた。

食いものの恨みは怖い。伊賀者はお庭番を不倶戴天《ふぐたいてん》の敵とした。

「…………」

静かに冥府防人は右へと踏み出した。

日が落ちてからこそ、忍のときである。冥府防人は完全に残照も消えた平河門の近くで潜んだ。

江戸城内曲輪《うちぐるわ》の門である。当然、かがり火も赤々と焚《た》かれていたが、番士たちは油断しきっていた。本来ならば宿直番《とのいばん》は、寝ずに門を警固し、周囲を警戒しなければならない。だが、江戸城は完成以来、一度も攻められるどころか、侵入さえされていない。気が緩むのも無理はなかった。

することもなく、徹夜しなければならない退屈さに、番士たちは酒を持ちこむようになっていた。酒を飲めば眠くなる。

平河門の番士たちも、運悪くかがり火の当番を任された者以外、眠っていた。

「やれ、やれ」

「これをすませれば、半刻（約一時間）は休めましょう」

かがり火の当番が大番所を出てきた。

「酒が飲めぬのではのう」

歳嵩《としかさ》の大番士がぼやいた。

「茶で我慢いたしましょうぞ。さ、終わりました」

若い大番士が宥《なだ》めた。

「…………」

新しい薪《まき》をかがり火にくべた番士が大番所へ消えるのを待って、冥府防人は平河門へと侵入を果たした。

番士の警戒は外に向かっている。大番所をすぎた冥府防人は、ゆっくりと進んだ。

城というのは防衛の拠点でもある。攻められたときのための工夫があちらこちらに成されていた。平河門から入っても、まっすぐ大奥へとはいけないよう、通路が曲がりくねっているのもその一つであった。

通路を曲がり、平河堀を渡る橋へかかった冥府防人は橋のなかほどで足を止めた。

「やはり待ち伏せていたか」

冥府防人が前方の闇を見つめた。

「……ここで帰れ。さすれば見逃してやる」

闇から声がした。

「ことなかれに徹する気か。それですむとでも」

「伊賀の縄張りは大奥と決められた。それは幕府がしたこと。我らはそれに従うだけ。大奥へ入ろうとするならば、排除する」

問うように言う冥府防人へ、声が答えた。

「ここまで来たのだ。今さら戻るのは手間……」

そこまで冥府防人が言った途端、闇から棒手裏剣《ぼうしゆりけん》が何本も飛来した。

「ふん」

そのすべてを冥府防人は居合いの一撃ではたき落とした。

「緩急くらいつけぬか」

冥府防人があきれた。

「…………」

指導の返事はふたたびの手裏剣であった。

「三つ、四つ……六人か」

手裏剣にも討ち手の癖《くせ》が出る。手裏剣の動きから冥府防人は人数を読んだ。

「くっ」

闇から歯噛《はが》みが聞こえた。

「妹に制されたのも無理はないな。そのまま番所へ帰って身を縮めていろ。さすれば生きられる」

冥府防人が勧めた。

「黙れ……」

怒声とともに、伊賀者が四人突っこんできた。橋はせいぜい三人が通れるほどしかない。冥府防人の後ろに回りこむのも無理であった。

「ふん。数の優位を使わぬとは」

正面から来る伊賀者を、鼻で笑った冥府防人が手裏剣で迎撃した。

「あくっ」

「……つう」

二人が脱落した。残った二人も、手裏剣を避けるために勢いを落とした。

「愚かな」

冥府防人が逆に襲いかかった。

「しまった」

仲間と交錯しては、飛び道具が使えない。あわてて闇に残っていた二人も参戦してきた。

「判断が遅いわ」

冥府防人は抜いた忍刀《しのびがたな》を振りながら、新たに近づいてくる伊賀者へ手裏剣を放った。

「なんの……があっ」

まっすぐ飛んできた手裏剣をかわした伊賀者だったが、その後を低く追ってきたもう一本の手裏剣には対応できなかった。手裏剣を膝に喰らった伊賀者が呻《うめ》いた。

「囮《おとり》に気づけよ。このていどでは、御前さまが将軍となられた後が思いやられる」

情けないと冥府防人が嘆息した。

「しゃ」

その隙に近くにいた伊賀者が忍刀の一撃を送った。

「おう」

それを忍刀で弾きながら、左手に握っていた手裏剣で、冥府防人は伊賀者の目を突いた。

「ぎゃっ」

目を押さえて伊賀者が脱落した。

「もう一つ」

身体を回しながら、もう一人側にいた伊賀者の喉《のど》へと、忍刀を出した。

「……ぐへっ」

声にもならない音を漏らして五人目が死んだ。

「ちい」

残った伊賀者が懐からなにかを出して口にくわえた。

「忍《しの》び笛《ぶえ》。お庭番へ報してやるのか」

「……えっ」

仲間を呼ぼうとした伊賀者が止まった。

忍び笛は、忍同士が危急の連絡に遣うものだ。常人には聞こえにくい音を出すが、忍の耳には確実に聞こえた。

伊賀の仲間への連絡だが、当然お庭番にも届く。

「吾《われ》が大奥から来ると教えて、お庭番の待ち伏せを許し、手柄を立てさせる。さすがは伊賀者。親切なことだ」

「……うっ」

伊賀者が詰まった。

「もし将軍が江戸城で害されたとして、誰の責になる。大奥を守れと言われた伊賀者ではない。御休息の間を守るお庭番だ。なにせ、どこから吾が入りこんだかわからぬのだからな。執政どもにはな。そしてお庭番は、吾がすべて殺す。死人に口なしよ」

「…………」

口にくわえていた笛を伊賀者が外した。

「責任を取らされたお庭番は、探索御用を失うどころか、潰《つぶ》されよう。となれば……」

最後まで言わずに冥府防人が言葉を止めた。

「別に戦ってもよいぞ。伊賀者お宿直番は二十名ほど。今五人欠けた。残り十五名をかたづけるのに、手間は要らぬ」

にやりと冥府防人が笑った。

「…………」

無言のまま伊賀者が闇へと帰っていった。

「返答はできぬわの。誰か聞いていれば、伊賀者謀叛《むほん》の証拠となる」

冥府防人の言に乗ることは、家斉の死を容認することになる。

「少しもらっておこう」

遣った棒手裏剣の補給とばかりに、冥府防人は死んだ伊賀者の懐をあさった。

「全部欲しいが、重くなると動きが鈍るな」

戦場で手裏剣の補給はできない。使い捨てなのだ。飛び道具である手裏剣の用途は広い。本来の使いかたの他にも、槍《やり》のように突いたり、相手の動きを牽制《けんせい》したり、わざと遠方に落として、そちらにいると誤認させたりできる。ただ、鉄でできた棒手裏剣は重く、持ち過ぎると動きにくくなる。

冥府防人は、使用しただけを補給するに留めた。

「伊賀は傍観を決めこんだか。五人死なせたことで義務を果たしたという気か」

その後は障害なく、冥府防人は大奥へ入りこんだ。

「大奥にいてくれると楽なのだが、さすがにそれはないな。大奥で将軍が死んでは、伊賀組は潰される。伊賀が必死になる」

ここで家斉と遭遇できると、冥府防人は思っていなかった。

「念のために」

しかし、見過ごすわけにはいかなかった。冥府防人は、家斉の大奥での居場所を確認するために、天井裏を走った。

将軍は大奥の主ではなく、客でしかなかった。客は、指定された場所にしか行けないのが決まりであり、将軍が大奥で腰を下ろせるのは、御台所《みだいどころ》の御殿と小座敷の間、そして仏間だけであった。

将軍を自室に招けるのは、御台所だけであり、どれほどの寵愛を受けた側室でも、小座敷の間まで出向くのが決まりであった。

冥府防人は、家斉と仲のよい正室茂姫の御殿を覗《のぞ》いたあと、より中奥に近い小座敷へと向かった。

「中﨟《ちゆうろう》の姿がない」

小座敷前の廊下に、人気《ひとけ》はなかった。

「大奥入りはなしか。念のために」

将軍が一夜を過ごす部屋の前には、警固と雑用を兼ねた女中が寝ずの番をする。それがいない。冥府防人はあきらめつつ、小座敷の天井板をずらした。

「……………」

覗《のぞ》きこんだ瞬間、小座敷から忍び笛が鳴らされた。小座敷で一人の中﨟が、天井を睨《にら》みつけながら、忍び笛を吹いていた。家斉の側室となった村垣香枝《かえ》であった。

「なっ」

「逃がさぬ」

笛を捨てた香枝が、顔を引っ込めようとした冥府防人目がけて手裏剣を投げつけた。

「女お庭番か」

いかに意表を突かれたとはいえ、当たりはしなかった。

「ちっ。知られたな」

苦い顔で冥府防人が吐《は》き捨てた。

冥府防人が大奥へ侵入していることが、明らかになった。これで、中奥の警固が厚くなる。家斉の殺害は一気に難しくなった。

冥府防人は駆けた。

五

「おいっ」

「ああ」

御休息の間で控えていた村垣源内と倉地文平が顔を見合わせた。

「来たのだな」

寝間着に着替えず、常着のままであった家斉が、二人の様子の変化に気づいた。

「大奥からのようでございまする」

村垣源内が答えた。

「上様」

「わかった」

下の間からの声に家斉がうなずいた。

「越中も供せよ」

「はい」

下の間で応じたのは松平越中守定信であった。

「最後のご奉公をつかまつりまする」

松平定信が平伏した。

「倉地」

御休息の間を出ようとする家斉に従った村垣源内が、残った倉地文平へ指示を与えた。

「討ってよいが、無理は禁物である。そなたたちの役目は、民部卿《みんぶきょう》の手の者の足留めにある。上様が神田館へ着かれるまでのときを稼げ。儂は上様をお玄関までお送りする」

「承知」

倉地文平が首肯した。

大奥と中奥は銅屋根の塀で仕切られていた。その塀をこえれば、家斉のいる御休息の間までは近い。しかし、そこで冥府防人はお庭番の迎撃を受けた。

「地の利を押さえられているのは痛いな」

大奥側の塀に身を寄せて、冥府防人は眉《まゆ》をひそめた。

「なれど、ゆっくりもしてられぬでな」

冥府防人は両手に握りこんだ八方手裏剣《はっぽう》を投げた。投げかたによって、円を描いたような軌跡を残して飛ばすこともできる八方手裏剣は、障壁の陰からでも撃てる。惜しげもなく、冥府防人は持てる八方手裏剣をすべて投げた。

「……くっ」

「あつ」

小さな苦鳴が二つ聞こえた。

「手持ちの二十枚を使い切ってかすり傷とは、なさけない」

致命傷を与えられなかったことを冥府防人は見抜いた。

「だが、それで十分」

一気に冥府防人は塀を跳びこえた。

「……おっ」

「せいっ」

冥府防人の影目がけて、お庭番二人が手裏剣を投げてきた。

「当たるか」

予想していた冥府防人は空中で身をひねって避けた。そのまま落ちる勢いを利して、棒手裏剣を放った。

「はくっ」

「……くそっ」

お鈴《すず》廊下に隠れながら攻撃していたお庭番の一人が、雨戸ごと射貫かれて死んだ。

もう一人は、忍刀で防いだが、棒手裏剣の固さは刀に優る。忍刀の先をもっていかれていた。

「しゃっ」

折れた忍刀を投げつけたお庭番が、その後ろを追うように冥府防人へと間合いを詰めてきた。

「……………」

顔目がけて投げつけられた忍刀を、首を振るだけでかわした冥府防人は、近づいてくるお庭番へ忍刀を振るおうとした。

「……くっ」

その寸前、冥府防人が後ろへ跳んで間合いを空けた。

「短弓」

今まで冥府防人がいたところを矢が通過した。

「あほうが。戻れ。我らの任を忘れたか」

お鈴廊下の戸板が一枚はずれ、短弓を構えた倉地文平が仲間を怒鳴った。

「……すまぬ」

叱《しか》られたお庭番がすばやく死んだ仲間のところまで引き、その手から忍刀を取った。

「……とき稼ぎか」

安全なところまでお庭番が下がったのを見て、冥府防人は任を見抜いた。

「数がそろうまで待っているのとは違うな。後ろは大奥だ。そこへ吾が逃げこめば、普通の番士たちは使えぬ」

大奥は男子禁制である。人目を忍ぶことのできるお庭番ならいざ知らず、腕が立つとはいえ新御番や小姓番はとても踏みこめなかった。

「家斉を逃がす気だな」

冥府防人の結論はそこにいたった。

「させぬ。なんとしても御前さまを……」

最後の機会である。冥府防人は治済の忠告を無視して、突っこんだ。

「行かせるな」

「おう」

短弓から放たれる矢と手裏剣が冥府防人を襲った。

「このようなもの」

冥府防人が、左右へ身体を小刻みに動かしてかわした。彼我の間合いは八間（約十四・五メートル）から、一気に狭《せば》まった。

「ばけものめ」

飛び道具は接近されれば、かえって遣いにくくなる。二人のお庭番が飛び道具を捨て、忍刀を構えた。

「邪魔するな」

冥府防人が最後の間合いを跳んだ。

「疾《はや》い」

勢いにお庭番が焦《あせ》った。忍刀を振ったが間合いの目測を誤り、冥府防人の身体には届かなかった。

「しまっ……」

最後までお庭番は言えなかった。冥府防人の忍刀が、小さな動きで喉を裂いた。

「こいつっ」

倉地文平が、冥府防人の右から斬りかかった。

「……………」

冥府防人は倉地の相手をせず、そのままお鈴廊下を中奥へ向かって走った。

「行かせぬ」

急いで倉地文平が追ったが、振った刀が空振りしたことで崩れた体勢を立て直したぶん遅れた。

「ちっ」

迷うことなく全速力で走る冥府防人へ、倉地文平が焦った。

「罠も待ち伏せも気にしていないだと」

ためらうことなく進む冥府防人の足に、倉地文平が目を見張った。

「このままでは、御休息の間についてしまう」

家斉の警固に人手を割《さ》いたこともあり、お庭番の待ち伏せはもうなかった。

「くそっ」

走りながら倉地文平が手裏剣を撃ったが、後ろに目がついているかのように冥府防人は振り返らずにかわした。

「馬鹿な……」

廊下を折れ、冥府防人の背中が見えなくなった。倉地文平が絶句した。

お鈴廊下は御休息の間上段と繋《つな》がっている。冥府防人は襖《ふすま》を蹴破《けやぶ》って、御休息の間へ駆けこんだ。

「いない。どこへ逃げた」

冥府防人は周囲を見回した。

「むっ」

下段の間の中央に座る影に、冥府防人が目を止めた。

「きさまは……」

「御休息お庭の者、村垣源内。鷹狩りの場では世話になった」

待っていたのは村垣源内であった。二人は、家斉が寛永寺《かんえいじ》の僧兵に襲われた鷹狩りの場で、出会っていた。

「家斉はどこへ逃げた」

上段の間の床の間まで下がって冥府防人が問うた。こうすれば、背後からの不意打ちはない。もちろん、将軍の居室である。床には鉄板がしこまれ、天井板の裏には鉄の桟《さん》が隠されている。上下の心配もしなくてよかった。

「逃げたとは無礼であろう。上様はお出かけになられたのだ」

村垣源内が咎《とが》めた。

「出かける。この夜にか」

冥府防人が嘲笑《ちょうしょう》した。

「おい、それでも隠れているつもりか」

目を村垣源内からはずさず、冥府防人が言った。

「倉地」

「おう」

村垣源内に言われて、倉地文平が板戸の陰から姿を見せた。

「あれほど無理をするなと申しておいたものを」

たった一人になった倉地文平へ、村垣源内が嘆息した。

「仲間内のことは、後でやってくれ。で、どこへ上様は行かれたというのだ。いや出ていったと見せかけて、忍んでおられるか」

敬意のかけらもない声で、冥府防人が問うた。

「武家の統領たる将軍家が、おまえごときを怖れるか。上様は、ただいま神田館へお出ましである」

「なんだと」

告げられた冥府防人が驚愕《きょうがく》した。

「ちっ。はめられたか。どけっ」

治済が危ないと冥府防人が駆けた。

「行かせぬ」

立ちはだかろうとした倉地文平へ、冥府防人が体当たりを喰らわせた。

「ぐうっっ」

倉地文平が吹き飛ばされ、冥府防人の姿が消えた。

「ま、待て」

「追うな」

村垣源内が、起きあがろうとした倉地文平を止めた。

「我らも参るぞ、神田館へ。あやつも来る」

不服そうな倉地文平を、村垣源内が促した。

終章　明日へ

一

家斉の行列は、お忍びの体《てい》を取ってはいたが、それでも書院番《しょいんばん》、小十人組《こじゅうにんぐみ》などを従え、百人をこえる規模で神田館《かんだやかた》へと向かった。

家斉の行列が近づくと、神田館の大門が前触れもなく開いていった。

「これも奥右筆《おくゆうひつ》の筆か」

駕籠脇《かごわき》についていた松平定信が感嘆した。

併右衛門は勘定方《かんじょうかた》を入れ替えて、一橋家の内政を混乱させただけでなく、門衛の番士も異動させていた。長く一橋家にいた者を外し、留守居《るすい》本田駿河守《するがのかみ》の子飼いを後釜に入れていた。これで神田館は丸裸になった。

家斉の駕籠は、一度も止められることなく、神田館の玄関へと到着した。

静かな異変に気づいたのは絹であった。

「…………」

絹の表情が変わった。

「どうした。鬼が帰って来たか」

添い寝していた治済が訊《き》いた。

「大門が開いたようでございまする」

「みょうよな」

報告する絹へ、治済が首をかしげた。冥府防人の帰還であれば、門を開けることなく、この場に現れる。来客などであれば、門を開ける前に、治済のもとへ許諾《きょだく》を求める報《しら》せが来るはずであった。

「お館《やかた》さま。ご無礼いたしまする」

臥所《ふしど》から絹が起きあがり、身支度《みじたく》を調《ととの》えた。治済と同衾《どうきん》するときの夜着にも万一の仕掛けはしてあるが、それほどたいしたものではない。比して、普段着である小袖《こそで》には、刃物だけでなく、手裏剣《しゅりけん》、爆薬まで隠してあった。

「お手伝いをいたしまする」

続いて絹が、治済の着替えをおこなった。

「しくじったか」

絹のされるままになりながら、治済がつぶやいた。

「兄にかぎって」

袴《はかま》の紐《ひも》を結びながら、絹が首を振った。

「ここであれこれ思ってもいたしかたない。供をいたせ。表へ参る」

「はい」

治済の命に絹が同意した。

政庁を兼ねる表に、愛妾《あいしょう》を伴うことはできなかった。普段ならば、絹も遠慮し、天井裏からの陰警固《かげけいご》に入るのだが、異様な事態に普段とは違った対応をとることにした。

「人がおりませぬ」

表書院《おもてしょいん》へ入った絹が、人気《ひとけ》のなさに驚いた。

「やりおったな、家斉。いや、奥右筆」

治済が気づいた。

「お館さま」

絹が問うた。

「余が拾いあげた家臣どもをお庭番《にわばん》が害し、そしてつけられた家臣どもを奥右筆が入れ替える。金のことに目を向けさせて、そのじつはこちらが本命だったか。余の周りから人を奪う。それが主眼だったとはの」

小さく治済がため息をついた。

「さすがだの。父上」

書院廊下の襖《ふすま》が開かれ、供を連れた家斉が入ってきた。

「招いた覚えのない客に、礼を尽くす気はない」

治済が上座を譲らないと告げた。

「座の位置などどうでもよい。この場でなにがあっても、知っているのは、お庭番とそして……」

家斉は供のすべてがお庭番であると明かして、背後へ目をやった。

「……越中守《えっちゅうのかみ》だけよ」

家斉の後ろから、松平定信が現れた。

「賢丸《まさまる》、そなたが絵を描いたか」

幼名で呼びながら、治済が松平定信を睨《にら》んだ。

「多少のお膳立てはしたが、ほとんどは上様ぞ」

松平定信が否定した。

「豊千代《とよちよ》に、これだけのことができるだと」

治済が目を見張った。

「いつまで、躬《み》を子供扱いするか。一橋の館を出てから十八年が経《た》つ。いつまでも躬は九歳の幼児ではないわ」

家斉が反論した。

「引導を渡しに来たか」

殺すかと治済が問うた。

「…………」

後ろに控えていた絹が腰を浮かせた。お庭番たちも身構えた。

「止《や》めよ」

「控えよ」

治済と家斉がそれぞれの供を押さえた。

「……お館さま」

不満そうな絹へ治済が手を伸ばした。

「無駄に死ぬことはない」

絹の手を治済が握った。

「よい家臣をお持ちだの」

家斉が褒《ほ》めた。

「今や残ったたった一つの財産じゃ」

ゆっくりと絹の手を撫《な》でながら、治済が答えた。

「うらやましい」

重い声で家斉が言った。

「将軍の孤独に気づいたか」

治済が言った。

「…………」

無言で家斉が肯定《こうてい》した。

「誰も躬に仕えてくれてはおりませぬな」

「上様」

松平定信が声をあげた。

「お庭番どもを見るがいい」

冷たく家斉が言い返した。

「…………」

家斉を守るように囲んでいるお庭番たちの顔にはなんの表情も浮かんでいなかった。

「こやつらが仕えるのは将軍であり、躬ではない。躬が将軍を父に譲ると言えば、その場で立ち位置を変える。それがお庭番である」

「…………」

十分理解している証拠に、松平定信が口をつぐんだ。

「父上よ。それほどまでに将軍の座が欲しいか」

「欲しいな。なにせ、物心ついたときから、本家になにかあれば将軍となるのは余だと教えこまれてきたからな。脳にすりこまれているぞ。そう、男が女を欲するのと同じく本能であるな」

治済が述べた。

「ではなぜ、家基どのが死んだときに、十一代として名乗りを上げられなんだか」

御三卿《ごさんきよう》の当主であり、まだ三十歳になっていなかった治済には、十分資格があった。

「すでにおまえありきだったからよ」

苦い顔を治済が見せた。

「どういうことでござるか」

親子の会話に松平定信が口を挟《はさ》んだ。

「賢丸、そなたが白河《しらかわ》へ出されるのも、余ではなく豊千代が十一代となるのも、執政どもの間で話がついていた」

淡々と治済が告げた。

「詳《くわ》しく聞かせていただきたい」

家斉が先を促した。

「吉宗さまのようなお方では、なにをするかわからぬからの」

「それは八代さまの業績を否定すると」

松平定信が目を剝《む》いた。

「そうだ。吾《わ》が祖父吉宗さまは、神君家康さまの再来と言われ、幕政に手を尽くされた。おかげで空だった幕府の金蔵に、千両箱が積みあがった」

吉宗は将軍となるなり、幕政の無駄を省き、質素倹約を実践して、財政の再建に努めた。おかげで、五代将軍綱吉の放漫な経営で破綻《はたん》した幕政は、一息つくことができた。

「よいことではないか。これも将軍自らが手本となって動いたからであろう。失礼ながら、幼かった家継《いえつぐ》さまのとき、間部越前守《まなべえちぜんのかみ》のような奸臣《かんしん》の思うがままとなったことで、幕政は大いに乱れた。それを吉宗さまは正された」

問題どころか功績だと松平定信が、吉宗を評価した。

「やはり正解であったな。田沼主殿頭《とのものかみ》は。おぬしをよくぞ、田安から出した。この功だけで、田沼家は終世改易を免《まぬか》れるべきだ」

治済が嘆息した。

「どういう意味だ」

松平定信が気色ばんだ。

「落ち着け越中」

家斉がなだめた。

「豊千代、そなたはわかっているのだろう」

あくまでも治済は、家斉を子供として扱った。

「わかりたくはございませなんだが」

家斉が頬《ほお》をゆがめた。

「上様……」

怪訝《けげん》な顔を松平定信がした。

「教えてやろう。賢丸。執政どもは懲《こ》りたのよ。将軍親政にな」

治済が語り始めた。

「懲りた……」

「そうだ。将軍の思いのままに政《まつりごと》をさせると碌《ろく》なことにならぬと気づいたのよ」

「…………」

無言で松平定信が治済を睨んだ。

「そう急《せ》かすな。おぬしは、子供のころから変わらぬ。少しは老成せい。年寄りの焦《あせ》りはみっともないぞ」

治済が苦笑した。

「わかりやすいところで話をしようか。吉宗さまは幕府の財政を立て直されるために、倹約を命じられた。それだけならよかった。幕府は元々戦陣でのものだからな。戦いに贅沢《ぜいたく》は不要だ。だが、吉宗さまは決してしてはならぬことをしてしまった」

「それはなんだ」

「だから、落ち着けと申したであろう。人の話は最後まで聞かぬか。だからこそ、そなたの寛政《かんせい》の治は転んだのだぞ」

「な……」

松平定信が絶句した。

「名を見て、実を取らず。そなたの政策はこればかりであった。きれいごとだけで人はやっていけぬ。あたりまえであろう。一日米五合、畳《たたみ》一畳の住まい。これだけあれば生きていける。たしかに生きてはいける。だが、それでは人として向上すまい。より好《よ》いものを喰《く》いたい、いい家に住みたいと思えばこそ、人は働く。どれだけ努力しても、同じ生活しか許されない。そうなれば、誰が額に汗を掻《か》く。最低限しか働かぬ人ばかりでは、国は大きくならぬ」

「だが、贅沢を許したからこそ、武家は貧した」

治済の指摘に松平定信が反論した。

「いつまでも乱世のつもりでおるからだ。戦《いくさ》がなくなれば、刀は仕舞《しま》われ、弓弦《ゆみづる》は離されなければならない。武家も生きかたを変えるべきであった。なにせ、武家は戦がない限りただの徒食ぞ。耕さず、作らず、商わず。ただの役立たずが、働いている者たちの上でふんぞり返る。無理が来て当然であろう」

あっさりと治済が断じた。

「そこを変えずして、なにが変わる。賢丸、そなたの政は最初から駄目になるとわかっていた」

「うっ」

結果が出てしまっている。松平定信はなにも言えなかった。

「話がそれたな。吉宗さまがしてはいけなかったこと。それは、敵に幕府の秘密をさらけ出してしまったことだ」

「秘密……」

「そうだ。幕府に金がないという秘密をな」

治済が首肯《しゆこう》した。

「そんなもの秘密でもなんでもなかろう。幕府に金がないことなど、三歳の子供でも知っているではないか」

疑問を松平定信が呈した。

「あくまでも噂《うわさ》であったはずだ。幕府の金蔵にどのていど金があるかを、実際に知っているのは執政と勘定方《かんじようかた》くらいだろう。なにより、幕府には家康さまの残された軍資金があると思われていたから、金がないといったところで誰も真実とは思っていなかったはずだ」

大坂の陣ののち、家康が豊臣家から接収した金銀財宝は途方もない額であった。なにせ、先頭の荷馬が京都へついたとき、最後尾の荷馬はまだ大坂城を出てさえいなかったといわれていたほどである。

「政をする金はなくとも、戦する金はある。八代さまが馬鹿をされるまで、誰もがそう考えていた」

「……うむ」

ちらと見られた家斉がうなずいた。

「ゆえに外様《とざま》大名たちも大人《おとな》しかった。たしかに、外様たちも金がないゆえ、叛乱《はんらん》を起こす力はない。とはいえ、幕府に金がないとわかれば、その対応も以前とは変わっていく。それはわかるな」

「ああ」

松平定信が首を縦に振った。

「倹約だけをしておけばよかった。金を貯めるまではいかなかっただろうが、幕府への幻想は維持できた。だが、吉宗さまは金を貯めようとされた。家康さまのまねをなさりたかっただけかも知れぬがな」

「どこが悪いと」

「上米令《あげまいれい》を覚えておるか」

「ああ」

執政の経験がある松平定信が知っていて当然であった。

「上米令は、一万石につき百石を上納させる代わりに、大名たちの江戸在府を半年で許すというものだ。これのお陰で幕府には、年間数十万石の米が入り、蔵に金と米を蓄えることができた。その代わり、幕府には家康さまの隠し金などないと教えてしまうことになった」

「だけではないな」

家斉が口を挟んだ。

「参勤交代を国許一年半、江戸半年に変えた。これは参勤交代当初の目的を放棄したも同然の結果を生んだ。もともと参勤交代は、大名に金を遣《つか》わせることで、その力を削《そ》ぐのを主眼としていた。それが、もっとも金のかかる江戸での滞在を半分にしたことで、諸大名の懐《ふところ》に、上米以上の余裕を与える結果となった」

「そして、吉宗さまもそのことに気づかれ、上米令は八年で廃止された。だが、すでに遅かった。真から幕府に金がないと全国の大名に知れ渡ってしまった」

「ああ」

治済の話に家斉がため息で同感だと伝えた。

「幕府の権威が落ちる。それは同時に執政たちの力の低下である。直接大名たちと触れあう執政たちは、微妙な変化を見逃さなかった。その結果が、大岡出雲守《おおおかいずものかみ》であり、田沼主殿頭だ」

「寵臣《ちょうしん》を作らせ、将軍から政を預かる。いや、取りあげる」

ようやく松平定信が理解した。

「そうだ。やっと二代にわたって将軍を飾りにできた。そんなところへ、将軍親政を声高に言う家基どのや、賢丸、そなたをいただきたいと思うか」

「…………」

「余も同じだ。余の場合将軍親政を口にはしていないが、執政の意志に逆らうだけの年齢を重ねていた。執政たちは懲りたのだ。吉宗さまが将軍となったのは三十三歳。そして、余はあのとき二十九歳だった。死した家基どのが十八歳だったか。十八歳の将軍世子《せいし》を怖れた主殿頭が、より吉宗さまに近い余を選ぶはずはない。主殿頭がわずか九歳だった豊千代へ白羽の矢を立てたのは当然の結果」

「ううむう」

松平定信がうなった。

「だから、余は、将軍の座を取り戻そうと思ったのだ。余こそ正統な後継者だったからな」

治済の言いぶんは正しかった。

御三卿は格からいけば御三家に及ばないが、将軍との血縁では優る。もともと御三卿は、吉宗が己《おのれ》の血筋で代々将軍家を独占するために作ったのだ。十代将軍の世子が死去したとなれば、当然御三卿から跡継ぎを出さなければならなかった。もちろん御三卿にも格はあった。長幼と重ねた代である。

御三卿とひとくくりにするが、田安と一橋は吉宗の子、清水は九代将軍家重《いえしげ》の子を祖とし、その設立からして差があった。清水は最初から、田安、一橋の後塵《こうじん》を拝さなければならないと決められていた。また、清水家は初代当主であった重好《しげよし》が子なくして死んだため、断絶中で、最初から将軍候補ではなかった。さらに一橋家よりも兄である田安家も当主治察《はるさと》が安永《あんえい》三年（一七七四）に死亡していた。跡継ぎとなるはずだった宗武《むねたけ》の子定信、定邦《さだくに》の二人は、田沼主殿頭の策謀で養子に出され、田安家は当主不在の状況にあった。

つまり御三卿、いや徳川の一門で将軍に推戴《すいたい》されるべきは治済だけだった。

「そうだったのか」

松平定信が唖然《あぜん》とした。

「…………」

家斉は沈黙した。

「では、田沼が没落したときに将軍後見と名のられれば……」

十代将軍家治が死んだとき、家斉はまだ十五歳であった。将軍後見人として父親が出てもおかしくはなかった。

「殺されにいけと」

皮肉げに治済が頰をゆがめた。

「執政にとって、己の意思を持つ将軍は要《い》らぬ。あのとき、余が出ていたならば……賢丸、そなたが刺客となったかも知れぬのだぞ」

「馬鹿な。老中筆頭だったが、そんな話を聞いたことは……」

笑いかけて松平定信が固まった。家斉の表情に気づいたからである。

「躬を傀儡《かいらい》にしたのは、そなたであった。将軍を飾りにできるのだ。老中筆頭がそうでないという保証はどこにある」

「では、わたくしも」

松平定信が呆然《ぼうぜん》とした。

「当たり前だ。家臣ならばいつでも首を切れる。なればこそ、老中筆頭にできた。しかし、その本質は十一代将軍になり損ねたすね者。本来老中になれる家ではない白河ぞ。秘事を隠されてしまえば、わかるまいが」

治済があきれた。

「……おろかな。周りからどんな目で見られているとも知らず、寛政のご改革などと悦に入っていたとは。吾《われ》の姿はさぞや滑稽《こっけい》であったろうな」

がくっと松平定信が肩を落とした。

「ふん。今ごろ気づくか。まあ、そなたも余も、ずっと将軍となるのだと言い続けられてきたから、世間を知らずして当然だがな。さいわい、余はそれを知った」

ひときわ強く治済が絹の手を握った。

「お館さま」

絹が案じるような声を出した。

「この兄妹《きょうだい》のおかげでな。家基どのが田沼主殿頭の手配で殺されたと知ったとき、余はすべてのからくりを理解できた。だからこそ、雌伏した。余は将軍になった途端に殺される気はない。では、どうするか、執政のなかに意のままにできる者を作る。そして、そやつを田沼や柳沢吉保《やなぎさわよしやす》同様の寵臣にしたてあげ、政を一任する、家治さまと同じ形をとる。ただし、表向きだけだ。真実は、裏で余がその執政を操る。すなわち、陰の将軍親政よ」

「やはり」

治済の説明に家斉が納得した。

「しかし、誰も父上にはつかなかった」

「あらためて、息子の口から聞かされるときついな。その通り」

苦笑しながら、治済が認めた。

「豊千代、傀儡の座の味はどうだ」

「慣れれば、どうというものでは」

尋《たず》ねられた家斉が言った。

「思うようにしたいとは思わぬのか」

「喰《く》う、寝る、抱く。どれも困っておりませぬゆえ」

「天下の計を己で立ててみたいとは思わぬか」

「……天下のことなど知りませぬ」

家斉が冷たい声で否定した。

「江戸城から出ることさえないのでござる。天下がどれだけ広いかさえも、庶民どもがどんな顔をし、どのような暮らしを送っているかさえ見たことがない。これでどうやって、天下のことが差配できましょう。知らなければ、ないと同じ」

「…………」

「それに机上の空論で政を動かされては、庶民どもも迷惑でございましょう」

「要りようなことがあるならば、臣どもへ命じれば集められよう」

「それが真実だとどうやって確かめられまする」

治済の言葉に、家斉が嘲笑《ちょうしょう》を浮かべた。

「江戸城から出られぬのでございますぞ。米のできも確認できませぬ。豊作か凶作か、それすらわかりませぬ。いや、天下は飢饉《ききん》で餓死者があふれていても、執政から天下万民満足しておりますると言われれば、それを信じるしかない」

「八代吉宗さまのように鷹狩《たかが》りをして、世情を見ればいい」

「いきなり鷹狩りには出られませぬ。鷹場の準備や、往復路の整備警固《けいご》など、どうしても数日のときはかかりましょう。その間にどのような手配がなされるか。躬の通るところだけをきれいにするくらい簡単なこと。一人で、城を自在にできぬかぎり、躬の見られるのは、真実ではなく、執政どものつごうのよい風景」

淡々と家斉が述べた。

「…………」

治済は黙った。

「ならば最初から考えなければよろしかろう。執政どもに任せればいい。あやつらも馬鹿ではない。また、一枚岩でもない。天下が乱れて困るのは、執政でござる。失策のつけは、将軍ではなく、執政にいくもの。のう、越中」

家斉が松平定信を見た。

「……はい」

寛政の改革の失敗の責をとって老中筆頭を辞めさせられた松平定信が苦い顔でうなずいた。

「田沼主殿頭の政は、印旛沼《いんばぬま》の干拓の失敗もあって、盛大な非難を浴びたが、その主殿頭を抜擢《ばってき》された家治さまには、なんの責も発生しなかったではないか」

「そうせい公という名前をもらったていどであるな」

政いっさいを田沼主殿頭へ委託した家治は、暗愚との陰口をたたかれはしたが、将軍位を追われはしなかった。

「飾りでよいのか」

「悪いのか」

逆に家斉が訊いた。

「躬は天下を知らぬ。庶民の生活など思ったこともない。将軍はそれでいい。己の目の届くところだけ見ていればよい。躬の仕事は、執政どもの様子を見張るだけ。ふさわしくないと思う者を代える。それだけできれば、あとは飾りでいようが、天下は安《あん》寧《ねい》だ」

家斉が将軍のありようについて口にした。

「……畏《おそ》れ入りましてございまする。絹」

一礼した治済が立ちあがり、絹を促して下座へと移った。

「上様、どうぞ。あちらへ」

治済が上座を譲った。

「民部……」

松平定信が感極まった顔をした。

「うむ」

小さく首を動かして、家斉が上座へと向かった。堂々と家斉は足を進めた。

「………」

家斉が隣を過ぎようとした瞬間、絹が息を止めた。

「ならぬ」

飛びかかろうとした絹を、治済が制止した。

「余に恥をかかせてくれるな。余は負けを認めたのだ。いさぎよく舞台から降りたい」

治済が首を振った。

「それに……将軍という夢をなくしただけで十分だ。これ以上余からなにかを奪わんでくれよ。余は、そなたを失いたくない」

いかにお庭番がいようとも、まちがいなく絹ならば家斉を仕留められる。しかし、その代償は絹の命となる。治済が絹を強く抱きしめた。

「……お館さま」

絹が泣いた。

「上様」

ようやく村垣源内と倉地文平が駆けつけた。

「……二人か」

「申しわけございませぬ」

やられたお庭番の数を確認する家斉へ、村垣源内が平伏した。

「よい」

家斉は許した。

「あやつは……」

顔をあげた村垣源内が、周囲へ目を配った。

「民部」

短く家斉が命じた。

「はっ。鬼よ」

小さな声で治済が呼んだ。

「これに」

天井板がはずれ、冥府防人が姿を現した。

「無事であったか」

「兄上」

「御前《ごぜん》さま……」

君臣が見つめ合った。

「果たせませず、申しわけございませぬ」

冥府防人が平伏した。

「ご苦労であった。これでよかったのだ。余は残念ではあるが、無念ではないぞ」

治済がねぎらった。

「……ぬけぬけと」

憤怒《ふんぬ》の表情で村垣源内が刀に手をかけた。

「止めよ」

鋭い声を家斉が出した。

「恐れながら、この者はお庭番を数知れず害しましてございまする。ここで誅殺《ちゅうさつ》いたさねば、後々の災いとなりまする」

村垣源内が一歩前へと身を進めた。

「将軍の威圧で誅殺して、どうするというのだ。そのようなまねをして、なんになる。そなたたちの溜飲《りゅういん》が下がるだけであろう。見たところ、あの者も人ではないか。人ならば、その届いた高みへ、お庭番がつけぬ道理はないはず。及ばなかった己たちの鍛錬不足を棚に上げて、復讐《ふくしゅう》だけをしたいと言うか」

「それは……」

厳しく指弾されて村垣源内が詰まった。

「やりたければ、この場でやるがよい」

「上様」

叱責《しっせき》の後の許しに、村垣源内が戸惑った。

「ただし、鍛錬を怠《おこた》り、ただ自己満足のための処刑を望むような者ども、躬には不要である。お庭番すべてを放逐《ほうちく》する」

「…………」

「そんな……」

その場にいたお庭番すべてが絶句した。

「ならば、この者と一対一で戦い、勝利を得るだけの腕をつけよ。それまでは、いっさいの手出しを許さぬ」

家斉が厳命をくだした。

「ありがたきご裁可でございまする」

治済が礼を述べた。

「……承知いたしましてございまする」

苦々しげに治済を睨みながら、村垣源内が引いた。

「さて、さすがにこのままでは終われまい」

お庭番から治済へと家斉が目を移した。

「越中」

「はっ」

名前を呼ばれた松平定信が、用意していたものを治済の前へ置いた。

「十徳《じっとく》を取らせる」

家斉が告げた。

十徳とは茶人が好んできる上着である。これを下賜《かし》されるというのは、今後は茶の湯を楽しむがいいという意味で、隠居を暗に命じるものであった。

「上様。ありがたく頂戴《ちょうだい》いたしまするが、一つだけお願いをいたしとう存じまする」

一礼して治済が言った。

「申してみよ」

「お許しに甘えまする。この者の肚《はら》に子がおりまする」

治済が絹を指した。

「来春には生まれまする。それまでご猶予《ゆうよ》を」

父親が当主か隠居かの差は大きい。隠居してからの子供は、恥かき子として日陰者とされることが多く、当主の子供とは大きな差をつけられた。

「……愛《いと》おしいか」

「はい。吾が余生の楽しみと思えるほどに」

問う家斉に、治済が答えた。

「謀叛人《むほんにん》と謀叛人の妹の間に生まれる子か。どのような者に育つか。躬も見たいわ。よかろう。願いを認める」

「ご寛容《かんよう》に御礼申しあげまする」

平伏する治済に、冥府防人と絹が倣《なら》った。

「今度は、躬のように生け贄《いにえ》とするな」

最後に家斉が哀しそうな目をした。

二

結末を家斉から報された本田駿河守《するがのかみ》が、下屋敷で眉《まゆ》をひそめた。

「上様に親殺しをおさせ申しあげなかったのはよかったが……一橋さまの手足を残したのはまずいな」

「お手だしを禁じられたのでございましょう。ならばよろしいのでは」

呼び出された併右衛門が言った。

「勝てると思ったなら、手出ししていいという条件が付いている」

本田駿河守が苦虫を嚙《か》みつぶしたような顔をした。

「何年と時期を区切っていない。しかも、誰かに実力を認めてもらわずともよい。己がいけると思えば、いつ襲ってもよいのだ」

「一朝で追いつけるはずなどございますまいに」

「だが、このままではお庭番どもの憤懣《ふんまん》はおさまらぬ。かならずや暴発する者が出る」

「死ぬだけでございましょう」

冷たく併右衛門が切って捨てた。お庭番に冥府防人をおびき出すための囮《おとり》とされたことへの恨《うら》みが併右衛門にはあった。

「それがまずい。これ以上お庭番が減るのもよくないが……復讐に力を貸してくださらぬと上様へ恨みを向けかねぬ。お庭番は将軍の盾《たて》。上様をお守りするに、少しでも不満があれば、失敗に繋《つな》がる。お庭番といえども人だ。感情の乱れはある」

「それはよろしくございませぬ」

併右衛門も理解した。

「問題はそれだけではない。上様が勝てるようになれば戦っていいと許された。今はまだ外へ漏《も》れておらぬが、いずれ噂《うわさ》になる」

隠そうとすればするほど、人は興味を引かれる。秘事ほど噂になりやすいものはなかった。

「そうなれば、伊賀《いが》も甲賀《こうが》も黙っておらぬぞ。伊賀はお庭番を見返し、隠密《おんみつ》御用の座に返り咲く足がかりに、甲賀は組を割った者への制裁に……」

「江戸城内で忍が殺し合う……」

二人の顔色が変わった。

「おぬしの娘婿《むすめむこ》の準備はどうだ」

「………」

問われた併右衛門は黙った。

「余裕がなくなった。ただちに向かわせよ」

「しかし、未《いま》だ……」

本田駿河守の命《めい》に併右衛門が渋った。

「利を相手に与えることになるぞ。もう、あちらを足留めしていた理由はなくなった。向こうから果たし合いの申しこみが来れば、ときの利、地の利ともに失うぞ」

「うっ」

指摘に併右衛門が詰まった。

戦いにはときの利、地の利というものがあった。いつ戦うかを決めることができるときの利、どこで戦うかを決める地の利。果たし合いでは、その両方とも申しこんだ者が決められた。

「おぬしの手出しが意味なくなる前に……」

「やむをえませぬ」

併右衛門は承諾した。冥府防人と衛悟では、確実な差があった。それを埋めるために併右衛門は初めて、奥右筆の筆を私的に使用している。そのすべてが無になりかねなかった。

「鉄炮組《てっぽうぐみ》への指示もございまする。三日後に」

「わかった。手配は儂《わし》がしておく」

苦渋に満ちた顔で告げた併右衛門へ、本田駿河守が応じた。

衛悟はここ数日、併右衛門の命で鉄炮組の鍛錬《たんれん》を見学させられていた。

「どういう意味があるのだ」

朝のうち道場で大久保典膳に鍛《きた》えられ、昼からは鉄炮組の鍛錬を見る。衛悟には理解できなかった。

「放てええ」

組頭の叫び声に続いて、数十丁の鉄炮が一斉に火を噴いた。

「すさまじい音だが……慣れたな」

初日、生まれて初めて聞く多数の鉄炮の発射音に驚愕《きょうがく》した衛悟だったが、何回も聞いているうちに平然とできるようになった。

「うるさいのはうるさいが……」

衛悟は耳の穴へ指を入れて、鈍くなった聴覚へ刺激を与えた。

「しかし、見えぬ。まだ矢ならば、放たれてから的に当たるまでを見られるが、鉄炮の玉の動きはまったくわからぬ。立花どのは鉄炮の玉を見切られれば、あやつの剣も見切れるといわれるが」

併右衛門の指示に従って衛悟は、鉄炮の玉を見ようとしていた。

「あれでは、防ぎようがないぞ」

目にも留まらぬ疾《はや》さで飛んでくるのだ。防ぐどころか、かわすこともできなかった。

「剣術はもう時代後れなのかもしれぬ」

一斉射を受けた的が、ぼろぼろになっていく。その様子は、衛悟に恐怖を与えていた。

「よし、やめい。鉄炮の手入れを怠《おこた》るな」

鉄炮の鍛錬は危険なため、日が陰ると終わりになる。組頭の合図で、鉄炮組が撤収を始めた。

「…………」

無言で一礼して、衛悟は鍛錬場を後にした。

いつものように外桜田門を出たところで、衛悟は併右衛門と合流した。

「どうかなさいましたか」

併右衛門の顔色が悪いのに、衛悟は気づいた。

「衛悟、三日後だ」

「……はい」

すぐに衛悟はさとった。

「どれだけならもつ」

「……十合ならばなんとか」

問われた衛悟は答えた。

「そうか。生きて帰れ」

「………」

返答できなかった。剣術遣いの果たし合いは、どちらかが死ぬまで終わらない。最後に生きて立っているのが衛悟とはかぎらないのだ。

「祝言《しゅうげん》前に娘を後家にしてくれるな」

厳しい声で併右衛門が言った。

「娘を傷物にした責任を取れ」

「……ご存じで」

衛悟が焦《あせ》った。あの夜以来、毎晩瑞紀が離れに忍んできていた。

「当たり前じゃ」

併右衛門が怖い顔をした。

「もう一度いう。死ぬな」

「……はい」

今度は衛悟も応えた。

離れで衛悟は果たし状を認《したた》めていた。

「衛悟さま」

いつものように、瑞紀が離れを訪れた。

「なにをお書きに……」

覗《のぞ》きこんだ瑞紀が声を失った。

「三日後と決まりましてございまする」

衛悟は筆を置き、瑞紀へと身体《からだ》を向き直した。

「今宵《こよい》から、こちらへはお見えくださいますな」

「…………」

「戦いの前に精を放つのはよろしくございませぬ」

精進潔斎とまではいわないが、果たし合いの前に女を抱くのは、忌避《きひ》すべきであった。

「……衛悟さま」

瑞紀が泣きそうな顔をした。

「かならず勝ちまする」

宥《なだ》めるように衛悟は、瑞紀の肩へ手を置いた。

「きっと、きっと」

すがるように瑞紀が衛悟の胸へ身体を預けた。

「瑞紀どの」

衛悟は愛しい女の身体を強く抱きしめ、その唇《くちびる》をむさぼった。

翌日、果たし状は神田館へ届けられた。

「当家に望月小弥太などという者はおらぬぞ」

門番がいぶかしげな顔をした。

「では、一橋卿のご側室絹さまへ」

衛悟は渡す相手を変えた。

「しばしお待ちを」

確認に門番が引っこんだ。

しばらく待たされた衛悟の前に、絹が現れた。

「ご無沙汰《ぶさた》をいたしておりまする」

品川の寮で出会って以来であった。

「……あ、ああ」

衛悟はあの夜の鋭い美貌をやわらかいものへと変化させた絹の美しさに言葉を失った。

「あいにく兄は他行しておりまする。お手紙はわたくしから兄へ確実に渡しまする」

「お頼み申しまする」

絹の出した手へ、衛悟は果たし状を載《の》せた。

「たしかに」

受け取った絹が、ちらと手紙の裏を見た。果たし状は通常の手紙とは封じが逆になる。

「……ああ」

うれしそうに絹が震えた。

「ありがとうございまする」

「えっ」

思いがけぬ感謝の言葉に、衛悟は戸惑った。

「兄と命をやりとりしてくださる。これで兄にも目標ができましょう」

絹が述べた。

「かつてわたくしはあなたさまをお誘い申しあげました。あのとき、あなたに断られたことを幸福に思いまする。あなたこそ、兄の敵。今の兄に命の炎を燃えあがらせてくださるお方。あなたが仲間であったならば、かなわなかった」

「どうかしたのか。兄者どのが」

「お館さまの命《めい》、兄の夢、それを果たせなかった無力感にさいなまれておりまする。あのように覇気のない兄を見たことがございませぬ」

寂しそうに絹が嘆息した。

「なにかしらお礼をと思いまするが……あのときわたくしをお好きにと申しあげましたが、今は差しあげられませぬ」

絹が首を振った。

「お気遣いなく」

衛悟は不要だと言った。

「剣士と剣士の戦いで得られる報酬《ほうしゅう》は、一つだけと決まってござる」

「一つだけ……」

「明日の命」

首をかしげる絹へ告げて、衛悟は踵《きびす》を返した。

決戦の日は晴天であった。

衛悟は戦草鞋《いくさわらじ》を履《は》き、革の袴《はかま》に刃止めのための紙子《かみこ》襦袢《じゅばん》を身につけて果たし合いの場へと向かった。

「少し早かったか」

足を止めた衛悟は、冥府防人の姿を探した。

「静かだ」

あたりに人の気配はなかった。

「これも義父どのの手配」

衛悟はようやく併右衛門を義父と呼ぶことができた。婚儀はまだだが、昨日正式に、柊衛悟は立花家へ籍を移した。もちろん、書付を出したのは併右衛門なのだ。どこからも苦情は出ず、認可は即座におりた。

「待たせたか」

小半刻《こはんとき》（約三十分）ほどで、冥府防人が姿を見せた。

「気にするな。吾が早すぎただけだ」

衛悟は首を振った。

「心憎いところを選んでくれるの。おぬしの考えではなかろう。立花だな」

冥府防人が頬をゆがめた。

「義父がどうかしたのか」

「ここで吾は家基に毒を盛った。それを奥右筆は知っている」

問われた冥府防人が答えた。

「…………」

衛悟は言葉を失った。

「聞いてなかったのか」

冥府防人が驚いた。

果たし合いの場所は、品川の東海寺《とうかいじ》であった。三代将軍家光が、天下の名僧沢庵宗彭《たくあんそうほう》を迎えるために建てたものだ。十代将軍家治の嫡男《ちゃくなん》家基は、鷹狩りの最中、この東海寺へ立ち寄って休憩をとった。その後急激に体調を崩し、三日後に死んだ。

「気にするな。もう、吾にとってどうでもいいことよ」

気まずそうな衛悟へ、冥府防人が手を振った。

「奥右筆は来なかったのか」

「御用繁多《はんた》だ」

探す冥府防人へ衛悟は告げた。

「そうか。では、始めようぞ」

冥府防人が果たし合いを促した。

「……うむ」

衛悟は同意した。二人は五間（約九メートル）離れて対峙《たいじ》した。

「長いな」

太刀を青眼《せいがん》に構えた衛悟は、冥府防人の帯びている刀に目を剝《む》いた。

「一度見たはずだが」

柄に手もかけず、冥府防人が述べた。

「覚えているとも」

衛悟はうなずいた。

「立花衛悟、涼天覚清流《りょうてんかくしんりゅう》」

「鬼一法眼流《きいちほうげんりゅう》、望月小弥太」

冥府防人が本名を口にした。

「鬼一法眼流。現存するとは思わなかった」

ゆっくりと間合いを詰めながら、衛悟は語りかけた。

鬼一法眼とは京都鞍馬《くらま》の修験者《しゅげんじゃ》であった。尋常《じんじょう》ならざる修行の結果、武術の極意を得たとされ、京に残る剣術七流の祖とされている。

「遣える者はもうおるまいよ」

望月小弥太が答えた。

「宮本武蔵の二天一流と同様、遣うには並の体力ではたりぬ」

天下の剣聖とたたえられる宮本武蔵だが、その遣った二刀流は大きく形を変えていた。左手に太刀、右手に脇差《わきざし》を持ち、両の刀を攻防に使用したとされているが、片手で相手の渾身《こんしん》の打ちこみを受け止め、さらに残った片手だけで、敵を両断するという技は、再現できなかった。普通の人の力では届かないのだ。

「そうか」

衛悟は緊張した。

未見の流派というのは怖い。技の出方も、変化もわからない。思いがけぬ太刀の動きに戸惑えば、その次に来るのは死であった。

「…………」

鐺《こじり》が地につくほど長い望月小弥太の太刀を衛悟は目測した。普通の太刀のざっと倍はある。当然、その間合いもしっかりと長い。つまり、望月小弥太の一撃は衛悟に届いても、衛悟の太刀は望月小弥太に届かない。

「三間(約五・四メートル)、いや二間半(約四・五メートル)……」

間合いをはかった衛悟は慎重に近づいた。

すっと望月小弥太が腰を落とした。

「……居合《いあ》い」

それは衛悟の知っている構えとは、違いすぎていた。普通の居合いよりも腰を深く折ったうえ、上体を前へ強く傾ける。まるで地面を睨みつけるような構えであった。

しかし、衛悟は止まるわけにはいかなかった。衛悟の太刀と望月小弥太の長刀では刃渡りに大きな差がある。その差をうめるほど近づかなければ、衛悟の太刀は届かない。わかっていながら衛悟は、望月小弥太の長刀の及ぶ範囲に踏みこまなければならなかった。

「…………」

衛悟は間合いを踏み切った。

「おう」

鋭い気合いとともに望月小弥太の一撃が襲い来た。

「くっ」

全力で衛悟は後ろへ跳んだ。

音を立てて、衛悟の五寸前を長刀が薙《な》いだ。

「どうやって」

衛悟は息を呑《の》んだ。長い刀は抜きにくい。人の手の長さをこえると、鞘《さや》から抜くことさえできない、はずであった。それを望月小弥太は片手で難なく抜いて見せた。

「……なぜ」

もう一つの疑問を衛悟は投げた。

「見せてやったのだ。初撃で終わってはおもしろくないであろう」

小さく望月小弥太が笑った。

望月小弥太はわざと手を抜いていた。すさまじい一撃のなかに必殺の気迫が籠《こ》もっていないのを感じて問うた衛悟へ、望月小弥太が告げた。

「………」

あからさまな挑発であった。おまえの腕ではなにもわからぬうちに試合は終わる。そう言われたのだ。だが、衛悟は怒らなかった。いや、怒れなかった。事実であったからだ。

「感謝する」

「ふん」

礼を言う衛悟に、望月小弥太がおもしろくなさそうに鼻を鳴らした。

「参る」

衛悟はふたたび動いた。待っていても勝負は決しない。勝つためには近づかなければならない衛悟と違い、長刀を軽々扱う望月小弥太が有利であった。衛悟は死中に活を求めるしかなかった。

衛悟が間合いに踏みこむたびに、望月小弥太の長刀がうなる。何度か繰り返している間に、衛悟の身体に傷が増えていった。

「つっつう」

なんとか身をひねって避けたが、右二の腕を衛悟は裂かれた。

「逃げるのはうまくなったな」

望月小弥太が感心した。

「いや、太刀で受けないようになった。大きな進歩だ」

「…………」

衛悟には返すだけの余裕がなかった。

「この厚重ねの長刀に当てれば、普通の太刀など一撃で折れる」

「やああ」

一瞬、望月小弥太の目が長刀へ流れた。衛悟はその隙《すき》を狙った。

大きく踏みこんだ衛悟へ、望月小弥太が長刀を振った。

「馬鹿め」

「ふん」

衛悟は足を踏ん張り、わざと左腰で一撃を受けた。

「またか」

冥府防人の長刀が止まった。衛悟の脇差を鞘ごと叩《たた》き折ったが、そこで勢いを止められたのだ。

「えいい」

衛悟は腰の痛みを無視して太刀を落とした。

「くっ」

十分な間合いであった。望月小弥太の左首根を涼天覚清流の極意が襲った。

「おうやあ」

気合いを発して、望月小弥太の身体が回った。衛悟の太刀は食いこむはずだった左首根ではなく、肩を削《そ》ぐだけで逃れた。

「なんだと」

衛悟は目を見張った。望月小弥太は、長刀と当たっている脇差の刀身を支点として、身体をひねったのである。

「……ふふふ。芸のない。二度目ともなれば対応もわかる」

すっと後ろへ下がった望月小弥太が肩の傷に触れて笑った。

「だが、斬られたな。血か。生きているな吾も。おもしろいぞ。柊、いや立花。やはりそなたは進化した」

望月小弥太が満足そうに言った。

「肉を切らせて骨を断つ。惜しかったな。だが、もう終わりだ。次はない」

表情を引き締めて、望月小弥太が長刀を鞘へ戻した。

「この一撃で決める。吾に傷をつけたことを、黄泉《よみ》の鬼たちに自慢するがいい」

空気が変わった。望月小弥太から黒い霧のような殺気があふれた。

「あふっ」

衛悟は息苦しさを感じた。望月小弥太の殺気に飲まれていた。

「死ね」

身体を傾ける独特の構えから、望月小弥太が一刀を放った。

「…………」

すくんでしまった衛悟は、避けられなかった。望月小弥太の一撃は衛悟の首へ一直線に伸びた。

「ああっ」

恐怖で腰が折れた。衛悟はすとんと落ちた。

「こやつっ」

長刀は取り回しが難しい。必殺の気合いの入った一撃を空振りしたとなれば、いかに望月小弥太でも追撃はできなかった。衛悟の頭上を長刀が過ぎた。

「ひくっっ」

絶体絶命が衛悟を追いつめ、獣《けもの》を起こした。

「わああ」

飛び起きた衛悟が、望月小弥太へ突っこんだ。法も理もなく、ただ本能の命じるままに、命の危難を取り除こうとした。

鷹狩りの途中で寄るくらいのところである。東海寺の北と東はうっそうとした小山であった。その小山の麓《ふもと》に幕府鉄炮組と立花併右衛門はいた。

「始まったころだな」

併右衛門はときをはかっていた。

「よいのか。奥右筆組頭《くみがしら》どの」

配下たちに発炮の用意をさせた鉄炮小頭《こがしら》が、併右衛門へ近づいてきた。

「はい。要は狼《おおかみ》が出なくなればよいのでございまする。見つけて撃ち殺せば何よりでございまするが、こうやって撃つ音だけでも効果はございましょう」

「鉄炮の音を聞けば逃げ出すだろうが」

納得しない顔を鉄炮小頭がした。

「そのために、記録をとるわたくしが同道いたしたのでございまする。鍛錬だと思われてはいかがで」

「……そうするしかないか。もう撃っていいか」

「もう少しだけ。お待ちください。墨を擦《す》り終わるまで」

懐硯《ふところすずり》に墨を擦りながら併右衛門が頼んだ。

「風の向きは……」

「ここらは品川の海から風が来ますゆえ、南西から北東へ吹いておりまする」

鉄炮小頭が教えた。

「火縄の匂《にお》いは東海寺へ流れませぬな」

「風向きの反対でござる。なにか」

「いや、名刹《めいさつ》に火縄の匂いが届いてはと」

併右衛門が言いわけした。

「なるほど。さすがは奥右筆組頭どの、お気遣いが細かい。では、合図をくだされ。あと、驚かれるなよ。鉄炮の音はすさまじい。それも二十丁からの一斉射撃となれば、慣れた者でも腰を抜かしますでな」

感心した鉄炮小頭が配下のほうへと歩を進めた。

「気を付けましょう」

併右衛門は鉄炮小頭へ首肯《しゆこう》した。

「そろそろ十合か。だがもう少し耐えよ」

鉄炮を撃つ機を併右衛門は衛悟と打ちあわせていなかった。いや、撃つということも教えていなかった。知っていれば、隠しごとの苦手な衛悟の顔に出る。それを見逃す相手ではないと併右衛門はよく知っていた。と同時に、冥府防人が一撃で勝負を終わらせないとも読んでいた。

「夢をなくした男は、見つけた楽しみに耽溺《たんでき》するはず」

併右衛門は早く撃たせたいという気持ちを抑えていた。

「瑞紀、もしものときは、父を恨め」

ようやく墨を擦り終わって併右衛門は、鉄炮小頭へ手を上げた。

「よし。構え。息をあわせろよ。品川の宿場全体に、幕府鉄炮隊の威力を教えるぞ。……三、二、一、放て」

鉄炮小頭が軍配を翻《ひるがえ》した。

轟音《ごうおん》が響いた。


「ようやく獣となったか」

望月小弥太が、流れた長刀を無理矢理引き戻し、脇に構えた。

「ものごとを判断する力を失ったはずだ。せめてもの手向け、一撃で死なせてやる」

脇構えから長刀を袈裟懸《けさが》けに、望月小弥太が出ようとした。

轟音が響いた。

「な、なにっ」

忍にとって鉄炮は、大敵である。とくに幕府から狙われた冥府防人こと望月小弥太は、いつ撃たれてもおかしくない。思わず、望月小弥太が動揺した。一瞬だけ袈裟懸けの出が遅れた。

「わあああ」

体当たりするように衛悟はぶつかっていった。

懐深くに入られれば、長刀は使えない。焦《あせ》った望月小弥太の胸に、衛悟の突きだした太刀が食いこんだ。

「しまった」

「ぐ、ぐううう」

望月小弥太が苦鳴を漏らした。

「なぜ鉄炮が……奥右筆か。この場におらぬことを警戒すべきであった」

あたりを見回して、鉄炮の姿がないと気づいた望月小弥太が首を振った。

「……くう」

長刀を動かそうとした望月小弥太から力が抜けた。

「死人《しびと》はなにもできぬ、……ごふっ」

長刀を落とした望月小弥太が吐血した。

「えっ、あっ」

温かい血を顔に浴びて、衛悟が吾に返った。

「おぬしの勝ちだ」

望月小弥太が崩れた。

「ここで二度も死ぬことになるとはな」

苦しい息のなかで望月小弥太が述懐した。

「十一代将軍となるべき家基公、主君を毒殺したとき、幕臣甲賀与力望月小弥太は一度死んだ。そして鬼となった冥府防人は今日、討たれた」

「……………」

呆然《ぼうぜん》と衛悟は聞くしかなかった。

「気をつけろ。これでおぬしも権の走狗《そうく》となった。いつ使い捨てされるかわからぬ道具にな。いや、奥右筆組頭がついている間は大丈夫か。せいぜい生きろ」

致命傷を受けながらも、これだけの話を望月小弥太はしてのけた。

「絹……そなたの子、我らの希望……」

望月小弥太が息絶えた。

「生きている……」

衛悟は勝利の余韻《よいん》ではなく、生きている不思議さに戸惑っていた。

三

「休むわけにはいかぬ」

奥右筆組頭は激務である。併右衛門は娘の婚儀をやはり一日だけとした。

「実家での披露など不要でござる」

衛悟の兄賢悟も同意した。

普通の婚儀と違い、婿入《むこい》りの場合は婿の実家でも一日お披露目をする慣例であったが、なにせ隣なのだ。庭の垣根の破れを通れば、簡単に行き来もできてしまう。

「報せるべき親類もないしの」

併右衛門は、伊賀者の罠《わな》にはまって目付《めつけ》に拘束されたとき、なんの援助もしてくれなかった親戚を切り捨てていた。

「一日あれば十分である」

こうして衛悟と瑞紀の婚儀は、一日だけと決まった。

「それでよいのか」

尋《たず》ねる衛悟に瑞紀がうなずいた。

「よろしゅうございまする」

「婚儀などどうでもよろしゅうございます。これから死ぬまでご一緒させていただきまする。婚儀以上の思い出などいくつでも作れましょう」

瑞紀が微笑《ほほえ》んだ。

「仲人《なこうど》は儂が手配する」

当初永井玄蕃頭《ながいげんばのかみ》に頼もうと考えていたが、なにせ本人は大坂城代添番《おおさかじょうだいそえばん》として遠国赴任《おんごくふにん》している。願えば江戸家老などを代理として寄こしてくれるだろうが、それ以上の伝手《つて》を併右衛門は用意した。

「留守居本田駿河守である」

婚儀当日、十万石の格式として駕籠に乗り、槍《やり》を立てて本田駿河守が、立花屋敷まで来た。

「留守居さま」

賢悟を始め、招かれていた柊家親族一党が腰を抜かした。

「併右衛門とは役目上つきあいがあってな。頼まれては断れぬ」

笑いながら本田駿河守は、仲人役を果たした。

簡略にするとはいえ、身につけるものなどは格式に合わせなければならない。衛悟は無冠無役であるが旗本の家柄である。勝ち色という縁起を担《かつ》いだ濃い藍色《あいいろ》の狩衣《かりぎぬ》を身につけていた。そして瑞紀は白い練《ね》り絹《ぎぬ》の小袖《こそで》を二枚重ねた上に羽二重《はぶたえ》の白小袖を羽織《はお》り、頭にはやはり純白の綿帽子を被《かぶ》っていた。

「式三献《しきさんこん》を」

介添え役へ本田駿河守が命じた。

「…………」

本田駿河守が連れてきた女中が、婿と嫁の前に用意された三つの膳に酒を注いだ。

この三献の膳は、新たに夫婦となるものだけに饗《きょう》されるもので、めでたい食材と盃《さかずき》が載せられていた。

一の膳にははじかみ、鯛《たい》の刺身、二の膳には、海月《くらげ》、梅干しと三盃、三の膳には、焼き鯛が決まりであった。婿と嫁は、一膳につき三度盃を干す。祝い膳であるため、箸《はし》は付けないのが慣例であった。

「……ううっ」

三の膳の盃を終えたところで、瑞紀が涙をこぼした。

「瑞紀どの」

衛悟が慌《あわ》てた。

「背中を抱いてやれ、朴念仁《ぼくねんじん》が」

本田駿河守があきれた。

この場にいるのは、仲人役の本田駿河守とその女中、そして衛悟と瑞紀だけである。

「生きてこの日を迎えられると思っていなかったのだろう」

「わたくしは生きて帰りましたが……」

衛悟が反論した。冥府防人との戦いを終えた日、衛悟は瑞紀を朝まで離さなかった。生きているという証《あかし》を、瑞紀の温もりで確認したかったからであった。

「女はな、現実を見据《みす》えている。男と違って夢を追わぬ。だがな、儀式にかんしては別だ。婚姻《こんいん》の盃ごとなど、なくとも夫婦は成りたつ。男はそう思い面倒だと考えるが、女はこれをすませて初めて現実ととらえる。盃ごとをすませて、ようやくほっとしたのだろう、なにせ、夫はいつ死んでもおかしくないまねを続けてきたのだぞ。それがこれで終わる。うれし涙を流して当然だ」

「………」

返す言葉を衛悟はもたなかった。衛悟は黙って瑞紀の肩へ手を伸ばした。

「この涙、安くはないぞ。生涯、頭は上がらぬと思え」

「はい」

泣いている瑞紀を、衛悟は、今までもっとも愛おしいと感じていた。

これで夫婦の固めがなった。

「本日はご足労かたじけなく」

泣いた瑞紀の化粧直しという予定外のことで、多少遅れたが親戚縁者を招いての披露の宴を開くべく、併右衛門が挨拶《あいさつ》した。併右衛門が休んだうえに、奥右筆部屋の同役や下僚《かりよう》まで仕事から離れるわけにはいかず、残念ながら、加藤仁左衛門以下の出席はかなわず、奥右筆組頭《くみがしら》の祝いごとにしてはこぢんまりとしたものとなっていた。

「なかなかよい嫁ではないか。衛悟にふさわしい。いや、もったいないの。吾が息子の嫁にもらうべきであった。とにかく、めでたい」

まず本田駿河守が、祝意を述べた。

「ご勘弁を」

併右衛門が苦笑した。

「さて、喉《のど》が渇いた。そろそろ飲ませてくれい」

本田駿河守の一言で、宴席が始まった。

立花併右衛門は、婚礼の三日後、城中で本田駿河守の呼びだしを受けた。

留守居執務部屋で併右衛門は本田駿河守と対峙《たいじ》した。

「先日はありがとうございまする」

併右衛門は礼を述べた。

「あれから娘婿はどうだ」

「少し腑抜《ふぬ》けておりまする」

「当然だな。命をかけて戦うなど、そうそうあることではないからな。大事ないのか」

一応の気遣いを本田駿河守が口にした。

「娘がついておりますれば」

「であったの。女というのは強い」

本田駿河守が笑った。

「いろいろあったが、無事に終わった。上様は死なず、親殺しという傷も負われなかった。これは、そなたたちのおかげである」

「畏れ入りまする」

褒め言葉に併右衛門が身を固くした。

「そう警戒するな。今日呼び出したのは、よい話だ」

「よいお話でございまするか」

併右衛門が問うた。

「おうよ。そなたを御台所《みだいどころ》さま付きの御広敷用人《おひろしきようにん》に推挙してやろうと思ってな」

「御台所さま付き御広敷用人でございまするか」

御広敷用人は、五百石高、役料三百俵、奥右筆組頭よりも格は高い。奥右筆組頭を経験した者の多くが転じていく。御台所を始め、大奥住まいの若君、姫君に一人ずつ付けられ、あらゆることがらを差配した。大奥出入りの商人たちを管轄《かんかつ》する立場でもあり、御用商人たちからの付け届けも多かった。とくに御台所付きは、御広敷用人のなかでももっとも格が高く、勤めあげれば将軍の身の廻《まわ》りを担う小納戸《こなんど》へ転じていくこともできた。

「受けるであろうな」

出世の糸口である。本田駿河守が確認した。

「ありがたきお話なれど、お断りを申しあげまする」

一顧にもせず、併右衛門は栄転を拒否した。

「……理由を申せ」

冷たい声に変わった本田駿河守が命じた。

「まだ騒動は終わっておりませぬ」

はっきりと併右衛門は告げた。

「一橋さまは、来春早々に隠居と決まった。手足であった甲賀者も死んだ。これ以上なにがあるというのだ」

「お庭番の不満は消えておりませぬ。いえ、永遠に消えませぬ。なにせ、お庭番を翻《ほん》弄《ろう》した一橋卿の手足、冥府防人を討つ機会を永遠に失ったのでございまする。自らではなく、他人の手で復讐を果たされてしまった。この恨みはどこへ向きましょう」

「おぬしの婿か」

「いいえ」

大きく併右衛門は首を振った。

「どこへ向かうというのだ」

「……おそれながら、上様へ」

「馬鹿な……」

本田駿河守が絶句した。

「今回、上様はお庭番の願いを拒まれました。そして、お庭番には恥だけが残りました」

「…………」

無言で本田駿河守が先を促した。

「お庭番が忠誠を尽くすのは将軍家、家斉さまでなくともよいのでございまする。そして、今の上様には、すでにお世継ぎである敏次郎さまがおられまする」

「上様を代えると言うか」

音を立てて、本田駿河守が唾《つば》を飲んだ。

「違うやも知れませぬ。しかし、否定はできませぬ」

併右衛門は続けた。

「もし、お庭番が蠢《うごめ》こうとしたとき、それを最初に見つけられるのは、奥右筆。遠国御用の者を呼び戻すにも、家督相続をするにも、書付がなければなりませぬ」

「お庭番を書付から見張るというか」

本田駿河守が唸《うな》った。

「わかった。御広敷用人の話はなかったこととする」

「ありがとう存じまする。では、これにて」

一礼して併右衛門は立ちあがった。

「立花、上様の話は付け足しであろう。おぬしが奥右筆組頭であるかぎり、お庭番は婿に手出しができぬ。お庭番としては、望月小弥太を倒した婿も憎いはずだ。だが、上様のお庭番勝手次第のご諚《じょう》も撤回された今、奥右筆組頭に刃向《はむ》かえば、お庭番といえども潰《つぶ》される」

「駿河守さま。わたくしの望みは、婿に家を譲り、縁側で孫の守りをすることでございまする。では」

もう一度頭を下げて、併右衛門は本田駿河守と別れた。

「儂の読めなかったところまで見ている。やはり欲しいな」

一人になった本田駿河守が独りごちた。

「将を射《い》んと欲すれば、まず馬を射よという。ふむ。娘婿を引きこむか。儂の手の者とするには、留守居支配でないとな。家格からいって御広敷番頭《ばんがしら》あたりが親子勤めにはちょうどよい」

御広敷番頭は留守居支配で大奥の出入りを見張る番方《ばんかた》である。お目見《めみ》え以上ではあるが、持ち高勤めで役料二百俵の軽輩であった。

「婿への役目。これならば断れまい。逃がさぬぞ。併右衛門」

本田駿河守がほくそ笑んだ。

「奥右筆秘帳」完

あとがき

「奥右筆秘帳《おくゆうひつひちょう》」最終巻『決戦』をお届けいたします。

第一巻『密封』を上梓《じょうし》させていただいたのは、平成十九年の九月でした。それから足かけ七年、十二冊続けさせていただくことができました。

これもすべてお読みくださった皆さまのおかげです。厚く御礼申しあげます。

この物語は、講談社の担当氏から会いたいとご連絡をいただき、大阪難波《なんば》のホテルのラウンジでお話をさせてもらったときに生まれました。

これより前、わたくしは光文社文庫で「勘定吟味役異聞《かんじょうぎんみやくいぶん》」シリーズを始めておりました。じつは、勘定吟味役異聞を開始するとき、奥右筆秘帳とどちらを書くかで悩みました。結局、勘定吟味役異聞を選び、奥右筆秘帳は残しました。当時、わたくしは徳間書店と光文社だけで作品を発表しており、奥右筆秘帳を上梓するだけの場がなかったのです。そこへ、講談社から声をかけていただき、飛びつきました。

こうして奥右筆秘帳はわたくしの脳裏から、外へ出ることができました。

わたくしの創作は、いつも物語の最初と最後を決めるところから始まります。シリーズの巻数は、その間をどうするかで変化します。ご存じのとおり、わたくしの作品の多くは六巻から八巻で一応の結末を見ております。

ただ、奥右筆秘帳だけは別でした。

次から次へと題材が浮かんで来ました。もちろん、読者の皆さまのお気に召さなければ、終わるのが物語の宿命です。続けさせていただけたのは、皆さまのご声援のお陰と重々承知いたしております。

宝島社刊行の『この文庫書き下ろし時代小説がすごい！』で一位をいただいたことも後押しとなり、十二巻というわたくしにしては異例の長い物語となりました。

この間、いろいろなことがございました。

長く続いた保守政権の終焉《しゅうえん》、極端な円高による貿易立国の崩壊、そして東北の大震災、どれをとっても日本を揺るがす大事件でありました。どれもこれも深い傷を残しました。とくに震災とそれに関連する被害に遭《あ》われた方々の苦労と辛《つら》さはいかばかりか、心よりお見舞い申しあげます。

ただ少しの救いがあるとすれば、どれも一筋の光明をもたらしたと思います。保守政権に終わりを告げさせたのは、選挙による民意の発動でありました。古来から日本人は、あまり己《おのれ》の意志表示をしません。それがあきらかなノーを保守政権に突きつけました。これは、特筆すべきできごとです。

また円高による貿易収支の赤字は、輸出だけに頼っていてはいけない、内需拡大も重要であると気づかせ、一部の企業が海外へ移転していた工場を国内に建て直すなど、産業の空洞化の是正に動き始めました。

東北の震災では、多くの義援金やボランティアが集まり、日本人の意識の変化を招きました。人のためになることに喜びを感じ、無駄《むだ》な浪費は止《や》め、環境に配慮しなければならない。一昔前の、バブル時代ならば、誰一人として思いもしなかったことが、根付き始めています。

この六年は、日本人の意識に大きな変化をもたらした記録すべき期間であったとわたくしは思っております。

かつて故笹沢左保氏は、「時代小説の仕事は、美しい日本を後世に伝えることにある」とおっしゃいました。その通りだと思い、デビュー以来この言葉を念頭に、書き続けてきたつもりです。敗戦から高度成長期を経て、バブルへと、どん底から立ちあがって、絶頂期を迎えた日本が、斜陽になりかけた平成の時代、日本人は外部からのきっかけがあったとはいえ、変わりつつあります。やさしく、そして強い日本へ、この激変のときに立ち会え、そして作品を発表できたことを、わたくしは誇りに思います。

さて、お気づきのとおり、奥右筆秘帳のテーマは「継承」であります。親から子へ、師から弟子へ、受け継いでいく。

受け継ぐものはいろいろありましょう。財産であったり、名前であったり、技であったり、心構えであったり。かつて日本では受け継ぐことが美徳であり、義務でありました。そのさいたるものが、武家でした。

武家は家を受け継ぐ。先祖が戦場で手柄を立て、得た禄《ろく》を子々孫々まで相続していく。これこそ武家の有《あ》り様《よう》でした。もちろん、身分制度のはっきりしていた江戸期です。百姓の子は百姓に、職人の子は職人に、商人は商人にと、ほとんど固定化していました。

これが崩壊したのは、第二次世界大戦の敗北からでしょう。あの敗戦は日本人の価値観を根底から覆《くつがえ》しました。欧米の考え方が日本を席巻し、継承は古いものとして追いやられました。

代わって多様性が重要視され始めました。新しい血を入れないと、観念の固定化を招き、新しい発想が生まれず、発展もない。これも真理です。それによって日本は世界でも有数の経済大国にのし上がりました。この歴史は決して否定されるべきではありません。その陰には、多くの先人たちの努力があったからです。

ですが、継承にも利点は多くありました。

武家に生まれた子供は、早くから人の上に立つ者としての心構えを叩《たた》きこまれました。職人は子供のころから親の技を間近に見ることで、修練を自然と重ねました。百姓の子は日々の天候、季節とともに育つことで、種まきや収穫の時期を肌で学びました。

継承は机上の学問ではなく、実地という経験の裏打ちです。ときに1＋1が2ではなく、3になることもあり、なかなか学術として証明できないのが難点とはいえ、重ねてきた経験は学問に優《まさ》ることも多いのです。

そして継承の最たるものこそ、親子ではないでしょうか。父から息子へ、母から娘へ、伝えるべき言葉はいくつもあるはずです。昨今、生活形態の変化から、一緒に食事をしたり、遊んだりする機会が減り、親子の会話も少なくなっているといいます。仕事がある、塾に行って勉強しないと、など理由はあるでしょうが、そろそろ考え直す時期ではないでしょうか。変動の時代こそ、きっかけとすべきです。

私事になりますが、昨年、この奥右筆秘帳第十一巻『天下』の発売日、母が亡くなりました。早くに父を亡くしたわたくしを、開業医をしながら、女手一つで育ててくれました。その母の願いであった診療所を受け継ぐことを、わたくしも兄もいたしませんでした。

医者にとって、なにより大切なのは、かかりつけてくださっている患者さんです。子供に診療所を譲ることで、医療の一つの柱である継続性を母は望んでいました。しかし、兄は医者になりましたが病院勤めを選び、そしてわたくしは医学部にいくだけの努力をいたしませんでした。

八十五歳で六十一年間続けた診療所を閉じるとき、しみじみと母が言いました。

「わたしは、おまえたちを恨《うら》む」と。

この一言が、わたくしに継承とはなにかを考えさせ、奥右筆秘帳のシリーズを生みだしました。

念のために申し添えますが、わたくしは後悔はしておりません。もし、わたくしが医者になっていたら、小説を書くことはなかったでしょうから。

ちなみに、因果応報、わたくしの歯科医院も一代限りです。長男は同じ歯科医師の道におりますが研究職を選び、次男はまったく違う世界へと飛び出していきました。

母の言葉で始まったテーマ「継承」は、息子たちの行動によって、わたくしのなかで変遷しました。

どのようにお感じになられたかは、読者の皆さまにお任せいたします。

長々と支離滅裂なことを書いてしまいました。お詫《わ》び申しあげます。

これをもちまして、奥右筆秘帳は終幕とさせていただきます。巻は終了いたしますが、併右衛門《へいえもん》、衛悟《えいご》、瑞紀《みずき》、そして絹《きぬ》の物語は続きます。どうぞ、お心のままに、併右衛門たちの未来を紡《つむ》いでやってください。

お読みいただきましたこと、誠に感謝いたしております。

そう遠くない日に、趣《おもむき》を変えました新シリーズでお目にかかります。どうぞ、その節は、奥右筆秘帳に劣らぬご声援を賜《たまわ》りますよう、心よりお願いいたします。

皆さま方のご健康とご多幸を祈念いたして、御礼に代えさせていただきます。ありがとうございました。

末尾ながら、このシリーズを共に作りあげてくださった担当編集の野村氏、カバー絵を担当してくださった画家の西のぼる先生、デザイナーの多田和博先生、解説をお書きくださった縄田一男先生、細谷正充先生、榎本秋先生、そして書店の皆さま他、ご助力をくださった方々に厚く御礼を申しあげます。

平成二十五年四月　桜の便りを聞きながら

上田　秀人　拝

解説

縄田一男

かつて明けなかった夜はなく、終わらなかった小説は、ほとんどない――というのは、私は一度だけ、故埴谷雄高氏にお会いしたことがあり、そのとき氏は「私の『死霊』は、『大菩薩峠』（中里介山）や『神州纐纈城《こうけつじょう》』（国枝史郎）のようなものだと思ってもらいたい」といわれた。私が「それはどういうことですか？」というと、氏は「未完、終わらないよ」といって苦笑された。氏が亡くなる四、五年前のことであったと記憶している。

うれしいことに上田秀人さんの〈奥右筆秘帳〉は、「最低六巻くらいで、最大でも十巻までだと思っています。ただ、また七巻くらいで終わるんじゃないかなとも思います」といわれていたにもかかわらず、全十二巻の大作として完結、私たちを大いに喜ばせてくれることになった。

シリーズ執筆中にこの連作が『この文庫書き下ろし時代小説がすごい！』（二〇〇九年）でベストシリーズ第一位、そして『この時代小説がすごい！　文庫書き下ろし版』（二〇一二年）で第三位に輝いたことで作者の気合にも大いに拍車がかかったのかもしれない。

上田さんは、この作品についてのインタビューで、立花併右衛門《たちばなへいえもん》は、現代のサラリーマンでいうとちょうど部長クラスで取締役に上がれるかどうかというところ、一種の腹黒さを持ち、利用するものは何でも利用する、家族にいい生活をさせようという基本的には正しい姿勢を持った人物、と語っている。そして、柊衛悟《ひいらぎえいご》は、この悪いおじさんに「娘」という「餌」をぶらさげられて、やがて政争の渦中へ――。

しかし、いくら体《てい》よく利用してやろうと思ったにしても、結局は娘婿《むすめむこ》となる人物。そこに情が湧《わ》いてくるのが人というものである。

鷹狩《たかが》りに乗じた徳川家斉《とくがわいえなり》の暗殺計画を未然に防いだにもかかわらず、「衛悟のおかげと広言できぬのが辛《つら》いわ」と併右衛門はこぼす。しかしながらそこには、父親である一橋治済《ひとつばしはるさだ》の自分に対する叛逆《はんぎやく》について、「今日ほど将軍であることを呪《のろ》った日はない。だが、躬《み》は一橋治済の子である前に、将軍である。天下万民への責がある。親子の思いなど、泰平の前には塵介《じんかい》でしかない」と語る家斉の言葉も印象的だ。併右衛門の不満などにはかまっていられない、との覚悟がこの一言に存在する。

本書は最終巻にふさわしく、作中人物が次々と自分の心情を吐露していく場面が印象に残る構成である。

たとえばそれは、宿敵、冥府《めいふ》防人《さきもり》が、お庭番《にわばん》ら数々の忍《しのび》と対決する際、自分たちがどのような栄光と不条理を背負わせられながら、生と死のデッドラインの上にいるかを説く場面にすら示されている。

そして剣による対決でカタがつかなければ、奥右筆の筆によって、一橋に経済的報復を加える、家斉の執念等々……。そして、この家斉の怪物ぶり――「この腐った幕府という大樹を延命させたと後世の評判を得たい。そのために、女を抱き、子供を作っている。生まれた子は一人を除いて、すべて他家へ押しつける。養子として正室としてな。五十人も子供を作れば、三百諸侯のどれだけを一門にできるか。将軍の子がいくにふさわしい家柄だけに限定すれば、ほぼすべてを網羅できよう」「血での天下統一じゃ」とは凄まじい。

子沢山《だくさん》で知られる家斉の動機づけを、ここまで明確化したのは、この作品がはじめてではないか。

陣出達朗が原作を書いた片岡千恵蔵主演の映画「さくら判官」は、家斉が自分の息子を某藩の主君にしようと現藩主の謀殺をはかる。ところが死んだはずの藩主は生きており、遠山金四郎《とおやまきんしろう》は、将軍家と陰謀に加担した自分の父をさばくことになる。シリーズ最終作で、最もシリアスな一作であった。

が、前述のようにこれほど明確に家斉の意志は語られてはいなかった。

そして改めて幕府というものの組織を考えれば、それはこうなる。

> 　幕府は巨大な官僚の集まりである。前例と慣例で動き、なにをするにしても書付を要する。隠密御用といえども、書付なしにはできないのだ。もちろん、どこへ誰が行ったかなどは秘されるが、老中から伊賀組へ隠密御用が言い渡されたとの書付は奥右筆部屋へ回っている。なにせ書付に奥右筆の筆が入らなければ、金はおりないのだ。これを嫌って自腹で伊賀者を遣う老中もいるが、伊賀者を出すには百両近い金を用意しなければならない。いかに老中といえども、何度もその出費に耐えられはしなかった。

そしてちなみにこれはまったくの余談なのだが、私の先祖は毛利家《もうりけ》の右筆《ゆうひつ》であり、過去帳も毛利侯拝領の厨子《ずし》も残っている。そんな私が〈奥右筆秘帳〉の解説を書いているのも、これも何かの奇縁というべきであろうか。

そしてこの一巻の作中人物の中で、最も美しい心情を衛悟に吐露するのは、彼の剣の師である大久保典膳《おおくぼてんぜん》だ。

「わたくしには守らなければならないものがございます」という衛悟に典膳は「壁は現われたのではない。自分がつくっている」とさとし、己《おのれ》の中の獣を自在に扱えるようになれといった後で、この連作のテーマをはじめて口にする。少し長くなるが、美しいことばが語られるので、ここで引用したいと思う。

「儂《わし》は、次代へ今を受け継ぐために人はあると思っておる」(中略)

「百の素振りの価値を知った者はその有効さを知る。その者に初心者を指導させれば、百の素振りを最初からさせよう。まるきりなにもわからぬ初心者が試行錯誤するより、上達は早いはずだ」

「なるほど。先人の知恵を後代に伝える」

「ああ、そのために人は生まれる。つまり人は過去の積みあげであり、今の器だと儂は考えている。そしてな、子供こそ、器の継承者だと儂は思う」

「子が継承者……」

「武家では嫡男《ちゃくなん》だけが継承者となる。これは禄《ろく》を受け継がねばならぬ武家の宿命」

「…………」

無言で衛悟は肯定《こうてい》の意を表した。もう親を恨《うら》んだ日々は遠い。今は生んでもらったことに感謝している。でなければ、瑞紀の夫、そして併右衛門の息子になることはなかった。

「それ以外では継承できていよう。たとえば職人だ。弟子たちに技を伝えている。学問もそうだ。師が弟子を教えている。もちろん、秘伝にかかわるところは、誰にでも明かしはせぬが、それでも弟子のなかから選んだ者へ渡している。剣術もしかり」

大久保典膳が衛悟を見た。（中略）

「吾《わ》が剣統を継がせたい。そう思い、儂は道場を開いた。すでに剣術遣いでは喰《く》えないというのもあったが、本音は儂の生きた証《あかし》を残したかった。普通の人にとって、己の生きた証として子供がある。吾《われ》が血を分けた子ほど確かな継承者はおるまい。なれど儂は独り身を貫いた。単に嫁を娶《めと》る機を逃しただけではあるが、子供など面倒だと思っていた。勝手な話であろう。子供は面倒だ。でも儂という証は残したい。こんな儂に道場はうってつけである。弟子に吾が剣を教えるが、一日中面倒を見ずともよい」

文中、作者が職人について触れている箇所があるが、日本は正に匠《たくみ》の国である。オリンピックで使う砲丸投げの砲丸は東京近郊の職人のものがベストとされる。彼が北京オリンピックが開かれる前に、反日デモなどへの不信感から今年はつくらない、と断言した際、世界中の選手は、今年は新記録は出ないと嘆息したという。また日本のハンダづけ技術はＮＡＳＡでも採用されており、ノーベル賞の晩餐会《ばんさんかい》で使われる食器は新潟でつくられているではないか。

そして話をストーリーに戻せば、衛悟と冥府防人との決闘の前に、政争の虚《むな》しさを作中人物たちがそれぞれ思い知る静かな流れがつくられており、私は完全に脱帽せざるを得なかった。

加えてラスト、ある人物がふくみのあることばを発して次なる物語を予感させる幕引きとなっている。正に絶妙――。

そして今回は作者の〝あとがき〟が付されているが、上田秀人さんが肝に銘じているのは、故笹沢左保氏がいった「時代小説の仕事は、美しい日本を後世に伝えることにある」の一言だとのこと。すなわち〈継承〉――そして御母堂の死や御子息の進路についても恐らくはじめて語られたのではないのか。

そして私はといえば、結婚して十五年のうちに双方の両親が次々と亡くなり、夫婦の間に子供はいない。自分の文章がいつまで残り、誰かがそれを踏まえてものを書いてくれるか――まだまだ先にならなければその答えはでないが、それが多分、私の〈継承〉である。だから上田さんの解説を書くときは、いつも真剣勝負であることは言うまでもない。

上田さん、素晴らしい作品の解説を書かせてくれてありがとうございました。

本書は文庫書下ろし作品です

|著者| 上田秀人　1959年大阪府生まれ。大阪歯科大学卒。'97年小説CLUB新人賞佳作。歴史知識に裏打ちされた骨太の作風で注目を集める。講談社文庫の「奥右筆秘帳」シリーズは、「この時代小説がすごい！」（宝島社刊）で、2009年版、2014年版と二度にわたり文庫シリーズ第一位に輝き、第3回歴史時代作家クラブ賞シリーズ賞も受賞。「百万石の留守居役」は初めて外様の藩を舞台にした新シリーズ。このほか「禁裏付雅帳」（徳間文庫）、「聡四郎巡検譚」（光文社文庫）、「闕所物奉行裏帳合」（中公文庫）、「表御番医師診療禄」（角川文庫）、「町奉行内与力奮闘記」（幻冬舎時代小説文庫）、「日雇い浪人生活録」（ハルキ文庫）などのシリーズがある。歴史小説にも取り組み、『孤闘　立花宗茂』（中公文庫）で第16回中山義秀文学賞を受賞、『竜は動かず　奥羽越列藩同盟顛末』（講談社文庫）も話題に。総部数は1000万部を突破。
上田秀人公式HP「如流水の庵」 http://www.ueda-hideto.jp/

決戦《けつせん》　奥右筆秘帳《おくゆうひつひちよう》

上田秀人《うえだひでと》

2013年6月14日第1刷発行
2021年4月7日第16刷発行

講談社文庫
定価はカバーに表示してあります

発行者――鈴木章一
発行所――株式会社　講談社
東京都文京区音羽2-12-21　〒112-8001
電話　出版（03）5395-3510
　　　販売（03）5395-5817
　　　業務（03）5395-3615

デザイン―菊地信義
本文データ制作―講談社デジタル製作
印刷―――豊国印刷株式会社
製本―――株式会社国宝社

Printed in Japan

ISBN978-4-06-277581-6

講談社文庫刊行の辞

二十一世紀の到来を目睫に望みながら、われわれはいま、人類史上かつて例を見ない巨大な転換期をむかえようとしている。

世界も、日本も、激動の予兆に対する期待とおののきを内に蔵して、未知の時代に歩み入ろうとしている。このときにあたり、創業の人野間清治の「ナショナル・エデュケイター」への志を現代に甦らせようと意図して、われわれはここに古今の文芸作品はいうまでもなく、ひろく人文・社会・自然の諸科学から東西の名著を網羅する、新しい綜合文庫の発刊を決意した。

激動の転換期はまた断絶の時代である。われわれは戦後二十五年間の出版文化のありかたへの深い反省をこめて、この断絶の時代にあえて人間的な持続を求めようとする。いたずらに浮薄な商業主義のあだ花を追い求めることなく、長期にわたって良書に生命をあたえようとつとめるところにしか、今後の出版文化の真の繁栄はあり得ないと信じるからである。

同時にわれわれはこの綜合文庫の刊行を通じて、人文・社会・自然の諸科学が、結局人間の学にほかならないことを立証しようと願っている。かつて知識とは、「汝自身を知る」ことにつきていた。現代社会の瑣末な情報の氾濫のなかから、力強い知識の源泉を掘り起し、技術文明のただなかに、生きた人間の姿を復活させること。それこそわれわれの切なる希求である。

われわれは権威に盲従せず、俗流に媚びることなく、渾然一体となって日本の「草の根」をかたちづくる若く新しい世代の人々に、心をこめてこの新しい綜合文庫をおくり届けたい。それは知識の泉であるとともに感受性のふるさとであり、もっとも有機的に組織され、社会に開かれた万人のための大学をめざしている。大方の支援と協力を衷心より切望してやまない。

一九七一年七月

野間省一

上田秀人公式ホームページ「如流水の庵」
http://www.ueda-hideto.jp/

講談社文庫「百万石の留守居役」ホームページ
http://kodanshabunko.com/hyakumangoku/

講談社文庫「奥右筆秘帳」ホームページ
http://kodanshabunko.com/okuyuhitsu/

〈既刊紹介〉

百万石の留《る》守《す》居《い》役《やく》シリーズ

上田秀人作品◆講談社

老練さが何より要求される藩の外交官に、
若き数馬が挑む！

第一巻『波乱』2013年11月　講談社文庫

外様第一の加賀《かが》藩。旗本から加賀藩士となった祖父をもつ瀬能数馬《せのうかずま》は、城下で襲われた重臣前田直作《まえだなおなり》を救い、五万石の筆頭家老本多政長《ほんだまさなが》の娘、琴《こと》に気に入られ、その運命が動きだす。江戸で数馬を待ち受けていたのは、留守居役《るすいやく》という新たな役目。藩の命運が双肩にかかる交渉役には人脈と経験が肝心。剣の腕以外、何もない若者に、きびしい試練は続く！

上田秀人作品◆講談社

第一巻『波乱』
２０１３年11月
講談社文庫

第二巻『思惑』
２０１３年12月
講談社文庫

第三巻『新参』
２０１４年６月
講談社文庫

第四巻『遺臣』
２０１４年12月
講談社文庫

第五巻『密約』
２０１５年６月
講談社文庫

第六巻『使者』
２０１５年12月
講談社文庫

第七巻『貸借』
２０１６年６月
講談社文庫

第八巻『参勤』
２０１６年12月
講談社文庫

第九巻『因果』
２０１７年６月
講談社文庫

第十巻『忖度』
２０１７年12月
講談社文庫

第十一巻『騒動』
２０１８年６月
講談社文庫

第十二巻『分断』
２０１８年12月
講談社文庫

第十三巻『舌戦』
２０１９年６月
講談社文庫

第十四巻『愚劣』
２０１９年12月
講談社文庫

第十五巻『布石』
２０２０年６月
講談社文庫

第十六巻『乱麻』
２０２０年12月
講談社文庫

〈以下続刊〉

上田秀人作品◆講談社

奥《おく》右《ゆう》筆《ひつ》秘帳 シリーズ

「筆」の力と「剣」の力で、幕政の闇に立ち向かう圧倒的人気シリーズ！

第一巻『密封』2007年9月　講談社文庫

江戸城の書類作成にかかわる奥右筆組頭《おくゆうひつくみがしら》の立花併右衛門《たちばなへいえもん》は、幕政の闇にふれる。帰路、命を狙われた併右衛門は隣家の次男、柊衛悟《ひいらぎえいご》を護衛役に雇う。松平定信《まつだいらさだのぶ》、将軍家斉《いえなり》の父・一橋治済《ひとつばしはるさだ》の権をめぐる争い、甲賀《こうが》、伊賀《いが》、お庭番の暗闘に、併右衛門と衛悟は巻き込まれていく。「この時代小説がすごい！」（宝島社刊）でも二度にわたり第一位を獲得したシリーズ！

上田秀人作品 ◆ 講談社

第一巻『密封』 講談社文庫 2007年9月

第二巻『国禁』 講談社文庫 2008年5月

第三巻『侵蝕』(しんしょく) 講談社文庫 2008年12月

第四巻『継承』 講談社文庫 2009年6月

第五巻『簒奪』(さんだつ) 講談社文庫 2009年12月

第六巻『秘闘』 講談社文庫 2010年6月

第七巻『隠密』 講談社文庫 2010年12月

第八巻『刃傷』 講談社文庫 2011年6月

第九巻『召抱』(めしかかえ) 講談社文庫 2011年12月

第十巻『墨痕』(ぼっこん) 講談社文庫 2012年6月

第十一巻『天下』 講談社文庫 2012年12月

第十二巻『決戦』 講談社文庫 2013年6月

〈全十二巻完結〉

前夜 奥右筆外伝

併右衛門、衛悟、瑞紀(みずき)をはじめ宿敵となる冥府防人(めいふさきもり)らそれぞれの「前夜」を描く上田作品初の外伝!

2016年4月 講談社文庫

講談社文庫　目録

上田秀人　継承〈奥右筆秘帳〉
上田秀人　簒《さん》奪《だつ》〈奥右筆秘帳〉
上田秀人　秘闘〈奥右筆秘帳〉
上田秀人　隠密〈奥右筆秘帳〉
上田秀人　刃傷〈奥右筆秘帳〉
上田秀人　召《めし》抱《かかえ》〈奥右筆秘帳〉
上田秀人　墨《ぼっ》痕《こん》〈奥右筆秘帳〉
上田秀人　天下〈奥右筆秘帳〉
上田秀人　決戦〈奥右筆秘帳〉
上田秀人　前夜〈奥右筆外伝〉
上田秀人　軍師の挑戦〈上田秀人初期作品集〉
上田秀人　天主信長〈表〉〈我こそ天下なり〉
上田秀人　天主信長〈裏〉〈天を望むなかれ〉
上田秀人　波乱〈百万石の留守居役(一)〉
上田秀人　思惑〈百万石の留守居役(二)〉
上田秀人　新参〈百万石の留守居役(三)〉
上田秀人　遺臣〈百万石の留守居役(四)〉
上田秀人　密約〈百万石の留守居役(五)〉
上田秀人　使者〈百万石の留守居役(六)〉
上田秀人　貸借〈百万石の留守居役(七)〉
上田秀人　参勤〈百万石の留守居役(八)〉
上田秀人　因果〈百万石の留守居役(九)〉
上田秀人　忖《そん》度《たく》〈百万石の留守居役(十)〉
上田秀人　騒動〈百万石の留守居役(十一)〉
上田秀人　分断〈百万石の留守居役(十二)〉
上田秀人　舌戦〈百万石の留守居役(十三)〉
上田秀人　愚劣〈百万石の留守居役(十四)〉
上田秀人　布石〈百万石の留守居役(十五)〉
上田秀人　乱麻〈百万石の留守居役(十六)〉
上田秀人　梟《ふくろう》の系譜〈宇喜多四代〉
上田秀人　竜は動かず 奥羽越列藩同盟顛末 (上)万里波濤編 (下)帰郷奔走編
内田　樹　下流志向〈学ばない子どもたち 働かない若者たち〉
内田　樹　釈　徹宗　現代霊性論
上橋菜穂子　獣の奏者 Ⅰ闘蛇編
上橋菜穂子　獣の奏者 Ⅱ王獣編
上橋菜穂子　獣の奏者 Ⅲ探求編
上橋菜穂子　獣の奏者 Ⅳ完結編
上橋菜穂子　獣の奏者〈外伝　刹那〉
上橋菜穂子　物語ること、生きること
上橋菜穂子　明日は、いずこの空の下
海猫沢めろん　愛についての感じ
海猫沢めろん　キッズファイヤー・ドットコム
冲方　丁　戦の国
遠藤周作　ぐうたら人間学
遠藤周作　聖書のなかの女性たち
遠藤周作　さらば、夏の光よ
遠藤周作　最後の殉教者
遠藤周作　反逆(上)(下)
遠藤周作　ひとりを愛し続ける本
遠藤周作　深い河《ディープ・リバー》
遠藤周作　周作塾〈読んでもタメにならないエッセイ〉
遠藤周作　新装版 海と毒薬
遠藤周作　新装版 わたしが・棄てた・女
江波戸哲夫　新装版 銀行支店長
江波戸哲夫　集団左遷
江波戸哲夫　新装版 ジャパン・プライド
江波戸哲夫　起業の星

2020年12月15日現在